Jet

Biblioteca de

TERRY PRATCHETT

D1545677

PLAZA JANÉS

Books By Mail
Palm Beach County
Library Annex
4639 Lake Worth Road
Lake Worth, FL 33463-3451

PALM BEACH COUNTY
LIBRARY SYSTEM
3650 Summit Boulevard
West Palm Beach, FL 33406-4198

TERRY PRATCHETT

RECHICERO

Traducción de
Cristina Macía

PLAZA & JANÉS EDITORES, S.A.

Título original: *Sourcery*
Diseño de la portada: Método, S. L.
Ilustración de la portada: © Ron Kirby

Primera edición: junio, 1999

© 1988, Terry y Lyn Pratchett
© de la traducción, Cristina Macía
© 1999, Plaza & Janés Editores, S. A.
   Travessera de Gràcia, 47-49. 08021 Barcelona

Printed in Spain – Impreso en España

ISBN: 84-01-46161-8 (col. Jet)
ISBN: 84-01-47945-2 (vol. 342/5)
Depósito legal: B. 24.165 - 1999

Fotocomposición: gama, s. l.

Impreso en Litografia Rosés, S. A.
Progrés, 54-60. Gavà (Barcelona)

L 47945A

Hace muchos años, en Bath, vi a una corpulenta señora norteamericana que tiraba de una gigantesca maleta. La maleta se desplazaba sobre unas ruedecitas, y traqueteaba sobre las grietas del pavimento; parecía tener vida propia. En aquel momento, nació el Equipaje. Mi más profundo agradecimiento a aquella señora, y a todos los que viven en lugares como Power Cable, Nebraska, que no suelen recibir ni la mitad de la atención que merecen.

Este libro no incluye ningún mapa. Que cada lector se dibuje el suyo.

Hubo un hombre que tuvo ocho hijos. Aparte de eso, el pobre no fue más que una coma en una página de la historia. Es triste, aunque de algunas personas no se puede decir mucho más.

Pero el octavo hijo creció, se casó y tuvo ocho hijos; y como sólo hay una profesión adecuada para el octavo hijo de un octavo hijo, estudió para mago. Y se fue haciendo sabio, y poderoso, o mejor dicho bastante poderoso, y llevaba un sombrero puntiagudo, y ahí habría debido acabar la historia...

Habría debido acabar...

Pero, contra las costumbres de la Magia, y desde luego contra toda razón –excepto contra las razones del corazón, que como todo el mundo sabe son cálidas, complejas y, bueno, *irracionales*–, huyó de los salones de la hechicería, se enamoró y se casó, no necesariamente en ese orden.

Y tuvo siete hijos, cada uno al menos tan poderoso como cualquier mago, ya desde la cuna.

Y entonces tuvo un octavo hijo...

Un hechicero al cuadrado. Una fuente de magia.

Un rechicero.

El trueno de la tormenta veraniega retumbó sobre los acantilados arenosos. Mucho más abajo, el mar batía estruendosamente, sorbía la playa con tanto ruido como un anciano con un solo diente y una pajita. Unas cuantas gaviotas planeaban perezosas en las corrientes de viento, aguardando a que sucediera algo.

Y el padre de magos estaba sentado en el césped, al borde del acantilado, acunando al niño entre sus brazos. Contemplaba el mar.

Había un torbellino de nubes negras que se desplazaba hacia el interior, y la luz que empujaba ante él tenía ese tono color miel que indica la proximidad de una tormenta de las serias.

Se volvió hacia un repentino silencio que se hizo a sus espaldas, y sus ojos enrojecidos por las lágrimas contemplaron a la alta figura encapuchada, con su túnica negra.

¿SUPERUDITO EL ROJO? –dijo ésta.

La voz era hueca como una caverna y tan densa como una estrella de neutrones.

Superudito sonrió con la terrible sonrisa del que acaba de volverse loco, y alzó al bebé para que la Muerte lo inspeccionara.

–Es mi hijo –indicó–. Lo llamaré Coin.

UN NOMBRE TAN BUENO COMO CUALQUIER OTRO –respondió educadamente la Muerte.

Sus órbitas oculares vacías miraron la carita redonda, inmersa en el sueño. Pese a lo que se dice por ahí, la Muerte no es cruel... sencillamente, su trabajo se le da muy bien.

–Te llevaste a su madre –dijo Superudito.

Era una simple afirmación, sin rencor aparente. En el valle, tras los acantilados, la casa de Superudito era un montón de ruinas humeantes; el viento, cada vez más fuerte, empezaba a dispersar las cenizas por las dunas siseantes.

AL FINAL FUE UN ATAQUE AL CORAZÓN –replicó la Muerte–. HAY PEORES MANERAS DE MORIR. TE LO DIGO YO.

–No tienes el menor tacto, sombra horrenda.

ESO ME SUELEN DECIR.

–¿Y ahora vienes a por el niño?

NO. EL NIÑO TIENE POR DELANTE SU PROPIO DESTI-NO. VENGO A POR TI.

–Ah.

El mago se levantó, puso cuidadosamente al bebé dormido sobre la hierba, y recogió un largo cayado que yacía a su lado. Era de metal negro, con una filigrana de oro y plata que le daba un aspecto pretencioso y de mal gusto. El metal era octihierro, intrínsecamente mágico.

–Lo hice yo, ¿sabes? –afirmó–. Todos me decían que no se puede hacer un cayado de metal, que deben ser sólo de madera, pero se equivocaron. En este caya-do hay buena parte de mí mismo. Se lo entregaré a él.

Pasó las manos cariñosamente por la superficie del cayado, que emitió una tenue nota musical.

–En este cayado hay buena parte de mí mismo –repitió, casi para sus adentros.

ES UN BUEN CAYADO –asintió la Muerte.

Superudito lo alzó en el aire y contempló a su octa-vo hijo. El bebé eructó.

–Ella quería una niña –dijo.

La Muerte se encogió de hombros. Superudito le dirigió una mirada mezcla de asombro y rabia.

–¿Qué es, exactamente?

EL OCTAVO HIJO DE UN OCTAVO HIJO DE UN OCTA-VO HIJO –respondió la Muerte, sin muchas ganas de cooperar.

El viento le azotó la túnica e hizo que las nubes negras llegaran hasta ellos.

–¿Y adónde lo llevará eso?

A SER UN RECHICERO, COMO BIEN SABES.

Retumbó el trueno, obediente.

—¿Cuál será su destino? —gritó Superudito para hacerse oír por encima de la creciente tempestad.

La Muerte volvió a encogerse de hombros. Se le daba muy bien ese gesto.

LOS RECHICEROS TRAZAN SU PROPIO DESTINO. APENAS TOCAN LA TIERRA CON LOS PIES.

Superudito se apoyó en el cayado, lo acarició, aparentemente inmerso en sus propios pensamientos. Tenía un tic en la ceja izquierda.

—No —dijo con suavidad—. No. Yo trazaré su destino.

NO TE LO ACONSEJO.

—¡Silencio! Y escúchame, por si no lo sabías, ¡me echaron, con todo eso de sus libros, sus rituales, su Erudición! ¡Decían ser magos, y yo tengo más magia en el dedo meñique que ellos en todo su cuerpo seboso! ¡Y me echaron! ¡A mí! ¡Por demostrar que era humano! ¿Qué serían los seres humanos sin amor?

BICHOS RAROS —dijo la Muerte—. PERO, DE TODOS MODOS...

—¡Escucha! Nos relegaron a este lugar, al fin del mundo, ¡y eso la mató! ¡Intentaron quitarme mi cayado! —Superudito gritaba por encima del ruido del viento—. Bueno, pues aún me queda algo de poder —ladró—. Y yo digo que mi hijo irá a la Universidad Invisible, y llevará el sombrero de archicanciller, ¡y todos los magos del mundo se inclinarán ante él! Y les mostrará lo que yace en lo más profundo de sus corazones. De sus corazones retorcidos y avariciosos. Mostrará al mundo cuál es su destino, ¡y no habrá magia más grande que la suya!

NO.

Y lo extraño de la palabra, que la Muerte pronunció casi en voz queda, fue esto: resonó por encima del fragor de la tormenta. Por un momento, devolvió la cordura a Superudito.

Superudito vaciló.

–¿Qué? –preguntó para ganar tiempo.

HE DICHO QUE NO. NO HAY NADA DEFINITIVO. NO HAY NADA ABSOLUTO, EXCEPTO YO, CLARO. ESAS TONTERÍAS DE JUGAR CON EL DESTINO PUEDEN ACABAR CON EL MUNDO. SIEMPRE TIENE QUE HABER OTRA POSIBILIDAD, AUNQUE SEA PEQUEÑA. LOS LEGULEYOS DEL SINO EXIGEN UN AGUJERITO EN CADA PROFECÍA.

Superudito miró el rostro implacable de la Muerte.

–¿Tengo que darles una oportunidad?

SÍ.

Superudito tamborileó los dedos sobre el cayado metálico.

–En ese caso, tendrán su oportunidad –asintió–. Cuando el infierno se congele.

NO. NO SE ME PERMITE ORIENTARTE, NI SIQUIERA DARTE UNA PISTA, SOBRE LAS TEMPERATURAS VIGENTES EN EL OTRO MUNDO.

–En ese caso –titubeó Superudito–. Tendrán su oportunidad cuando mi hijo tire su cayado.

NINGÚN MAGO TIRARÍA SU CAYADO –señaló la Muerte–. EL LAZO QUE LOS UNE ES DEMASIADO FUERTE.

–Pero debes reconocer que es posible.

La Muerte pareció valorar la posibilidad. No estaba acostumbrada a oír la palabra «debes», pero al final asintió.

DE ACUERDO –accedió.

–¿Te parece suficiente con esa pequeña posibilidad?

A NIVEL MOLECULAR, SÍ.

Superudito se relajó un poco.

–La verdad, no me arrepiento –dijo con voz casi normal–. Volvería a hacerlo. Los niños son nuestra esperanza para el futuro.

NO HAY ESPERANZA PARA EL FUTURO –dijo la Muerte.

–¿Y qué hay en el futuro?

YO.

—¡Aparte de ti!

La Muerte lo miró con asombro.

¿CÓMO DICES?

La tormenta alcanzó su aullante clímax sobre ellos. Una gaviota pasó volando.

—Quiero decir —insistió Superudito, con amargura—, ¿qué hay en el mundo que merezca la pena vivir en el intervalo?

La Muerte meditó sobre el asunto.

GATOS —dijo al final—. LOS GATOS SON MUY BONITOS.

—¡Maldita seas!

NO ERES EL PRIMERO QUE EXPRESA TAL DESEO —asintió la Muerte, sin rencor.

—¿Cuánto tiempo me queda?

La Muerte se sacó un gran reloj de arena de entre los secretos escondrijos de su túnica. Las dos partes del reloj estaban unidas por barras negras y doradas, y casi toda la arena se encontraba ya en la de abajo.

OH, UNOS NUEVE SEGUNDOS.

Superudito se irguió en toda su aún impresionante estatura, y extendió hacia el niño el brillante cayado metálico. Una mano semejante a un cangrejito rosado salió de entre los pliegues de la manta y lo cogió.

—Entonces, deja que sea el primer y último mago en la historia del mundo en traspasar el cayado a su octavo hijo —dijo con voz lenta y sonora—. Y le ordeno que lo use para...

YO EN TU LUGAR ME DARÍA PRISA...

—... para todo —se apresuró Superudito—, convirtiéndose en el más poderoso...

Un rayo centelleó en el corazón de la nube, acertó a Superudito en el sombrero puntiagudo, chisporroteó por su brazo, recorrió el cayado y alcanzó al niño.

El mago desapareció en un jirón de humo. El cayado despidió un brillo verde, luego blanco, al final un simple rojo vivo. El bebé sonrió en sueños.

Cuando cesó el retumbar del trueno, la Muerte se agachó lentamente y recogió al niño, que abrió los ojos.

Eran unos ojos con un brillo dorado en su interior. Por primera vez en lo que, a falta de palabra mejor, habrá que llamar «su vida», la Muerte se encontró con una mirada que le costó sostener. Los ojos parecían concentrados en un punto interior de su cráneo.

No era mi intención que sucediera eso –dijo la voz de Superudito, surgiendo del aire–. *¿Está herido?*

NO. –La Muerte apartó la vista de la sonrisa fresca, inteligente–. ÉL YA CONTENÍA EL PODER. ES UN RECHICERO, SIN DUDA SOBREVIVIRÁ A COSAS MUCHO PEORES. Y AHORA... VEN CONMIGO.

No.

SÍ. ESTÁS MUERTO, A VER SI TE DAS CUENTA. –La Muerte miró a su alrededor, en busca de la sombra de Superudito, y no la encontró–. ¿DÓNDE ESTÁS?

En el cayado.

La Muerte se apoyó en su guadaña y suspiró.

QUÉ TONTERÍA. NO ME COSTARÍA NADA SACARTE DE AHÍ.

Pero tendrías que destruir el cayado –dijo la voz de Superudito. A la Muerte le pareció que ahora estaba como más contento–. *Ahora el niño ha aceptado el cayado, no puedes destruirlo sin acabar también con él. Y no puedes acabar con él sin zarandear el destino. Mi última magia. No ha estado mal, modestia aparte.*

La Muerte dio vueltas al cayado. Chisporroteó, las chispas recorrieron insultantes toda su longitud...

Por extraño que parezca, no estaba particularmente furiosa. La furia es una emoción, y para sentir emociones hay que tener glándulas; la Muerte conocía las glándulas por referencias, y le costaba lo suyo enfadarse. En todo caso, estaba algo molesta. Suspiró de nuevo. La gente siempre intentaba aquellos trucos. Por otra parte, eso animaba en cierto modo la rutina, y al menos éste había sido más original que la típica partida simbólica de ajedrez, a la que la Muerte siempre temía porque nunca se acordaba de cómo se movía el caballo.

NO ESTÁS HACIENDO MÁS QUE POSTERGAR LO INE-VITABLE –dijo.

En eso consiste la vida.

¿Y QUÉ ESPERAS GANAR, EXACTAMENTE?

Quiero estar al lado de mi hijo. Le enseñaré, aunque él no lo sabrá. Lo guiaré hacia el conocimiento. Y, cuando esté preparado, guiaré sus pasos.

DIME UNA COSA –pidió la Muerte–, ¿CÓMO GUIASTE LOS PASOS DE TUS OTROS HIJOS?

Los mandé a hacer gárgaras. Se atrevieron a discutir conmigo, no querían atender a lo que les enseñaba. Pero éste sí querrá.

¿TE PARECE QUE ES BUENA IDEA?

El cayado guardó silencio. Junto a él, el niño rió ante el sonido de la voz cuya procedencia no veía.

No existe analogía alguna para describir la manera en que Gran A'Tuin, la tortuga del mundo, se mueve por la noche galáctica. Cuando uno mide quince mil kilómetros de largo, y tiene el caparazón lleno de cráteres de meteoritos y congelado con el hielo de los cometas, no puede parecerse a nada excepto a uno mismo, al menos si se quiere ser realista.

Así que Gran A'Tuin nadaba lentamente por las profundidades interestelares, como ha hecho siempre la gran tortuga, transportando en su caparazón a los cuatro gigantescos elefantes que llevaban en sus lomos el vasto círculo del Mundodisco, con su centelleante catarata circundante, un mundo que sólo existía gracias a una desviación imposible en la curva de la probabilidad, o a que a los dioses les gustan las bromas tanto como a cualquiera.

De hecho, más que a mucha gente.

Cerca de las orillas del Mar Circular, en la antigua ciudad de Ankh-Morpork, sobre un cojín de terciopelo situado en un estante, en lo más alto de la Universidad Invisible, había un sombrero.

Era un buen sombrero. Era un sombrero magnífico.

Puntiagudo, claro, con un ala ancha y flexible. Pero, tras ultimar los detalles básicos, el diseñador había puesto manos a la obra de verdad. Tenía encajes de oro, y perlas, y cintas de plata purísima, y nochemantes* de brillo cegador, algunas lentejuelas de una horterez incalculable y, de propina, un círculo de octarinos.

Como por el momento no estaban en un campo mágico poderoso, no brillaban, y parecían diamantitos de segunda.

La primavera había llegado a Ankh-Morpork. De momento no se notaba, pero el entendido podía captar ya indicios obvios. Por ejemplo, la porquería del río Ankh, el ancho desagüe de flujo lento que servía a la ciudad de embalse, cloaca y a veces también como morgue, había adquirido un tono verde iridiscente. Los tambaleantes tejados de la ciudad se cubrieron con una sábana de vegetación, que sustituyó a la manta escarchada del invierno. En lo más profundo de los polvorientos sótanos, las vigas se retorcieron y gimieron cuando su savia seca respondió a la antigua llamada de la raíz y la selva. Los pájaros construyeron nidos entre los canalones y aleros de la Universidad Invisible, aunque es de destacar que, por muy apretados que estuvie-

* Como los diamantes, pero aún más llamativos. En cuestión de objetos brillantes, los magos son tan comedidos y tienen tan buen gusto como una urraca histérica.

17

ran, nunca se instalaban en las bocas invitadoramente abiertas de las gárgolas que bordeaban el tejado, cosa que las gárgolas no dejaban de lamentar.

Una especie de primavera había llegado incluso a la mismísima Universidad. Aquella noche era la Vigilia de los Dioses Menores, y se elegiría un nuevo archicanciller.

Bueno, la palabra «elegir» no es del todo exacta, ya que a los magos eso de las votaciones les parece una soberana tontería, y todo el mundo sabe que los archicancilleres se eligen por designio de los dioses; aquel año estaba claro que los dioses se las arreglarían para elegir al viejo Gansocanso, que era un anciano bastante majete y llevaba años esperando pacientemente su turno.

El archicanciller de la Universidad Invisible era el jefe oficial de todos los magos del Disco. En un pasado casi legendario, eso significaba que debía ser el más experto en las artes mágicas, pero ahora corrían tiempos más tranquilos y, para ser sinceros, los magos superiores miraban la magia un poco por encima del hombro. Solían preferir las cuestiones administrativas, mucho más seguras y casi igual de divertidas, y también las buenas cenas.

Así fue pasando la larga tarde. El sombrero ocupaba su descolorido cojín en las habitaciones de Gansocanso, mientras éste, sentado en su bañera ante la chimenea, se enjabonaba la barba. Otros magos sesteaban en sus estudios, o paseaban por los jardines para abrirse el apetito en previsión del festín. Una docena de pasos se consideraban ejercicio suficiente.

En la Sala Principal, bajo las miradas pintadas o talladas de los doscientos archicancilleres anteriores, los criados colocaban las largas mesas y bancos. En el laberinto abovedado que eran las cocinas... bueno, la imaginación no debería necesitar ayuda alguna. En este caso, la imaginación debe incluir como elementos imprescindibles mucha grasa, mucho calor y muchos gritos. Había cubas de caviar, bueyes asados, ristras de salchichas de pared a pared. El cocinero jefe en persona, en una de las salas de conservación en frío, daba los últimos toques a una escultura de la Universidad, tallada en mantequilla por algún motivo inexplicable. Lo hacía cada vez que había un gran festín: cisnes de mantequilla, edificios de mantequilla, zoológicos enteros de rancia grasa amarillenta... Se divertía tanto que nadie tenía valor para decirle que lo dejase correr.

En su propio laberinto de bodegas, el mayordomo rondaba entre los barriles, decantando y probando.

El ambiente de expectación se había contagiado incluso a los cuervos que habitaban en la Torre del Arte, que medía doscientos cincuenta metros de altura y se decía que era el edificio más antiguo del mundo. Sus ruinosas piedras daban vida a bosques en miniatura por encima de los tejados de la ciudad. Allí habían evolucionado especies enteras de escarabajos y pequeños mamíferos, ya que la gente rara vez subía, debido a la molesta tendencia de la torre a mecerse con la brisa, de manera que los cuervos se habían apropiado de ella. Ahora la sobrevolaban, algo nerviosos, como mosquitos antes de una tormenta. Sería buena idea que a alguien se le ocurriera mirarlos desde abajo.

Estaba a punto de suceder algo terrible.

Lo notas, ¿verdad?

Pues no eres el único.

–¿Qué le pasa? –gritó Rincewind para hacerse oír por encima del estrépito.

El bibliotecario se agachó cuando un grimorio encuadernado en piel salió disparado del estante, aunque se detuvo bruscamente en el aire, retenido por su cadena. Luego bajó en picado, giró y aterrizó sobre un ejemplar de *Demonología Aplicada: Maleficios y Anécdotas*, que se dedicaba a machacar su atril.

–¡Oook! –dijo.

Rincewind apoyó el hombro contra una estantería temblorosa, y empujó los crepitantes volúmenes con las rodillas para que volvieran a su sitio. El ruido era espantoso.

Los libros de magia tienen una especie de vida propia. Algunos, incluso demasiada. Por ejemplo, la primera edición del *Necrotelicomicon* tiene que estar siempre entre planchas de hierro, el *Verdadero Arte de la Levitación* se ha pasado los últimos ciento cincuenta años sobre las alfardas, y el *Compenedyum de Sexymajia de Ge Fordge* se guarda en una cuba de hielo, en una habitación sólo para él. Además existe una regla muy estricta según la cual sólo lo pueden leer magos de más de ochenta años, preferentemente muertos.

Pero hasta los grimorios e incunables cotidianos de las estanterías principales estaban tan inquietos y nerviosos como los habitantes de un gallinero cuando algo entra serpenteando por debajo de la puerta. De entre sus cubiertas salían sonidos apagados, como de unas garras rascando las páginas.

–¿Qué has dicho? –gritó Rincewind.

–¡Oook!*

---

* Hacía algún tiempo, un accidente mágico en la biblioteca, que como ya se ha dicho no es un lugar para un oficinista ordenado y burocrático, había transformado al bibliotecario en un orangután. Desde entonces, se había resistido a todos los esfuerzos por devolverle su forma original. Los brazos largos le parecían muy útiles, así como los dedos de los pies prensiles y el derecho a rascarse en público, pero lo que más le gustaba era que, de repente, todos los grandes interrogantes de la existencia se habían resuelto, y sólo quedaba un vago interés por saber de dónde vendría el siguiente plátano. No era que no fuera consciente de las grandezas y bajezas del ser humano. Sencillamente, le importaban un rábano.

—¡Eso mismo!

Rincewind, como ayudante honorario del bibliotecario, no había progresado mucho más allá de la catalogación básica y la caza de plátanos, y no le quedaba más remedio que admirar la manera en que el simio deambulaba entre las vibrantes estanterías, unas veces acariciando las encuadernaciones temblorosas con su mano de cuero negro, otras consolando a un diccionario asustado con unos tranquilizadores murmullos simiescos.

Tras un rato, la biblioteca empezó a calmarse, y Rincewind sintió que los músculos de los hombros se le relajaban.

Pero la paz duró poco. Una página crepitó por aquí, otra por allá... De los estantes más lejanos le llegó el ominoso crujido de un lomo al quebrarse. Tras el pánico inicial, la biblioteca estaba ahora tan alerta e inquieta como un gato en una fábrica de mecedoras.

El bibliotecario deambuló por los pasillos entre las estanterías. Tenía un rostro que sólo le parecería bonito al neumático de un camión, y una mueca permanente que se asemejaba a una sonrisa; pero, por su manera de entrar en el cubículo bajo el escritorio, Rincewind supo que estaba muy preocupado.

Examinemos a Rincewind mientras contempla las inquietas estanterías. Hay ochenta niveles de hechicería en el Disco; tras dieciséis años de práctica, Rincewind no había llegado ni al primero. De hecho, si tenemos en cuenta la opinión de algunos de sus tutores, es incapaz hasta de llegar al nivel cero, que es con el que nace la mayor parte de la gente. Por decirlo de otra manera, alguien llegó a sugerir que, cuando Rincewind muriera, el potencial mágico de la raza humana subiría un poquito.

Es alto, delgado, y tiene una de esas barbas desmañadas que usa la gente a la que la naturaleza no dotó para tener barba. Viste una túnica color rojo oscura que ha tenido mejores días, posiblemente mejores décadas. Pero salta a la vista que es un mago, porque lleva un sombrero puntiagudo con el ala un tanto torcida. En el sombrero está la palabra «Echicero», bordada en grandes letras plateadas por alguien que sabía de coser tanto como de ortografía. Hay una estrella en la punta, pero se le han caído casi todos los picos.

Calándose bien el sombrero, Rincewind traspasó las antiguas puertas de la biblioteca y salió a la luz dorada de la tarde. Era un día tranquilo, de una calma quebrada tan sólo por los graznidos histéricos de los cuervos que sobrevolaban la Torre del Arte.

Rincewind los observó durante un rato. Los cuervos de la Universidad eran pájaros duros de pelar. Hacía falta algo gordo para trastornarlos.

Por otra parte...

... el cielo era de un azul claro teñido de oro, con unos pocos jirones de nubes algodonosas rosadas. Los viejos nogales del patio ya habían florecido. Por una ventana abierta llegaba el sonido de un estudiante de magia que practicaba con su violín, sin demasiado talento. El entorno no era lo que se dice ominoso.

Rincewind se apoyó contra el cálido muro. Y gritó.

El edificio temblaba. Sentía cómo la vibración le subía por los brazos, era una sensación rítmica en esa frecuencia exacta que sugiere un terror incontrolable. Las piedras estaban muertas de miedo.

Al oír un ligero tintineo, bajó la vista, horrorizado. Una ornamentada tapa de desagüe cayó a un lado cuando una de las ratas de la Universidad asomó los bigotes. Lanzó a Rincewind una mirada de desesperación mientras salía y escapaba a toda velocidad, seguida por docenas de miembros de su tribu. Algunas llevaban ropa, cosa bastante habitual en la Universidad, donde el elevado nivel de magia ambiental surte efectos extraños sobre los genes.

Al mirar a su alrededor, Rincewind alcanzó a ver otras riadas de cuerpecillos grises que abandonaban la Universidad por todos los agujeros existentes, en dirección al muro exterior. Junto a su oreja, la hiedra crepitó cuando unas ratas realizaron saltos mortales para caer sobre sus hombros y deslizarse por su túnica. No le prestaron la menor atención, pero eso tampoco era extraño. Casi ninguna criatura prestaba atención a Rincewind.

El mago se dio media vuelta y echó a correr hacia el interior de la Universidad, con los faldones de la túnica enredándose a sus rodillas, hasta que llegó al despacho del tesorero. Aporreó la puerta, que se abrió con un crujido.

—Ah, eres... Rincewind, ¿no? —le saludó el tesorero sin mucho entusiasmo—. ¿Qué pasa?

—¡Nos hundimos!

El tesorero lo miró fijamente unos momentos. Se llamaba Peltre. Era alto, fibroso, y por su cara uno diría que había sido caballo en sus anteriores vidas, y que se había librado por poco en ésta. Todo el mundo tenía la impresión de que miraba con los dientes.

—¿Que nos hundimos?

—¡Sí! ¡Las ratas se marchan!

El tesorero le lanzó otra mirada.

—Pasa, Rincewind —dijo con amabilidad.

Rincewind le siguió al interior de la habitación oscura, de techo bajo, y se situó junto a la ventana. Desde ella se divisaban los jardines y el río, que reptaba tranquilamente hacia el mar.

—No te habrás estado... excediendo, ¿eh? —inquirió el tesorero.

—¿Excediéndome en qué? —replicó Rincewind, con tono culpable.

—Esto es un edificio, ¿sabes? —Como la mayoría de los magos cada vez que se enfrentaban a un enigma, empezó a liarse un cigarrillo–. No es un barco. Hay multitud de detalles que lo indican. No hay delfines nadando junto a la proa, no hay pantoques, esas cosas. Las posibilidades de un naufragio son muy remotas. Si no, eh... tendríamos que manejar el timón, remar hacia la orilla y todo eso, ¿no?

–Pero, las ratas...

–Supongo que habrá llegado al puerto un barco con grano, o algo así. Quizá sea un ritual de primavera.

–Además, estoy seguro de que el edificio temblaba –insistió Rincewind, ahora un poco inseguro.

En aquella habitación tranquila, con el fuego que chisporroteaba en la chimenea, la cosa no parecía tan real.

–Un terremoto minúsculo. Un hipido de Gran A'Tuin, eh... quizá. La verdad, deberías controlarte. No habrás estado bebiendo, ¿verdad?

–¡No!

–Eh... ¿te apetecería?

Peltre rebuscó en un armario de roble oscuro y sacó un par de copas, que llenó con el contenido de la jarra de agua.

–A estas horas se me da bien el jerez –dijo al tiempo que extendía las manos sobre las copas–. Oye, por cierto... ¿dulce o seco?

–Pues... paso, gracias –respondió Rincewind–. Quizá tengas razón, será mejor que vaya a descansar un poco.

–Buena idea.

Rincewind vagó por los gélidos pasillos de piedra. De cuando en cuando, rozaba una pared y prestaba atención, pero luego sacudía la cabeza.

Cuando cruzó de nuevo el patio, vio una enorme cantidad de ratones que pululaban por una balconada y se dirigían hacia el río. El suelo sobre el que corrían también parecía moverse. Rincewind miró más de cerca y se dio cuenta de que era porque estaba cubierto de hormigas.

No eran hormigas vulgares y corrientes. Los siglos y siglos de escapes de magia, que llegaron a impregnar los muros de la Universidad, les habían provocado efectos extraños. Algunas tiraban de diminutos carritos, otras cabalgaban sobre escarabajos, pero lo importante era que todas abandonaban la Universidad tan deprisa como les era posible. El césped formaba oleadas a su paso.

Alzó la vista cuando un viejo colchón de rayas salió disparado por una de las ventanas superiores y cayó al patio. Tras una pausa, al parecer para recuperar el aliento, se elevó un poquito sobre el suelo. Luego echó a andar por el césped sin tratar de esquivar a Rincewind, que se las arregló para apartarse de un salto justo a tiempo. Oyó un chirrido agudo, y atisbó miles de patitas decididas bajo el tejido antes de que se perdiera de vista. Hasta las chinches se daban a la fuga... y, por si no encontraban un alojamiento tan cómodo como aquél, habían tomado precauciones. Una de ellas le saludó y lanzó un chirrido de despedida.

Rincewind retrocedió hasta que algo le rozó las piernas por detrás. Un escalofrío le recorrió la columna. Resultó ser un banco de piedra. Lo contempló unos momentos. No parecía tener prisa por marcharse, así que se sentó, bastante agradecido.

Tiene que haber una explicación natural, pensó. O perfectamente antinatural, como mínimo.

Un sonido agudo le hizo mirar hacia el otro lado del césped.

Para *aquello* no había ninguna explicación natural. Con increíble lentitud, bajando por las cañerías y las columnas, en silencio absoluto a excepción del arañar de piedra contra piedra, las gárgolas estaban abandonando su tejado.

Es una lástima que Rincewind no hubiera visto nunca una película mala con escenas a cámara lenta, porque así habría sabido cómo describir lo que estaba contemplando. Las criaturas no se movían, al menos no literalmente, sino que avanzaban en una progresión de imágenes sin continuidad: lo que pasaba ante él era una procesión de picos, melenas, alas, garras y excrementos de paloma.

–¿Qué está pasando aquí? –aulló.

Una cosa con cara de duende, cuerpo de arpía y patas de gallina giró la cabeza con una serie de movimientos discontinuos, y habló con una voz semejante a la peristalsis de las montañas (aunque el efecto profundo y resonante quedaba bastante mermado porque, por supuesto, no podía cerrar la boca).

–¡Iene un echiceo! ¡Huye si apecias tu ida!

–¿Cómo dices? –preguntó Rincewind.

Pero la cosa ya se había alejado, arrastrándose por el césped milenario.*

De manera que Rincewind se sentó y contempló el vacío durante unos diez segundos, antes de lanzar un gritito y echar a correr tan deprisa como pudo.

No se detuvo hasta que no llegó a su habitación, en el edificio de la biblioteca. Como habitación, no era gran cosa, puesto que se usaba sobre todo para almacenar muebles viejos, pero era su hogar.

Junto a una de las sombrías paredes había un armario. No era como esos armarios modernos, que sólo valen para que los amantes se metan dentro cuando el marido llega temprano, sino un antiguo trasto de roble, negro como la noche, en cuyas polvorientas profundidades medraban y se reproducían las perchas; manadas

---

* El rastro que dejaron las gárgolas hizo que el jardinero jefe de la Universidad blandiera airado su rastrillo y pronunciara la famosa frase: «¿Y para eso se pasa uno quinientos años cuidando el césped, para que un montón de imbéciles lo pisoteen?»

de zapatos poblaban su suelo. Seguramente era una puerta secreta que daba a mundos fabulosos, pero nadie había intentado cruzarla debido al molesto olor de las bolas antipolillas.

Y en la cima del armario, envuelto en pliegos de papel amarillento y sábanas viejas, había un gran baúl con incrustaciones de latón. Se llamaba Equipaje. Sólo él sabía por qué había accedido a ser propiedad de Rincewind, y no pensaba decirlo, pero probablemente no existía ningún otro objeto en la historia de los accesorios para viajes con una historia semejante de misterios y lesiones graves. Alguien lo había descrito como «mitad maleta, mitad maníaco homicida». Tenía muchas cualidades poco corrientes que quizá (o quizá no) sean evidentes a corto plazo, pero, en aquel momento, sólo una cosa lo diferenciaba de un baúl vulgar: estaba roncando, con el sonido de un serrucho sobre un tronco muy duro.

El Equipaje era mágico, sí. Era terrible, sí. Pero, en lo más profundo de su alma enigmática, compartía los gustos de cualquier otra maleta del universo, y prefería pasarse los inviernos durmiendo en la cima de los armarios.

Rincewind lo golpeó con una escoba hasta que el serrucho se interrumpió. Se llenó los bolsillos con cachivaches que sacó del embalaje para plátanos que hacía las veces de cómoda, y se dirigió hacia la puerta. No pudo evitar darse cuenta de que su colchón había desaparecido, pero no le importó demasiado, porque no tenía la menor intención de volver a dormir sobre un colchón, jamás, en su vida.

El Equipaje aterrizó en el suelo con un sólido golpe. Tras unos segundos, con gran cuidado, se alzó sobre sus cientos de patitas rosadas. Avanzó y retrocedió un poco, desentumeciendo cada pata, y luego abrió la tapa y bostezó.

–¿Vienes o no?

La tapa se cerró con un chasquido. El Equipaje hizo una complicada maniobra con sus patas para ponerse de cara a la puerta, y echó a andar tras su amo.

La biblioteca seguía en un estado de tensión, con ocasionales tintineos* o el crepitar sordo de las páginas. Rincewind se agachó junto al escritorio y agarró al bibliotecario, que seguía acurrucado bajo su manta.

–¡He dicho que salgas!

–Oook.

–Te invitaré a una copa –prometió Rincewind a la desesperada.

El bibliotecario se desplegó como una araña de cuatro patas.

–¿Oook?

Rincewind sacó al simio de su nido casi a rastras, y lo obligó a cruzar la puerta. No se dirigió hacia la entrada principal, sino hacia una anodina zona del muro donde unas cuantas piedras sueltas llevaban dos mil años proporcionando a los estudiantes una salida discreta después de que se apagaran las luces. Entonces, se detuvo tan bruscamente que el bibliotecario chocó contra él, y el Equipaje contra ambos.

–¡Oook!

–Oh, dioses –gimió–. ¡Mira eso!

–¿Oook?

Una brillante marea negra fluía a través de una rejilla cercana a la cocina. La luz de las primeras estrellas arrancaba destellos de los millones de pequeños lomos negros.

Pero lo turbador no era la visión de las cucarachas. Era el hecho de que marchaban al paso, en perfectas

---

* En la mayor parte de las bibliotecas antiguas, los libros están encadenados a los estantes para impedir que la gente los dañe. En la biblioteca de la Universidad Invisible, la cosa viene a ser al revés, por supuesto.

filas de a cien. Por supuesto, al igual que todos los habitantes informales de la Universidad, las cucarachas eran en cierto modo inusuales, pero había algo particularmente desagradable en el sonido de los billones de patitas golpeando las losas a un ritmo impecable.

Rincewind salvó de una zancada la marcial columna. El bibliotecario la saltó.

El Equipaje, como era de esperar, los siguió con un ruido semejante al de alguien bailando claqué sobre una bolsa de patatas fritas.

Y así, obligando al Equipaje a dar un rodeo para cruzar la puerta de entrada (si no, se limitaría a abrir un agujero en el muro), Rincewind abandonó la Universidad junto con el resto de los insectos y roedores asustados, y decidió que unas cuantas cervezas sosegadas le permitirían ver las cosas desde una perspectiva diferente, y unas cuantas más probablemente le tranquilizarían. Desde luego, valía la pena intentarlo.

Por eso no se encontraba en la Sala Principal a la hora de la cena. Tal y como se desarrollaron los hechos, la comida más importante que se había perdido en su vida.

En otro punto del muro de la Universidad, resonó un ligero tintineo cuando un garfio se enganchó a las puntas metálicas que protegían la cima. Un momento después, una figura esbelta, negra, se dejó caer con elasticidad en el patio de la Universidad, y echó a correr silenciosamente hacia la Sala Principal, donde pronto se perdió entre las sombras.

Pero nadie se dio cuenta. Al otro lado del campus, el Rechicero caminaba hacia la entrada de la Universidad. Cuando sus pies rozaban los guijarros, surgían chispas azules que crepitaban y evaporaban el primer rocío de la noche.

Hacía mucho, mucho calor. La gran chimenea en el extremo dextro de la Sala Principal estaba prácticamente incandescente. Los magos se resfrían con facilidad, de manera que la ráfaga de calor puro que surgía de los leños en llamas fundía las velas a seis metros de distancia y hacía burbujear el barniz de las largas mesas. El aire parecía azul por el humo del tabaco, que adoptaba formas curiosas cuando soplaban ráfagas de magia incontrolada. En la mesa central, un cerdo asado entero parecía muy molesto por el hecho de que alguien lo hubiera matado sin esperar a que terminara de comerse la manzana, y la maqueta de la Universidad realizada en mantequilla se hundía suavemente en un charco de grasa.

Había mucha cerveza. Por doquier, los magos de rostro enrojecido cantaban alegremente viejas canciones de borracho, para lo cual al parecer era imprescindible palmearse las rodillas con frecuencia. La única excusa posible para este comportamiento es que los magos son célibes, y tienen que divertirse como mejor pueden.

Otra razón del bienestar general era que nadie intentaba matar a nadie. En los círculos mágicos, eso no era cosa corriente.

Los niveles más altos de la magia son lugares peligrosos. Todo mago intenta desalojar a los que hay por encima de él, al tiempo que pisotea los dedos a los de abajo. Decir que los magos son competitivos por naturaleza es como decir que las pirañas sienten una cierta afición por la carne poco hecha. Pero, desde que las grandes Guerras Mágicas dejaron inhabitables zonas enteras del Disco,* los magos tienen prohibido solucionar sus diferencias mediante conjuros, en parte por-

---

* Inhabitables al menos para quien quisiera despertar con la misma forma, incluso ser de la misma especie, con la que se acostó.

que ocasionaban muchos problemas al resto de la población, y además a menudo resultaba difícil decir cuál de los montoncitos de grasa humeante era el vencedor. De manera que por lo general recurrían a cuchillos, venenos, escorpiones en los zapatos y desternillantes trampas cuyo elemento principal era un péndulo afilado como una navaja.

De todos modos, se consideraba que la Noche de los Dioses Menores no era buen momento para asesinar a un hermano mago, y por tanto todos se sentían libres para echar una cana al aire sin temor de que los estrangularan con ella.

La silla del archicanciller estaba desocupada. Gansocanso cenaba a solas en su estudio, como corresponde a un hombre elegido por los dioses tras largas discusiones a primera hora del día con magos sensatos. Pese a sus ochenta años, se sentía un poco nervioso, y casi ni tocó el segundo pollo.

Dentro de pocos minutos tendría que hacer un discurso. En su juventud, Gansocanso había buscado el poder en lugares extraños. Había peleado con demonios en octogramas llameantes, había contemplado dimensiones en las que el hombre no debería cotillear, incluso llegó a enfrentarse a un comité de ancianos de la Universidad Invisible, pero en los ocho círculos no había nada tan aterrador como doscientos rostros expectantes contemplándolo a uno entre humo de cigarrillos.

Los heraldos pasarían a recogerlo muy pronto. Suspiró y apartó a un lado el budín intacto. Cruzó la habitación, se miró en el gran espejo y rebuscó en el bolsillo de la túnica hasta localizar sus notas.

Tras un rato, consiguió ponerlas en un simulacro de orden, y carraspeó.

–Hermanos en arte –comenzó–, no tengo palabras para deciros cuánto... ehh... hasta qué punto... las bellas tradiciones de esta antigua universidad... ehh... al mirar a mi alrededor veo los retratos de los archicancilleres del pasado... –Se interrumpió un momento, volvió a repasar sus notas y siguió con algo más de seguridad–: Ahora me viene a la memoria la historia del buhonero de tres patas y las... ehh... hijas del mercader. Al parecer, este mercader...

Alguien llamó a la puerta.

–Adelante –gruñó Gansocanso mientras repasaba cuidadosamente sus notas–. Este mercader –murmuró–, este mercader, sí, este mercader tenía tres hijas. Creo que era así. Sí. Eran tres. Al parecer...

Echó un vistazo al espejo y se dio media vuelta.

–¿Quién ere...? –empezó a decir.

Y descubrió que, al fin y al cabo, hay cosas peores que pronunciar un discurso.

La menuda figura oscura que se deslizaba por los pasillos desiertos oyó el ruido, pero no hizo mucho caso. Los ruidos desagradables eran cosa común allí donde la magia se practicaba de manera cotidiana. La figura buscaba algo. No sabía muy bien qué era, sólo que lo reconocería cuando lo encontrase.

Tras algunos minutos, su búsqueda le llevó a la habitación de Gansocanso. El aire estaba lleno de tentáculos aceitosos. La brisa arrastraba pequeñas partículas de hollín, y había varias quemaduras en forma de pie en el suelo.

La figura se encogió de hombros. A veces, en las habitaciones de los magos uno encuentra cosas muy raras. Vio su reflejo multifacetado en el espejo roto, se colocó bien la capucha y prosiguió su búsqueda.

Moviéndose como quien escucha instrucciones procedentes de su interior, recorrió la habitación sin hacer el menor ruido, hasta llegar a la mesa donde había un estuche de cuero alto, redondo, desgastado. Se acercó aún más y levantó suavemente la tapa.

La voz del interior resonó como si hablara a través de muchas alfombras.

Ya era hora. ¿Por qué has tardado tanto?

–Lo que quiero decir es, ¿cómo empezó todo esto? O sea, en los viejos tiempos, eran magos de verdad, nada de toda esta idiotez de niveles. Simplemente, ponían manos a la obra, y lo hacían... ¡pumba!

Un par de clientes del oscuro bar que era el Tambor Remendado se volvieron rápidamente al oír el ruido. Eran nuevos por allí, claro. Los habituales nunca se daban por aludidos cuando resonaban cosas sorprendentes y desagradables, como gemidos o aullidos. Era una postura mucho más saludable. En algunas zonas de la ciudad, la curiosidad no sólo mataba al gato, sino que además luego lo tiraba al río con pesas de plomo atadas a las patas.

Rincewind movía unas manos inseguras sobre la legión de vasos vacíos que tenía en la mesa ante él. Ya casi había conseguido olvidarse de las cucarachas. Una copa más y a lo mejor se olvidaba también del colchón.

–¡Sí! ¡Una bola de fuego! ¡Fluuuus! ¡Eso es!... Lo siento.

El bibliotecario apartó cautelosamente lo que quedaba de su cerveza de la trayectoria que seguían los brazos de Rincewind.

–Magia de verdad.

Rincewind disimuló un eructo.

–Oook.

Contempló los restos espumosos de su última cerveza, y entonces, con mucho cuidado para que no se le cayera la tapa de los sesos, se inclinó hacia abajo y vertió un poco en un platito para el Equipaje. El baúl estaba tumbado tranquilamente bajo la mesa, lo cual resultaba un alivio. Por lo general, solía avergonzarlo en los bares cuando se deslizaba hacia los clientes y los aterrorizaba hasta que le daban sus patatas fritas.

Se preguntó sin mucha claridad en qué momento había descarrilado su tren de pensamientos.

–¿Por dónde iba?

–Oook –le recordó el bibliotecario.

–Eso. –Rincewind se animó–. No tenían toda esa tontería de los niveles y las jerarquías, ¿sabes? En aquellos tiempos, había rechiceros. Salían al mundo real, descubrían nuevos conjuros, corrían aventuras...

Metió un dedo en un charquito de cerveza y trazó un tembloroso dibujo en la madera sucia y arañada de la mesa.

Como le había señalado uno de sus tutores, «decir que su falta de comprensión de la teoría mágica era "abismal" no dejaba ninguna palabra disponible para definir su talento práctico». Eso siempre le había asombrado. No le parecía correcto que a uno tuviera que dársele bien la magia para ser mago. En su interior, sabía que era un mago. El talento para la magia no tenía nada que ver. Era simplemente un añadido, no bastaba para definir a nadie.

–Cuando era pequeño –dijo pensativo–, vi en un libro el retrato de un hechicero. Estaba de pie en la cima de una montaña, movía los brazos y las olas subían hasta él, ya sabes, como hacen en la Bahía de Ankh cuando hay temporal, y los relámpagos lo rodeaban...

–¿Oook?

–Pues no sé por qué no, quizá llevaba botas de goma –replicó Rincewind antes de proseguir, soñador–: Y tenía cayado y sombrero, igual que los míos. Los ojos le brillaban, las puntas de los dedos le chisporroteaban, y yo pensé: «Algún día seré así...»

–¿Oook?

–Bueno, pero ésta pequeña.

–Oook.

–¿Y cómo te las arreglas para pagar? Siempre que alguien te da dinero, te lo comes.

–Oook.

–Increíble.

Rincewind terminó su dibujo de cerveza. Era una figurita rígida en la cima de un acantilado. No se le parecía mucho (dibujar con brebajes rancios no es lo que se dice un arte), pero se notaba la intención.

–Eso es lo que quería ser –asintió–. ¡Pumba! Nada de tantas tonterías. Ahora ya sólo hay libros y cosas por el estilo. Lo que necesitamos es magia de verdad.

Esta última frase le podría haber valido el premio del día a la afirmación más equivocada si Rincewind no hubiera añadido después:

–Es una pena que ya no queden rechiceros.

Peltre golpeó la mesa con la cuchara.

Resultaba una figura impresionante con la túnica ceremonial y la capucha de púrpura y sabanadija* del Venerable Consejo de Videntes, y la faja amarilla que lo identificaba como mago de quinto nivel. Llevaba tres años en el quinto nivel, a la espera de que alguno de los sesenta y cuatro magos del sexto tuviera la amabilidad de caerse muerto y dejar una vacante. Aun así, estaba de muy buen humor. No sólo había tomado ya una buena cena, sino que además tenía en sus habitaciones un frasquito de un veneno con garantía de insipidez que,

* La sabanadija es un diminuto roedor blanco y negro, pariente lejano de los lemmings, que vive en las frías regiones ejeñas. Su piel es muy escasa y se la tiene en mucha estima. Las sabanadijas están muy encariñadas con ella, y a las muy egoístas no les gusta que se la quiten. Pese a lo que pueda sugerir el nombre, nadie se hace sábanas con ellas.

usado con corrección, le garantizaría el ascenso en pocos meses. La vida le sonreía.

El gran reloj al otro lado de la sala tembló al borde de las nueve en punto.

Los golpes de cuchara no habían surtido mucho efecto. Peltre cogió una enorme jarra de cerveza y la sacudió contra la mesa con todas sus fuerzas.

–¡Hermanos! –gritó. Asintió cuando las conversaciones murieron–. Gracias. Por favor, levantaos para la ceremonia de... eh... de las llaves.

Una oleada de risas recorrió la sala, se oyó un murmullo generalizado de expectación mientras los magos empujaban hacia atrás los bancos y se ponían en pie, inseguros.

Las dobles puertas de la sala estaban cerradas con llave y tres cerrojos. El archicanciller, al acercarse, tenía que pedir permiso para entrar tres veces antes de que le abrieran, simbolizando que su nombramiento contaba con la aprobación de toda la comunidad mágica. O algo por el estilo. Los orígenes se perdían en el amanecer de los tiempos, cosa que era tan buen motivo como cualquier otro para seguir con la costumbre.

Las conversaciones cesaron. Los magos reunidos miraron en dirección a la puerta.

Resonó un suave golpe.

–¡Lárgate! –gritaron los magos (y algunos lo consideraban una muestra de humor sutil).

Peltre cogió el gran aro de hierro que reunía las llaves de la Universidad. No todas eran metálicas. No todas eran visibles. Y algunas tenían un aspecto muy, muy raro.

–¿Quién es aquel que llama a la puerta? –entonó.

–*Yo*.

Había algo extraño en la voz: a cada mago le parecía que el que hablaba estaba de pie junto a él. La mayoría llegaron incluso a mirar por encima de sus hombros.

En aquel momento de silencio asombrado, resonó el tintineo agudo de la cerradura. Todos contemplaron fascinados y horrorizados cómo los candados de hierro se abrían por su cuenta y riesgo. Los grandes tablones de roble, que el tiempo había transformado en algo más duro que la roca, se salieron de sus lugares. Las bisagras brillaron con un fuego que iba del rojo al amarillo y luego al blanco, y por último explotaron. Lentamente, con una inevitabilidad espantosa, las puertas se desplomaron hacia el interior de la sala.

Había una figura indefinida entre los restos humeantes de las bisagras.

–Diablos, Virrid –dijo uno de los magos que estaban más cerca–, menudo truco.

Cuando la figura se situó bajo la luz, todos cayeron en la cuenta de que, desde luego, no era Virrid Gansocanso.

Era como mínimo una cabeza más bajo que cualquier otro mago, y llevaba una sencilla túnica blanca. También era varias décadas más joven: aparentaba unos diez años, y en una mano sostenía un cayado considerablemente más alto que él.

–Oye, no es ningún mago...

–¿Y dónde tiene la capucha?

–¿Y el sombrero, por lo menos?

El desconocido avanzó junto a los atónitos magos, hasta llegar a la cabecera de la mesa. Peltre bajó la vista hacia el delgado rostro infantil, enmarcado por una mata de pelo rubio, y se fijó sobre todo en los ojos dorados que allí brillaban. Pero advirtió que no le miraban a él. Parecían clavados en algún punto a quince centímetros por detrás de su cabeza. Peltre tuvo la impresión de que estaba estorbando.

Reunió la dignidad que pudo y se irguió en toda su estatura.

–¿Qué significa... eh... esto? –dijo.

Hubo de admitir que no era una frase muy imperiosa, pero la firmeza de la mirada incandescente parecía haberle borrado todas las palabras de la mente.

–He venido –replicó el desconocido.

–¿Has venido? ¿Y para qué?

–Para ocupar mi lugar. ¿Dónde está el asiento que me corresponde?

–¿Eres uno de los estudiantes? –exigió saber Peltre, blanco de ira–. ¿Cómo te llamas, jovencito?

El chico no le hizo caso, y contempló a los magos que le rodeaban.

–¿Quién es el mago más poderoso de esta sala? –preguntó–. Quiero conocerlo.

Peltre sacudió la cabeza. Dos de los porteros de la Universidad, que se habían estado deslizando discretamente hacia el recién llegado durante los últimos minutos, aparecieron junto a él.

–Echadlo a la calle –ordenó Peltre.

Los porteros, hombres sólidos como rocas, asintieron. Agarraron los delgados brazos del chico con manos que parecían racimos de plátanos.

–Tu padre se enterará de esto –amenazó Peltre con severidad.

–Ya se ha enterado –replicó el niño.

Alzó la vista hacia los dos hombres y se encogió de hombros.

–¿Qué está pasando aquí?

Peltre se volvió para recibir a Skarmer Billias, jefe de la Orden de la Estrella de Plata. Si Peltre tendía más bien hacia lo escuálido, Billias era... bueno, amplio. Parecía un pequeño globo que alguien hubiera forrado de terciopelo azul y sabanadija. Aunque la verdad es que los magos, por media, abultan el doble que cualquier hombre normal.

Por desgracia, Billias era de esos hombres que se precian de ser buenos con los niños. Se inclinó hasta donde se lo permitió la cena, y acercó su rostro rubi-cundo al del niño.

–¿Qué pasa, chico? –preguntó.

–Este crío se ha metido aquí porque dice que quiere conocer a un mago poderoso –respondió Peltre, desa-probador.

Peltre detestaba a los niños con todas sus fuerzas, y quizá por eso mismo lo consideraban tan fascinante. En aquellos momentos, había conseguido dejar de pregun-tarse qué le había pasado a la puerta.

–Eso no tiene nada de malo –señaló Billias–. Todos los chicos quieren ser magos. Cuando yo era chico, también quería ser mago. ¿Verdad, chico?

–¿Eres potísimo?

–¿Eh?

–Que si eres potísimo. ¿Hasta dónde llega tu poder?

–Mi poder –respondió Billias. Se irguió, se señaló su faja de octavo nivel y guiñó un ojo a Peltre–. No está mal. Tengo tanto poder como le es posible a un mago.

–Bien. Te desafío. Muéstrame tu magia más fuerte. Y cuando te derrote, claro, seré archicanciller.

–¡Mocoso insolente...! –empezó Peltre.

Pero su protesta se perdió bajo la ola de carcajadas del resto de los magos. Billias se palmeó las rodillas, o al menos tan cerca de ellas como pudo.

–Un duelo, ¿eh? –dijo–. No está mal, buena idea.

–Los duelos están prohibidos, como bien sabes –intervino Peltre–. ¡Además, esto es ridículo! No sé quién se cargó las puertas para que entrara, pero no pienso quedarme quieto mientras perdemos el tiem-po...

–Vamos, vamos –atajó Billias–. ¿Cómo te llamas, chico?

–Coin.

–Coin, *señor* –rugió Peltre.

–Bueno, bueno, Coin –asintió Billias–. Quieres ver hasta dónde llega mi poder, ¿eh?

–Sí.

–¡Sí, *señor*!

Coin lanzó a Peltre una mirada sin pestañear, una mirada vieja como el tiempo, la clase de mirada que toma el sol sobre las rocas en islas volcánicas y nunca se cansa. Peltre sintió que se le secaba la boca.

Billias alzó las manos para pedir silencio. Luego, con un gesto teatral, se subió la manga izquierda y extendió los dedos.

Los magos reunidos observaron la escena con interés. Por lo general, los hechiceros de octavo nivel estaban por encima de la magia, se pasaban la mayor parte del tiempo meditando (la mayoría de las veces sobre el próximo menú) y, por supuesto, esquivando las atenciones de los ambiciosos magos del séptimo nivel. Aquello iba a ser todo un espectáculo.

Billias sonrió al chico, quien le correspondió con una mirada enfocada hacia un punto pocos centímetros por detrás de la cabeza del viejo mago.

Algo desconcertado, Billias flexionó los dedos. De pronto, aquello había dejado de ser un juego, sentía la imperiosa necesidad de impresionar. Pero rápidamente se impuso otra sensación, la de ser muy estúpido por haberse puesto nervioso.

–Ahora verás –dijo. Respiró profundamente–. El Jardín Mágico de Maligree.

Un susurro recorrió la sala. En toda la historia de la Universidad, sólo cuatro magos habían conseguido el Jardín completo. La mayoría de los hechiceros podían crear los árboles y las flores, algunos incluso llegaban a los pájaros. No era el hechizo más poderoso, no podía mover montañas, pero para captar las sutilezas y detalles de las complejas sílabas del Maligree hacía falta una habilidad muy controlada.

–Como observarás –añadió Billias–, nada en la manga...

Empezó a mover los labios. Sus dedos trazaron símbolos en el aire. Un charquito de chispas doradas apareció en la palma de su mano, se curvó, adoptó forma esférica, empezó a adquirir detalles.

Según las leyendas, Maligree, uno de los últimos rechiceros de verdad, creó el Jardín para tener un pequeño universo privado e intemporal, donde podía fumar a gusto y pensar con tranquilidad esquivando las preocupaciones del mundo. Cosa que resultaba un enigma ya de por sí, porque ningún mago comprendía cómo un ser tan poderoso como un rechicero podía tener preocupaciones. Fuera cual fuera la razón, Maligree se fue retirando más y más a su propio mundo, hasta que un día cerró la puerta y allí se quedó.

El Jardín era una esfera deslumbrante en las manos de Billias. Los magos más cercanos se inclinaron para contemplarlo, maravillados, y vieron cómo en la bola de sesenta centímetros aparecía un delicado paisaje lleno de flores. Había un lago a lo lejos, un lago perfecto, con sus olitas y todo, y las montañas purpúreas se alzaban tras un bosque de aspecto interesante. Diminutos pájaros del tamaño de abejas volaban de árbol en árbol, y un par de ciervos no más grandes que ratones dejaron de pastar para mirar a Coin.

Quien dijo con tono crítico.

–No está nada mal. Dámelo.

Tomó el globo intangible de las manos del mago, y lo alzó.

–¿Por qué es tan pequeño? –preguntó.

Billias se secó la frente con un pañuelo de encaje.

–Bueno... –respondió débilmente, demasiado asombrado por el tono de Coin como para sentirse siquiera ofendido–. Desde los viejos tiempos, la eficacia del hechizo se ha...

Coin inclinó la cabeza hacia un lado por un instante, como si escuchara algo. Luego susurró unas pocas sílabas y acarició la superficie de la esfera.

Ésta se expandió. En un momento dado era un juguete en las manos del niño, y al siguiente...

... los magos estaban de pie sobre un prado de hierba fresca que descendía hacia el lago. Una brisa suave soplaba de las montañas: traía el aroma del tomillo y el heno. El cielo era de un color azul profundo, teñido de púrpura en el horizonte.

Los ciervos observaron a los recién llegados con gesto de sospecha desde su terreno de pasto, bajo los árboles.

Peltre bajó la vista, conmocionado. Un pavo real le estaba picoteando los cordones de las botas.

–¿.... ? –fue a decir, pero se interrumpió.

Coin aún tenía en las manos una esfera, una esfera de aire. Dentro de ella, distorsionada como si la estuvieran viendo a través de una lente de ojo de pez, o del fondo de una botella, se encontraba la Sala Principal de la Universidad Invisible.

El chico miró a su alrededor, contempló los árboles, observó pensativo las lejanas montañas coronadas de nieve, e hizo un gesto a los hombres atónitos.

–No está mal –dijo–. Me gustaría volver aquí de vez en cuando.

Hizo un complicado movimiento con las manos, que pareció, de alguna manera inexplicable, volverlos a todos del revés.

Ahora los magos estaban de vuelta en la sala, y el niño tenía entre las manos el jardín, cada vez más pequeño. En medio del pesado silencio, se lo devolvió a Billias.

–Ha sido interesante. Ahora, haré algo de magia.

Alzó las manos, miró a Billias y lo hizo desaparecer.

Se hizo el caos, como suele suceder en estas ocasiones. En el centro se alzaba Coin, absolutamente tranquilo, envuelto en una creciente nube de humo grasiento.

Haciendo caso omiso del tumulto, Peltre se inclinó lentamente y, con sumo cuidado, recogió del suelo una pluma de pavo real. Pensativo, se rozó los labios con ella mientras contemplaba al niño y el sillón vacío del archicanciller. Los labios finos se fruncieron y empezó a esbozar una sonrisa.

Una hora más tarde, cuando el trueno empezó a retumbar en el cielo claro sobre la ciudad, mientras Rincewind comenzaba a cantar suavemente y a olvidarse de las cucarachas, al tiempo que un colchón solitario vagaba por las calles, Peltre cerró la puerta del estudio del archicanciller y se volvió hacia sus camaradas magos.

Eran seis, y estaban muy preocupados.

Peltre advirtió que estaban tan preocupados como para escucharlo a él, a un simple mago de quinto nivel.

–Se ha acostado –dijo–. Tras tomar un vaso de leche caliente.

–¿Leche? –se horrorizó uno de los magos.

–Es demasiado joven para tomar alcohol –explicó el tesorero.

–Oh, claro, se me olvidaba.

–¿Visteis lo que hizo con la puerta?

–¡Vi lo que hizo a Billias!

–Pero ¿qué hizo, exactamente?

–¡No quiero saberlo!

–Hermanos, hermanos –los tranquilizó Peltre.

Contempló pensativo los rostros preocupados. Demasiadas cenas, pensó. Demasiadas tardes esperando a que los criados traigan el té. Demasiado tiempo transcurrido en habitaciones polvorientas, leyendo libros viejos escritos por hombres muertos hacía tiempo. Demasiados brocados de oro, demasiadas ceremonias ridículas. Demasiada grasa. La Universidad entera estaba madura para la siega, bastaba un buen empujón...

Un buen empujón...

–Me pregunto si de verdad tenemos... mmm... un problema –dijo.

Gravie Derment, de los Sabios de la Sombra Desconocida, pegó un puñetazo en la mesa.

–¿¡Qué estás diciendo!? –le espetó–. Llega un crío, derrota a dos de los mejores magos de la Universidad, se sienta en el sillón del archicanciller, ¿y aún no te has dado cuenta de que tenemos un problema? ¡Ese chico es un genio! ¡Por lo que hemos visto esta noche, no hay en el Disco ni un solo hechicero capaz de enfrentarse a él!

–¿Y por qué vamos a enfrentarnos a él? –preguntó Peltre con tono razonable.

–¡Porque es más poderoso que nosotros!

–¿Y qué?

La voz de Peltre habría hecho que una lámina de cristal pareciera un campo arado, que la miel pareciera arena.

–La verdad...

Gravie titubeó. Peltre le dedicó una sonrisa alentadora.

–Ejem.

El ejemeador era Marmaric Cardante, jefe de los Encapuchados Tuertos. Entrelazó los dedos sucios de nicotina y miró atentamente a Peltre. Al tesorero no le gustaba aquel hombre. Tenía considerables dudas sobre su inteligencia. Sospechaba que era bastante elevada, y que tras aquellas mandíbulas surcadas de venas había una mente llena de ruedecitas brillantes y pulidas que giraban como locas.

–No parece demasiado ansioso por usar ese poder –señaló Cardante.

–¿Y qué pasa con Billias y con Virrid?

–Una rabieta infantil.

Los demás magos miraban alternativamente al anciano y al tesorero. Eran muy conscientes de que estaba pasando algo, aunque no acababan de entender qué era.

La razón de que los magos no gobernaran el Disco era bastante sencilla. Entrega a dos magos un trozo de cuerda y, por puro instinto, tirarán de ella en direcciones opuestas. Hay algo en sus genes, o quizá en su educación, que los hace enemigos de la cooperación, hasta el punto de que, comparado con ellos, un elefante viejo con dolor de muelas parece una hormiga obrera.

Peltre abrió las manos.

–Hermanos –repitió–, ¿no veis lo que ha sucedido? Es un joven con talento, quizá ha crecido aislado y sin guía en el... eh... en el mundo exterior. Y, al sentir en sus huesos la llamada de la magia, emprendió el largo viaje por caminos tortuosos, arriesgándose a incontables peligros, y por fin ha llegado al final de su viaje, solo y asustado, sin buscar nada más que la influencia estabilizadora que podemos proporcionarle nosotros, sus tutores, para proporcionar forma y guía a su talento. ¿Cómo podríamos darle la espalda, arrojarlo en brazos del viento invernal, sin...?

Tuvo que interrumpirse cuando Gravie se sonó la nariz.

–No es invierno –señaló simplemente otro de los magos–. Y esta noche hace bastante calor.

–¡Pues a los brazos del *traicionero e inestable clima primaveral*! –rugió Peltre–. ¡Y caigan las maldiciones sobre quien falle...!

–Es casi verano.

Cardante se frotó la nariz, pensativo.

–El chico tiene un cayado –señaló–. ¿Quién se lo dio? ¿Se lo has preguntado?

–No –replicó Peltre, aún mirando con odio a su almanaquístico interlocutor.

Cardante empezó a contemplarse las uñas en un gesto que a Peltre le pareció de lo más amenazador.

–Bueno, sea cual sea el problema, seguro que puede esperar a mañana –dijo en un tono que a Peltre le pareció ostentosamente aburrido.

–¡¿Qué dices?! ¡Si vaporizó a Billias! –gritó Gravie–. ¡Y me han dicho que en la habitación de Virrid no queda más que hollín!

–Quizá se comportaron como estúpidos –lo tranquilizó Cardante–. Estoy seguro, hermano mío, de que tú no te dejarías derrotar en el Arte por un simple cachorro, ¿verdad?

Gravie titubeó.

–Bueno, eh... –dijo–. No. Claro que no. –Observó la sonrisa inocente de Cardante y carraspeó con fuerza–. Por supuesto que no, es obvio. Billias se comportó como un idiota. De todos modos, la prudencia no estorba...

–De acuerdo, mañana por la mañana todos seremos muy prudentes –dijo Cardante con tono alegre–. Demos por concluida la reunión, hermanos. El chico está durmiendo, al menos en eso sí podríamos aprender de él. Lo veremos todo mejor a la luz del día.

–Sé de ocasiones en que ha pasado todo lo contrario –señaló Gravie, sombrío.

No confiaba en la juventud. Opinaba que de ella no podía salir nada bueno.

Los magos se alejaron en dirección a la Sala Principal, donde se estaba sirviendo el noveno plato de la cena. No basta un poco de magia y la vaporización de un colega para quitarle el apetito a un hechicero.

Por razones que nadie se molestó en explicar, Peltre y Cardante fueron los últimos que quedaron. Se sentaron a los extremos opuestos de la larga mesa, vigilándose como gatos. Los gatos pueden sentarse en cualquier extremo de una cuerda floja y observarse unos a otros durante horas, realizando esa gimnasia mental que hace que un gran maestro del ajedrez parezca impulsivo en comparación, pero los gatos no tenían nada que ver con los magos. Ninguno de los dos estaba dispuesto a hacer su jugada hasta no haber repasado mentalmente toda la conversación, para asegurarse de que los cabos estaban bien atados.

Peltre se debilitó antes.

–Todos los magos son hermanos –dijo–. Deberíamos confiar el uno en el otro. Tengo información.

–Lo sé –asintió Cardante–. Sabes quién es el chico.

Peltre movió los labios sin emitir sonido alguno, tratando de prever la próxima estocada de intercambio.

–No puedes estar seguro de eso –dijo tras un rato.

–Mi querido Peltre, siempre te sonrojas cuando dices la verdad sin querer.

–¡No me he sonrojado!

–Exacto –sonrió Cardante–. A eso me refería.

–De acuerdo –concedió Peltre–. Pero tú crees saber algo más.

El obeso mago se encogió de hombros.

–Una simple suposición, un presentimiento –replicó–. Y, ¿por qué voy a aliarme... –saboreó la palabra, tan poco habitual–, contigo, un simple mago de quinto nivel? Podría obtener la información diseccionando tu cerebro vivo. Sin ánimo de ofender, claro, tienes que comprender que sólo busco conocimiento.

Los acontecimientos de los siguientes segundos se desarrollaron a demasiada velocidad como para que un no mago los comprendiera, pero la cosa fue aproximadamente así:

Peltre había estado trazando los símbolos del Acelerador de Megrim bajo la mesa, en el aire. En el último momento, murmuró una sílaba entre dientes y disparó el hechizo por encima de la mesa, donde dejó una larga marca humeante en el barniz antes de encontrarse, aproximadamente a medio camino, con las serpientes plateadas del Potente Aspidspray del Hermano Corredeprisa, que habían surgido de los dedos de Cardante.

Los dos hechizos chocaron el uno contra el otro, se convirtieron en una bola de fuego verde y estallaron, llenando la habitación de cristalitos amarillos.

Los magos intercambiaron ese tipo de miradas largas, pausadas, con las que se podrían asar castañas.

Por decirlo en pocas palabras, Cardante estaba sorprendido. No debería haberlo estado. Los magos de octavo nivel ni se acuerdan ya de lo que es un desafío de habilidad. En teoría, sólo hay otros siete magos con un poder equivalente, y todos los hechiceros inferiores son, por definición... bueno, eso, inferiores. De manera que se suelen comportar con servilismo. Pero claro, Peltre estaba en el quinto nivel.

Las cosas son muy duras en la cima, y probablemente son aún más duras en la base, pero en el camino hacia arriba son tan duras que con ellas se podrían hacer bloques de cemento. Para entonces, todos los inútiles, los vagos, los idiotas, o los desgraciados sin suerte, han quedado fuera de la carrera, el terreno está mucho más despejado. Cada mago se encuentra solo y rodeado de enemigos mortales por todas partes. Los de cuarto empujan desde abajo y esperan que caiga. A los de sexto les encantaría que se tragara su ambición. Y por supuesto, a su alrededor están los camaradas de quinto, que aprovechan cualquier oportunidad para hacer que la competencia disminuya un poco. No se puede descansar un instante. Los magos de quinto nivel son crueles, duros, tienen reflejos de acero y los ojos rasgados de tanto recorrer con la vista el metafórico y largo tramo al final del cual descansa el premio de premios, el sombrero de archicanciller.

La novedad de la cooperación empezó a interesar a Cardante. Allí había un poder digno de tenerlo en cuenta, un poder que él podía aprovechar mientras lo considerase necesario. Por supuesto, después había que... desalentarlo...

Padrinazgo, pensó Peltre. Había oído usar aquella palabra, pero nunca dentro de la Universidad. Sabía que significaba conseguir que alguien que está por encima te eche una mano. Por supuesto, ningún mago en su sano juicio soñaría con tenderle la mano a otro, a menos que fuera para arrancarle la suya. La simple idea de alentar a un competidor... Pero, por otra parte, aquel viejo idiota podría ayudarlo un tiempo, y luego, bueno...

Se miraron con mutua admiración desganada y desconfianza ilimitada, pero al menos se sentían cómodos en esa desconfianza. Más adelante...

–Se llama Coin. Dice que su padre era Superudito.

–Me gustaría saber cuántos hermanos tiene.

–¿Cómo dices?

–Hacía siglos que esta Universidad no veía magia como la suya –dijo Cardante–. Quizá milenios. Sólo la recuerdo de las leyendas.

–Echamos a Superudito hace treinta años –señaló Peltre–. Según mis informes, se casó. Supongo que, si tuvo hijos, serán magos, pero no comprendo por qué...

–Lo que vimos no fue magia. Fue rechicería –afirmó Cardante al tiempo que se acomodaba en la silla.

Peltre le miró desde el otro lado del barniz burbujeante.

–¿Rechicería?

–El octavo hijo de un mago es un rechicero.

–¡No lo sabía!

–Es un tema al que no se le da mucha publicidad.

–Sí, pero... los rechiceros vivieron hace mucho tiempo, o sea, entonces la magia era mucho más fuerte, los hombres... ejem... también eran diferentes... No sabía que era cuestión de crianza.

Peltre estaba pensando, ocho hijos, eso significa que lo hizo ocho veces. Como mínimo. Uff.

—Los rechiceros podían hacerlo todo —siguió—. Eran casi tan poderosos como dioses. Mmmm.... problemas, muchos problemas. Puedes estar seguro de que los dioses no volverán a consentir ese tipo de cosas.

—Hombre, el problema de verdad fue que los rechiceros lucharon entre ellos —señaló Cardante—. Pero un solo rechicero no causará ningún lío. Un rechicero bien aconsejado, claro, por mentes más maduras y sabias.

—¡Pero quiere el sombrero de archicanciller!

—¿Y por qué no?

A Peltre se le cayó la mandíbula. Aquello era demasiado, hasta para él.

Cardante le sonrió con gesto amistoso.

—Pero el sombrero...

—No es más que un símbolo —señaló el mago de octavo—. No tiene nada de especial. Si lo quiere, todo suyo, no importa.

—¡Pero si son los dioses los que eligen al archicanciller!

Cardante arqueó una ceja.

—¿De verdad?

Carraspeó.

—Bueno, sí, supongo que sí. En cierto modo.

—¿En cierto modo?

Cardante se levantó para arreglarse los faldones de la túnica.

—Creo que te faltan muchas cosas por aprender —señaló—. Por cierto, ¿dónde anda ese sombrero?

—Ni idea —replicó Peltre, todavía un poco conmocionado—. En las habitaciones de Virrid, supongo.

—Será mejor que vayamos a buscarlo —sugirió Cardante.

Se detuvo un momento en la puerta y se acarició la barba, meditabundo.

–Recuerdo a Superudito –dijo–. Estudiamos juntos. Un tipo raro, de costumbres extravagantes. Fenomenal como mago antes de que las cosas se le torcieran. Recuerdo que, cuando se ponía nervioso por algo, tenía un tic muy raro en una ceja.

Cardante volvió la vista hacia atrás, a lo largo de cuarenta años de memoria, y se estremeció.

–El sombrero –hubo de recordarse a sí mismo–. Busquémoslo. Sería una lástima que le pasara algo.

En realidad, el sombrero no tenía la menor intención de sufrir ningún accidente, y en aquel momento corría hacia el Tambor Parcheado bajo el brazo de un asombrado ladrón vestido de negro.

Como pronto veremos, el ladrón era muy especial. Era un artista del robo. Otros ladrones se limitan a llevarse cualquier cosa que no esté clavada al suelo, pero este ladrón, encima, se llevaba los clavos. Este ladrón había escandalizado a Ankh con su costumbre de robar, y encima con un éxito sorprendente, cosas que no sólo estaban clavadas, sino también vigiladas por guardianes perspicaces en cajas fuertes inaccesibles. Hay artistas capaces de pintar el techo de toda una capilla; este ladrón era de los que podían robarlo.

Este ladrón en concreto contaba en su historial con la hazaña de haber robado el enjoyado cuchillo de deshuellos del Templo de Offler, el Dios Cocodrilo, en medio de un sacrificio; y las herraduras de plata del mejor caballo del Patricio en medio de una carrera. Cuando Gritoller Mimpsey, vicepresidente del Gremio de Ladrones, recibió un empujón en el mercado y al volver a casa descubrió que un puñado de diamantes recién robados habían desaparecido de su escondrijo, supo sin lugar a dudas a quién culpar.* Era el tipo de ladrón capaz de robarte la iniciativa en el último momento y las palabras de la boca.

De todos modos, era la primera vez que robaba algo que no sólo le pedía que lo robara, en un tono de voz bajo pero autoritario, sino que además le daba instrucciones precisas (e indiscutibles) sobre cómo debía hacerlo.

Era ese momento de la noche que marca el punto de inflexión en el agitado día de Ankh-Morpork, cuando aquellos que se ganan la vida bajo el sol descansan tras una dura jornada de trabajo, y los que buscan su honrado sustento a la fría luz de la luna comienzan a reunir las energías para ponerse en marcha. En efecto, el día había llegado a ese momento en que es demasiado tarde para un atraco a mano armada, y demasiado pronto para un asalto con nocturnidad.

Rincewind seguía sentado solo en la atestada habitación llena de humo, y no se fijó en la sombra que cruzó la mesa ni en la siniestra figura que se sentó frente a él. En aquel lugar, las figuras siniestras eran cosa habitual. El Tambor estaba muy orgulloso de su reputación como la taberna menos recomendable de Ankh-Morpork, y el gigantesco troll que vigilaba la puerta se aseguraba de que todos los clientes reunieran las condiciones imprescindibles: capas negras, ojos brillantes, espadas mágicas y esas cosas. Rincewind nunca había llegado a saber qué hacía con los que no pasaban el examen. Quizá se los comía.

Cuando la figura habló, su voz susurrante pareció surgir de las profundidades de la capucha de terciopelo negro ribeteada en piel.

—Psssss —dijo.

* Sobre todo porque Gritoller se había tragado las piedras preciosas para tenerlas a buen recaudo.

–Ahora no –dijo Rincewind, cuya mente había conocido momentos de más claridad–. Quizá más tarde.

–Busco a un mago –dijo la voz.

Era una voz ronca por el esfuerzo, su propietario la disfrazaba, pero eso también era cosa corriente en el Tambor.

–¿A un mago en particular? –preguntó Rincewind con toda cautela.

Era el tipo de frases que no auguraban nada bueno.

–Uno que ame la tradición, a quien no le importe correr riesgos para conseguir una gran recompensa –dijo otra voz.

Ésta parecía surgir de un estuche redondo de cuero negro que el encapuchado llevaba bajo el brazo.

–Ah –asintió Rincewind–, eso reduce las posibilidades, claro. Supongo que hay de por medio un azaroso viaje hacia tierras desconocidas y probablemente peligrosas.

–La verdad, sí.

–¿Y enfrentamientos con criaturas exóticas?

–Podría ser.

–¿Y una muerte casi segura?

–Casi segura.

Rincewind asintió y recogió su sombrero.

–Bien, te deseo toda la suerte del mundo en tu búsqueda –dijo–. Me encantaría ayudarte, pero no tengo la menor intención de hacerlo.

–¿Qué?

–Lo siento mucho. No sé por qué, pero la perspectiva de una muerte casi segura en tierras desconocidas bajo las garras de monstruos exóticos no me atrae. Ya lo he probado, y no le cogí el gusto. A cada uno lo suyo, es lo que siempre digo yo, y estoy especialmente dotado para el aburrimiento.

Llegaba ya al pie de la escalera que daba a la calle cuando oyó una voz tras él:

–Un mago de verdad habría aceptado.

Podría haber seguido andando. Podría haber subido la escalera, salido a la calle, tomado una pizza en el autoservicio klatchiano del Callejón Romántico, para después acostarse. La historia habría cambiado completamente, y de hecho habría sido considerablemente más corta, pero él habría dormido bien. Aunque en el suelo, claro.

El futuro contuvo el aliento, a la espera de la decisión de Rincewind.

No hizo todo lo anterior por tres motivos. Uno era el alcohol. Otro, la llamita de orgullo que arde hasta en el corazón del cobarde más cauteloso. Pero el tercero fue la voz.

Era hermosa. Sonaba a seda.

El tema de la relación magos-sexo es complicado. Pero, como ya se ha señalado, en esencia se reduce a lo siguiente: cuando se trata de vino, mujeres, y canciones, a los magos se les permite emborracharse y desafinar tanto como quieran.

A los jóvenes magos se les dice que es porque la práctica de la magia es dura, exigente e incompatible con actividades furtivas y sudorosas. Se les explica que la opción sensata es olvidarse de esas tonterías e hincar los codos ante los grimorios, por ejemplo. No es de extrañar que a los jóvenes no les satisficiera la explicación, y pensaran que era porque las reglas las habían dictado siempre los magos viejos. Viejos y con mala memoria. Estaban en un error, claro, porque el auténtico motivo se había olvidado hacía mucho tiempo: si los magos fueran por ahí practicando determinadas actividades, volvería la amenaza de la rechicería.

Por supuesto, Rincewind tenía ya tablas, había visto mundo, y su entrenamiento le permitía pasar algunas horas en compañía de una mujer sin tener que salir corriendo en busca de una ducha fría y una siesta.

Pero aquella voz habría hecho que hasta una estatua se apeara del pedestal para correr unos kilómetros y hacer cincuenta flexiones. Era una voz capaz de hacer que un «buenos días» pareciera una invitación a la cama.

La desconocida se quitó la capucha y sacudió la larga melena. Era de un blanco casi puro. Dado que su piel lucía un bronceado dorado, el efecto general estaba calculado para poner una bomba de relojería en la libido masculina.

Rincewind titubeó, y perdió una espléndida oportunidad de callarse. Desde la cima de la escalera les llegó la ronca voz del troll:

–Eh, oz digo que no ze puede...

La chica se adelantó y puso el estuche redondo en manos de Rincewind.

–Deprisa, ven conmigo –dijo–. ¡Tu vida corre peligro!

–¿Por qué?

–Porque si no vienes, te mataré.

–Sí, pero espera un momento, en ese caso... –protestó débilmente Rincewind.

Tres miembros de la guardia personal del patricio aparecieron en la cima de la escalera. Su jefe sonrió. Tenía una de esas sonrisas que sugieren que su propietario va a ser el único en disfrutar de la broma.

–Que nadie se mueva –sugirió.

Rincewind oyó ruido a sus espaldas, y junto a la puerta trasera aparecieron más guardias.

Los otros clientes del Tambor se detuvieron con las manos apoyadas en toda una variedad de empuñaduras. Aquéllos no eran los vigilantes habituales de la ciudad, cautelosos y corruptos como ellos solos. Aquéllos eran sacos de músculos con patas, y absolutamente insobornables, aunque sólo fuera porque el patricio podía mejorar cualquier oferta. Además, no parecían buscar a nadie más que a la mujer. El resto de la clientela se relajó y se dispuso a disfrutar del espectáculo. Quizá en algún momento valdría la pena participar, una vez estuviera bien claro quién llevaba las de ganar.

Rincewind sintió que la presión en su muñeca se acentuaba.

–¿Estás loca? –siseó–. ¡Yo no me meto con la gente del patricio ni en broma!

Se oyó un silbido, y de pronto al sargento le creció en el hombro una empuñadura de cuchillo. Después, la chica se volvió y, con precisión quirúrgica, plantó un piececito en la entrepierna del primer guardia que cruzó la puerta. Veinte pares de ojos se humedecieron por simpatía.

Rincewind se agarró el sombrero y trató de esconderse bajo la mesa más cercana, pero aquella garra era de acero. El siguiente guardia que se acercó recibió otro cuchillo en el muslo. Luego, la chica desenfundó una espada que era como una larga aguja, y la blandió amenazadora.

–¿Alguien más? –preguntó.

Uno de los guardias alzó una ballesta. El bibliotecario, todavía acuclillado junto a su copa, extendió un brazo perezoso semejante a dos mangos de escoba unidos por una goma, y lo hizo caer de espaldas. El dardo rebotó en la estrella del sombrero de Rincewind, y se estrelló contra la pared junto a un respetable alcahuete que se encontraba sentado a dos mesas de distancia. Sus guardaespaldas lanzaron otro cuchillo que por poco no acabó con un ladrón al otro lado de la sala, y éste cogió un banco y golpeó a dos guardias, los cuales cayeron sobre los borrachos más cercanos. Cuando empezaron las reacciones en cadena, todo el mundo se encontró peleando para conseguir algo: salir, sobrevivir o vengarse.

Rincewind no pudo evitar que lo empujaran tras la barra. Allí estaba el propietario, bajo el mostrador, sentado sobre sus sacas de dinero, con dos machetes cruzados sobre las rodillas y tomándose una copa con toda tranquilidad. De cuando en cuando, el sonido de una mesa al romperse lo hacía parpadear.

Lo último que Rincewind vio antes de que lo sacaran de allí a rastras fue al bibliotecario. Pese a parecer un saco de goma forrado de piel y lleno de agua, el orangután tenía el mismo peso que cualquier otro hombre en la habitación: en aquellos momentos, estaba sentado en los hombros de un guardia, e intentaba desenroscarle la cabeza con bastante éxito.

Una de las cosas que preocupaban a Rincewind era el hecho de que lo arrastraban hacia el piso superior.

–Estimada señora –dijo, a la desesperada–, ¿cuál es tu plan, concretamente?

–¿Hay alguna manera de salir por el tejado?

–Sí. ¿Qué llevas en esta caja?

–¡Shhh!

La chica se detuvo en un recoveco del sombrío pasillo, metió la mano en la bolsita que llevaba colgada a la cintura y esparció un puñado de pequeños objetos metálicos por el suelo, tras ellos. Cada uno estaba compuesto de cuatro clavos, soldados de manera que, cayeran como cayeran, siempre habría uno apuntando hacia arriba.

Contempló con gesto crítico la puerta más cercana.

–No llevarás encima cosa de metro y medio de alambre, ¿verdad? –preguntó, pensativa.

Desenfundó otro cuchillo y se dedicó a jugar con él, lanzándolo al aire y recogiéndolo.

–Me parece que no –replicó débilmente Rincewind.

–Lástima, se me ha acabado. Venga, vamos.

–¿Por qué? ¡Yo no he hecho nada!

La chica se dirigió hacia la ventana más cercana, la abrió y se detuvo un instante, ya con una pierna en la repisa exterior.

–Muy bien –le dijo por encima del hombro–. Quédate y explícaselo a los guardias.

–¿Por qué te persiguen?

–No lo sé.

–¡Vamos! ¡Tiene que haber alguna razón!

–Oh, hay muchas razones. Sencillamente, no sé por cuál en concreto. ¿Vienes o no?

Rincewind titubeó. La guardia personal del Patricio no se caracterizaba por su trato sensible con la gente, en realidad preferían cortarla en pedacitos. Había muchas cosas que les disgustaban, y una de ellas era... bueno, básicamente que hubiera gente en su mismo universo.

–Bien, iré contigo –replicó galantemente–. Una chica no debe andar sola por esta ciudad.

Una niebla gélida invadía las calles de Ankh-Morpork. Las llamas de los farolillos de los vendedores callejeros eran pequeños halos amarillos en medio de la nube generalizada.

La chica atisbó por una esquina.

–Los hemos despistado –dijo–. Para ya de temblar, estás a salvo.

–¿Cómo, quieres decir que estoy a solas con una maníaca homicida? –suspiró Rincewind–. Perfecto.

La chica se relajó y se rió.

–Te estuve observando –dijo–. Hace una hora, tenías miedo de que tu futuro fuera aburrido y carente de interés.

–Quería que fuera aburrido y carente de interés –replicó Rincewind con amargura–. De lo que tengo miedo es de que sea breve.

–Ponte de espaldas –le ordenó ella, entrando en un callejón.

–Ni lo sueñes.

–Me voy a desnudar.

Rincewind se dio media vuelta, con el rostro enrojecido. Oyó el crujir suave del tejido a su espalda, le llegó una nube de perfume.

–Ya puedes mirar –dijo la chica tras un rato.

No lo hizo.

–No te preocupes, me he puesto otra ropa.

Abrió los ojos. La chica llevaba un encantador vestido blanco de encaje, con grandes mangas bordadas. Abrió la boca. Comprendió con absoluta certeza que, hasta aquel momento, sólo se había visto en apuros sencillos, modestos, nada de lo que no pudiera salir con un poco de lógica o, en el peor de los casos, cruzando los dedos. Su cerebro empezó a enviar mensajes urgentes a sus músculos tensos, pero antes de que pudieran entenderlo la chica volvió a agarrarlo por el brazo.

–No tienes por qué estar tan nervioso –dijo ella dulcemente–. Bien, echemos un vistazo a esto.

Levantó la tapa del estuche redondo que Rincewind tenía entre las manos, y sacó el sombrero de archicanciller.

Los octarinos de su cúspide brillaban con los ocho colores del espectro, creando en el callejón neblinoso el tipo de luces que suelen requerir un buen director de efectos especiales y toda una gama de filtros, cuando no se dispone de magia. Cuando la chica lo alzó en el aire, generó un torbellino de colores que poca gente llega a ver en circunstancias legales.

Poco a poco, Rincewind se dejó caer de rodillas.

Ella lo miró, asombrada.

–¿Te fallan las piernas?

–Es... es el sombrero. El sombrero de archicanciller –señaló Rincewind con la voz ronca. Sus ojos se entrecerraron–. ¡Lo has robado! –gritó, poniéndose en pie y agarrando el ala centelleante.

–No es más que un sombrero.

–¡Dámelo ahora mismo! ¡Las mujeres no deben tocarlo! ¡Pertenece a los magos!

–¿Qué mosca te ha picado?

Rincewind abrió la boca. Rincewind cerró la boca.

Quería decir: Es el sombrero de archicanciller, ¿no lo entiendes? Lo lleva el cabeza de todos los magos, bueno, todos los magos lo llevan en la cabeza, en cabeza de su cabeza, bueno, es una metáfora, potencialmente al menos, es la máxima aspiración de cualquier mago, es el símbolo de la magia organizada, es la cumbre de la profesión, es un símbolo, eso es lo que significa para todos los magos...

Y muchas más cosas. A Rincewind le habían hablado del sombrero ya el primer día que pasó en la Universidad, y se había hundido en su mente impresionable como una pesa de plomo en la gelatina. No estaba seguro de demasiadas cosas, pero tenía la certeza de que el sombrero de archicanciller era importante. Quizá hasta los magos necesitaban poner un poco de magia en sus vidas.

Rincewind –dijo el sombrero.

El mago miró a la chica.

–¡Me ha hablado!

–¿Era como una voz dentro de tu cabeza?

–¡Sí!

–A mí me hizo lo mismo.

–¡Pero es que sabía mi nombre!

Pues claro que lo sabemos, idiota. Al fin y al cabo somos mágicos, ¿no?

La voz del sombrero no sólo era aterciopelada, cosa natural dadas las circunstancias; además, tenía un extraño efecto coral, como si muchas voces desagradables hablaran al mismo tiempo, casi al unísono.

Rincewind se rehízo como pudo.

–Oh, gran sombrero –declamó en tono pomposo–. Haz caer tu ira sobre esta mujer imprudente que ha tenido la audacia, no, la...

Corta el rollo. Me robó porque yo se lo ordené. Y lo hizo muy bien, por cierto.

–¡Pero si es una...! –Rincewind titubeó–. Pertenece al sexo femenino –murmuró al final.

Igual que tu madre.

–Sí, bueno, pero ella se fugó antes de que yo naciera.

De todas las tabernas de mala reputación que hay en la ciudad, tenías que elegir la suya –se quejó el sombrero.

–Es el único mago que he encontrado –explicó la chica–. Me pareció que serviría. Tenía un sombrero que ponía «Echicero», y todo eso.

No te creas todo lo que lees. Bueno, ahora ya es demasiado tarde. No nos queda mucho tiempo.

–Alto ahí, alto ahí –interrumpió Rincewind, apremiante–. ¿Qué está pasando? ¿Querías que ella te robara? ¿Por qué no nos queda mucho tiempo? –Señaló el sombrero con gesto acusador–. Además, no deberías ir por ahí dejando que te robaran, se supone que debes estar en... ¡en la cabeza del archicanciller! La ceremonia era esta noche, se me olvidó por completo...

En la Universidad está ocurriendo algo terrible. Es vital que no nos hagan ir allí, ¿comprendes? Tienes que llevarnos a Klatch, donde hay alguien digno de usarme.

–¿Por qué?

Rincewind se dio cuenta de que en aquella voz había algo muy, muy extraño. Parecía imposible desobedecerla, como si estuviera hecha de destino sólido. Si le ordenaba que saltara por un barranco, estaría a mitad de la caída antes de que se le ocurriera negarse.

Se aproxima la muerte de toda la magia.

Rincewind miró a su alrededor, sintiéndose culpable.

–¿Por qué?

El mundo va a terminar.

–¿Por qué?

Hablo en serio –refunfuñó el sombrero–. *El triunfo de los Gigantes de Hielo, El Apocrilipsis, el Despido de los Dioses, el acabóse.*

–¿Podemos impedirlo?

En ese aspecto, el futuro es incierto.

La expresión de decidido horror de Rincewind se desvaneció poco a poco.

–¿Se trata de un acertijo?

Creo que todo sería más sencillo si haces lo que te dicen sin intentar comprender las cosas –replicó el sombrero–. *Jovencita, vuelve a meternos en la caja. Pronto habrá mucha gente buscándonos.*

–Eh, alto ahí –dijo Rincewind–. Hace años que te conozco, y nunca habías hablado.

No tenía nada que decir.

Rincewind asintió. Parecía una respuesta sensata.

–Mira, métraelo en la caja y vamos allá –dijo la chica.

–Un poco más de respeto, jovencita –dijo Rincewind con gesto altivo–. Estás hablando del más alto símbolo de la magia.

–Entonces, llévalo tú.

–Oye, espera –dijo Rincewind, apresurándose tras ella mientras atravesaban callejones, cruzaban una estrecha avenida y entraban en otro callejón, entre un par de casas que se inclinaban tan ebriamente que los pisos superiores llegaban a tocarse.

Ella se detuvo.

–¿Qué pasa? –le espetó.

–Eres el ladrón... bueno, la ladrona misteriosa, ¿no? –preguntó–. Todo el mundo habla de ti, dicen que has robado cosas hasta de habitaciones cerradas, y todo eso. Eres diferente de como te imaginaba.

–¿Sí? –replicó la chica con frialdad–. ¿Y cómo me imaginabas?

–Pues, mmm... más alta.

–¡Anda ya! ¡Vamos!

Las farolas de la calle, que en aquella zona de la ciudad no abundaban demasiado, desaparecieron por completo en un momento dado. Ante ellos sólo quedaba una oscuridad tensa.

–¡Vamos! –repitió la chica–. ¿De qué tienes miedo?

Rincewind respiró hondo.

–De los asesinos, ladrones, atracadores, violadores, revientapisos, rateros, chantajistas y homicidas –respondió–. ¡Nos estamos metiendo en Las Sombras!*

–Sí, pero aquí no vendrán a buscarnos.

–Puede que sí vengan, lo que pasa es que no saldrán –señaló Rincewind–. Y nosotros tampoco. Es decir, una joven tan bonita como tú... No soporto la idea de que... Por aquí vive una gente que...

–Por suerte tú me protegerás.

Rincewind oyó el sonido de múltiples pies a paso de marcha, demasiado cerca de ellos.

–¿Sabes? –suspiró–. Estaba seguro de que dirías eso.

Un hombre puede caminar por estas calles, se dijo. Pero será mucho mejor que corra.

En aquella neblinosa noche primaveral, las calles de Las Sombras estaban tan oscuras que nos resultaría difícil seguir el avance de Rincewind por ellas, de manera que describiremos mejor los ornamentados tejados, el bosque de chimeneas retorcidas, y admiraremos las pocas estrellas parpadeantes que se las arreglan para taladrar

---

* Según el folleto *Vienbenido a Ankh-Morporke, la ciudad de las mil sorpresas,* publicado por el Gremio de Comerciantes, la zona del viejo Morpork llamada «Las Sombras» es un «folclórico entramado de callejones antiguos y calles pintorescas, donde las emociones aguardan a la buelta de cada esquina y aún se pueden oír los tradicionales gritos mientras los habitantes de la zona se ocupan de sus asuntos pribados». En otras palabras, estáis avisados.

la niebla. Será mejor que pasemos por alto los sonidos de abajo... el ruido de pies, las carreras apresuradas, los gritos, los gemidos ahogados. Puede que haya algún animal salvaje recorriendo Las Sombras, y también puede que lleve dos semanas a dieta de hambre.

En algún lugar del centro de Las Sombras (nadie ha hecho nunca un mapa decente del barrio), hay un pequeño patio. Allí por lo menos brillan algunas antorchas en los muros, pero la luz que proyectan es una luz propia de Las Sombras: desagradable, enrojecida, oscura en el centro.

Rincewind entró en el patio tambaleándose, y se apoyó en una pared para sostenerse en pie. La chica se situó tras él, bajo una de las luces, canturreando para sus adentros.

–¿Te encuentras bien? –preguntó ella.

–Nrrrg –dijo Rincewind.

–¿Cómo?

–Esos hombres –tartamudeó–. Quiero decir, les diste unas patadas en..., cuando los agarraste por..., cuando apuñalaste a aquél justo en..., ¿quién eres?

–Me llamo Conina.

Rincewind la miró un momento, inexpresivo.

–Lo siento, no me suena.

–Es que no llevo mucho tiempo por aquí.

–Sí, no me parecía que fueras de la ciudad –asintió–. Me habría enterado.

–He alquilado unas habitaciones aquí. ¿Entramos?

Rincewind contempló el destartalado poste, apenas visible a la tenue luz de las antorchas chisporroteantes. Indicaba que la posada tras la pequeña puerta oscura ostentaba el nombre de Cabeza de Troll.

Quizá alguien haya llegado a la conclusión de que el Tambor Remendado, escenario de las reyertas de hace apenas una hora, era una taberna de mala reputación. No es cierto. Es una taberna con *reputación* de mala reputación. Sus clientes tienen una cierta respetabilidad de canallas: se pueden asesinar unos a otros de una manera familiar, de igual a igual, pero no lo hacen con mala intención. Allí podría entrar un niño a pedir una limonada con la seguridad de que no le sucedería nada malo, como máximo recibiría un pescozón de su madre cuando ésta se enterase de las ampliaciones de su vocabulario. En las veladas más tranquilas, cuando estaba seguro de que el bibliotecario no se iba a presentar, el propietario hasta ponía platitos con cacahuetes en la barra.

Cabeza de Troll era harina de otro costal, y de un costal bastante más sucio. Si sus clientes se reformaban, se lavaban de arriba abajo y renovaban su imagen hasta el punto de resultar irreconocibles, quizá, y sólo quizá, podrían aspirar a que los considerasen desperdicios de la sociedad. Y en Las Sombras, desperdicio quiere decir desperdicio.

Por cierto, lo que hay en el poste no es un cartel. Cuando decidieron llamar al local Cabeza de Troll, no se anduvieron con rodeos.

Algo mareado, aferrando la gruñona caja del sombrero contra su pecho, Rincewind entró.

Silencio. Un silencio que los rodeó casi con tanta fuerza como el humo de una docena de sustancias destinadas a convertir en queso cualquier cerebro normal. Los ojos de sospecha los miraron entre la neblina.

Un par de dados tintinearon sobre una mesa. Fue un sonido muy fuerte, y probablemente no mostraban el número de la suerte de Rincewind.

Fue consciente de que las miradas de los clientes seguían a la figura blanca y sorprendentemente menuda de Conina cuando cruzó la sala. Miró de reojo los rostros atentos de los hombres que lo matarían sin pensar (y de hecho les resultaría mucho más sencillo lo primero que lo segundo).

En el lugar que hubiera ocupado la barra en una

taberna decente, no había más que una hilera de botellas negras y un par de barriles mohosos.

El silencio se cerró sobre ellos como un torniquete.
Será en cualquier momento, pensó Rincewind.

Un hombretón corpulento, vestido sólo con un
chaleco de piel y un taparrabos de cuero, echó hacia
atrás su taburete, se puso trabajosamente en pie y guiñó
un ojo a sus camaradas. Abrió una boca como un agujero inmenso.

–¿Buscas a un hombre, nena? –preguntó.

–Te ruego que me dejes pasar.

Una oleada de carcajadas recorrió la sala. La boca
de Conina se cerró como un sobre.

–Ah –gorgoteó el hombretón–, muy bien, muy
bien, me gustan las chicas temperamentales...

La mano de Conina se movió. Era como un rayo
blanco que se detenía *aquí* y *allá*: tras unos segundos de
incredulidad, el hombre dejó escapar un pequeño
gemido y se dobló sobre sí mismo, muy despacio.

Rincewind retrocedió y se encogió al tiempo que
los demás hombres presentes se inclinaban hacia adelante. Su primer instinto fue huir, y supo que ese instinto le causaría una muerte inmediata. Al otro lado de la
puerta estaban Las Sombras. No sabía qué le iba a suceder, pero le sucedería allí donde estaba. No era una idea
nada tranquilizadora.

Una mano se cerró sobre su boca. Dos más le arran-
caron la caja del sombrero de entre los brazos.

Conina giró junto a él, al tiempo que se levantaba la
falda para estampar un piececito contra un lugar concreto cerca de la cintura de Rincewind. Alguien gimió
junto a su oído antes de derrumbarse. Mientras la chica
describía graciosas piruetas, se las arregló para coger
dos botellas, romperlas contra una mesa y caer de pie,
con los extremos cortantes ante ella. En la jerga calleje-
ra las llamaban «dagas de Morpork».

Al verlas, los clientes de Cabeza de Troll perdieron todo el interés.

—Alguien se ha llevado el sombrero —consiguió murmurar Rincewind entre los labios secos—. Han salido por la puerta trasera.

La chica lo miró y se dirigió hacia la puerta. La multitud de clientes se apartó automáticamente de su paso, como tiburones que reconocieran a otro tiburón, y Rincewind se apresuró a correr tras Conina antes de que les diera tiempo a llegar a alguna conclusión sobre él.

Salieron a otro callejón y lo recorrieron hasta llegar a la calle.

Rincewind trató de mantenerse a su altura. La gente que la seguía solía acabar con objetos afilados incrustados, y no estaba seguro de que Conina recordara que él estaba de su lado, fuera cual fuera ese lado.

Caía una llovizna fina, desganada. Y al final del callejón se divisaba un tenue brillo azulado.

—¡Espera!

El terror que asomaba en la voz de Rincewind bastó para que ella se detuviera.

—¿Qué pasa?

—¿Por qué se ha parado?

—Se lo preguntaré —respondió Conina con firmeza.

—¿Por qué está cubierto de nieve?

La chica se dio media vuelta con las manos en las caderas, dando golpecitos impacientes con el pie sobre el suelo húmedo.

—¡Rincewind, hace una hora que te conozco, y me sorprende que hayas sobrevivido siquiera ese tiempo!

—Pero lo cierto es que he sobrevivido, ¿no? Se me da muy bien, te lo puede decir cualquiera. Soy un adicto.

—¿Adicto a qué?

—A la vida. Me enganché a edad muy temprana y no pienso dejarlo. ¡Así que créeme, aquí falla algo!

Conina volvió la vista hacia la figura rodeada por la brillante aura azul. Parecía sostener algo entre las manos.

La nieve se le posaba sobre los hombros como un caso grave de caspa. Un caso terminal de caspa. Rincewind tenía instinto para estas cosas, y sospechaba que el hombre estaba ahora en un lugar donde el champú ya no servía de nada.

Se deslizaron junto a un muro brillante.

–Desde luego, esto es muy extraño –tuvo que reconocer la chica.

–¿Te refieres al hecho de que ese tipo tiene un temporal de nieve privado?

–Pues no parece que le moleste. Está sonriendo.

–Yo diría que es una sonrisa gélida.

Las manos como carámbanos del hombre habían empezado a levantar la tapa de la caja, y el brillo de los octarinos del sombrero se reflejaba en un par de ojos avarientos que ya estaban bordeados de escarcha.

–¿Lo conoces? –inquirió Conina.

Rincewind se encogió de hombros.

–Lo llaman Larry el Zorro, o Fezzy el Armiño, o algo así. No sé qué roedor. No hace más que robar cosas, es inofensivo.

–Parece un tipo frío –se estremeció Conina.

Ya no pasa nada –dijo la voz del sombrero desde el corazón del brillo–. *¡Perezcan así todos los enemigos de la magia!*

Rincewind no estaba dispuesto a confiar en la palabra de un sombrero.

–Necesitamos algo para cerrar la tapa –murmuró–. Un cuchillo, o algo así. ¿Llevas alguno por casualidad?

–Date la vuelta –avisó Conina.

Se oyó un crujir de tejido, y le llegó otra vaharada de perfume.

–Ya puedes mirar.

Rincewind recibió un cuchillo arrojadizo de treinta centímetros. Lo aceptó con presteza. En su filo brillaban diminutas partículas de metal.

–Gracias. –Se dio la vuelta–. Espero no haberte dejado sin ninguno.

–Tengo otros.

–Estaba seguro.

Rincewind extendió la mano en la que sostenía el cuchillo. Cuando lo acercó a la caja de cuero, la hoja se tornó blanca y empezó a humear. Dejó escapar un gemido cuando el frío le rodeó la mano: era un frío ardiente, como un puñal, un frío que reptaba por su brazo y atacaba con decisión a su mente. Se obligó a mover los dedos entumecidos y, con gran esfuerzo, bajó la tapa con la punta del puñal.

El brillo desapareció. La nieve dejó de caer y se transformó en una llovizna.

Conina apartó a Rincewind de un codazo y arrancó la caja de los brazos helados.

–Me gustaría poder hacer algo por él. No me parece bien dejarlo aquí.

–No le importará –replicó Rincewind sin convicción.

–Quizá, pero podríamos apoyarlo contra la pared. O algo por el estilo.

Rincewind asintió y agarró al ladrón congelado por su brazo de hielo. El hombre se le resbaló y fue a estrellarse contra las losas del callejón.

Donde se hizo pedazos.

Conina contempló los pedazos.

–Ugh –dijo.

Oyeron un ruido procedente de la puerta trasera de Cabeza de Troll. Rincewind sintió que le arrancaban el cuchillo de las manos y que luego pasaba volando junto a su oreja, en una trayectoria segura que terminó en el poste, a veinte metros. Una cabeza que se había asomado se retiró apresuradamente.

–Lo mejor será que nos vayamos –dijo Conina, al tiempo que echaba a andar por el callejón–. ¿Hay algún lugar donde podamos escondernos? ¿En tu casa?

–Por lo general, duermo en la Universidad –explicó Rincewind, que trotaba junto a ella.

No debes volver a la Universidad –gruñó el sombrero desde las profundidades de su caja.

Rincewind asintió distraídamente. La idea no le parecía nada atractiva, desde luego.

–Además, no se permiten las visitas femeninas de noche –explicó.

–¿Y de día?

–No, tampoco.

Conina suspiró.

–Vaya tontería. ¿Qué os pasa a los magos con las mujeres?

Rincewind frunció el ceño.

–No puede pasarnos nada con las mujeres –replicó–. Ahí está el problema.

Una siniestra niebla gris serpenteaba por los muelles de Morpork, goteaba en los aparejos, se enroscaba a los tejados semiderrumbados, rondaba por los callejones. Algunos pensaban que, de noche, los muelles eran aún más peligrosos que Las Sombras. Dos atracadores, un ratero y alguien que se había limitado a tocar a Conina en el hombro para preguntarle la hora, lo habían descubierto ya.

–¿Te importa si te hago una pregunta? –dijo Rincewind, saltando sobre el desdichado viandante que yacía enroscado en su universo privado de dolor.

–¿Cuál?

–Bueno, es que no me gustaría ofenderte...

–¿Cuál?

–No he podido evitar darme cuenta de que...

–¿Mmm?

–Tienes una cierta manera de comportarte con los desconocidos.

Rincewind se agachó, pero no sucedió nada.

–¿Qué pasa, te has caído? –preguntó Conina.

–Lo siento.

–Ya sé lo que estás pensando. No lo puedo evitar, he salido a mi padre.

–¿Quién era? ¿Cohen el Bárbaro?

Rincewind sonrió para demostrar que era una broma. Al menos, las comisuras de sus labios se curvaron desesperadamente hacia arriba.

–No tienes por qué reírte de ello, mago.

–¿De qué?

–No es culpa mía.

Rincewind movió los labios sin emitir el menor sonido.

–Lo siento –consiguió decir al final–. ¿Te he entendido bien? ¿De verdad tu padre es Cohen el Bárbaro?

–Sí –bufó la chica–. Todo el mundo tiene que tener un padre. Supongo que hasta tú –añadió.

Examinó el terreno antes de doblar una esquina.

–Tenemos campo libre, vamos – dijo. Cuando ya estuvieron caminando sobre los guijarros húmedos, siguió hablando–: Supongo que tu padre era mago, ¿no?

–Pues no lo creo. La hechicería no es lo que se dice una profesión hereditaria.

Hizo una pausa. Conocía a Cohen, incluso había estado invitado en una de sus bodas, cuando se casó con una chica de la edad de Conina. Si algo se podía decir de Cohen, era que se las arreglaba para llenar de minutos cada hora.

–A mucha gente le gustaría salir a Cohen. Es decir, fue el mejor luchador, el mejor ladrón, el...

–Les gustaría a muchos *hombres* –le espetó Conina.

Se apoyó contra una pared y le miró.

–Escucha –dijo–, hay una palabra larga, no me acuerdo, me la dijo una vieja bruja..., los magos entendéis mucho de palabras largas.

Rincewind pensó en palabras largas.

–¿Mermelada? –sugirió.

La chica sacudió la cabeza, irritada.

–Significa que sales a tus padres.

Rincewind frunció el ceño. El tema de los padres no se le daba bien.

–¿Cleptomanía? ¿Receptividad? –aventuró.

–Empieza por H.

–¿Hedonismo? –señaló Rincewind a la desesperada.

–Hierrodietario –recordó Conina–. Aquella bruja me lo explicó. Mi madre era bailarina en el templo de no sé qué dios loco, mi padre la rescató, y... bueno, y se quedaron juntos una temporada. Dicen que tengo la cara y el tipo de mi madre.

–Y no están nada mal –apuntó Rincewind con desesperada galantería.

Ella se sonrojó.

–Sí, pero de él he sacado unos tendones con los que se podría amarrar un barco, unos reflejos como los de una serpiente en una lata caliente, una espantosa tendencia a robar cosas y esta horrible sensación de que, cada vez que conozco a alguien, debería lanzarle un cuchillo contra los ojos desde veinticinco metros de distancia. Además, puedo hacerlo –añadió al final con cierto orgullo.

–Cielos.

–A los hombres les molesta mucho.

–No me extraña –replicó débilmente.

–Quiero decir, cuando mis novios se enteran, es difícil retenerlos.

–Excepto por la garganta, supongo.

–No es lo que se dice una buena base para una relación.

–No, claro –asintió Rincewind–. De todas maneras, resulta muy útil si quieres ser una famosa ladrona bárbara.

–Pero no –suspiró Conina–, si lo que quieres ser es peluquera...

–Ah.

Los dos contemplaron la niebla.

–¿De verdad quieres ser peluquera? –preguntó Rincewind.

Conina asintió con tristeza.

–Pero imagino que no hay mucha demanda de peluqueras bárbaras –dijo él–. Es decir, nadie quiere un lavado y corte de cabeza.

–Lo que pasa es que, cada vez que veo un estuche de manicura, siento la tentación de usar el cortacutículas como puñal.

Rincewind suspiró.

–Te entiendo. Yo quería ser mago.

–¡Pero tú eres mago!

–Ah. Bueno, claro, pero...

–¡Silencio!

Rincewind se vio lanzado contra la pared, donde un reguero de niebla condensada empezó a gotearle inexplicablemente por el cuello. En la mano de Conina había aparecido de manera misteriosa un ancho cuchillo arrojadizo, y la chica estaba acuclillada como un animal salvaje, o peor aún, como un ser humano salvaje.

–¿Qué...? –empezó Rincewind.

–¡Silencio! –siseó ella–. ¡Se acerca algo!

Se levantó con un movimiento ágil, adelantó una pierna y lanzó el cuchillo.

Se oyó un solo impacto, hueco, como de madera.

Conina se puso de pie y escudriñó la oscuridad. Por una vez, la sangre heroica que corría por sus venas, aniquilando todas las posibilidades de una vida vestida con bata rosa, se vio desconcertada.

–Acabo de asesinar a una caja de madera –dijo.

Rincewind asomó la cabeza por la esquina.

El Equipaje se alzaba en la calle húmeda, el cuchillo aún vibraba en su tapa, y miraba a Conina. Luego cambió ligeramente de posición, moviendo sus patitas en un complicado paso de tango, y contempló a Rincewind. El Equipaje no tenía facciones, sólo una cerradura y un par de bisagras, pero en cuestión de miradas superaba con creces a una roca cubierta de iguanas. Miraba mejor que una estatua de ojos de cristal. Si se trataba de expresar dolor y sentimientos traicionados, el Equipaje dejaba chiquito a un spaniel apaleado. De su superficie brotaban varias flechas y espadas rotas.

–¿Qué es eso? –siseó Conina.

–No es más que el Equipaje –explicó débilmente Rincewind.

–¿Es tuyo?

–No exactamente. Bueno, más o menos.

–¿Es peligroso?

El Equipaje se volvió para mirarla de nuevo.

–Hay dos escuelas de pensamiento a ese respecto –respondió Rincewind–. Algunos dicen que es peligroso, y otros que es muy peligroso. ¿Qué opinas tú?

El Equipaje alzó su tapa un poquito.

Estaba hecho de madera de peral sabio, una planta tan mágica que casi se había extinguido del Disco y sobrevivía en uno o dos lugares. Era una especie de rododendro camenerio, sólo que no crecía en lugares donde habían caído bombas, sino en aquellos que habían visto derroches de magia. Por tradición, los cayados de los magos se hacían de madera de peral sabio. Igual que el Equipaje.

Entre las capacidades mágicas del Equipaje había una bastante sencilla y directa: seguía a su propietario adoptado a cualquier lugar. No a cualquier lugar en un juego de dimensiones concreto, en un país, o en un universo, o en una vida. *A cualquier lugar*. Librarse de él resultaba tan sencillo como quitarse un resfriado de verano, y era considerablemente más desagradable.

El Equipaje era además el protector acérrimo de su dueño. En cambio, su relación con el resto de la creación era muy difícil de escribir, aunque se podría empezar con las palabras «maldad sanguinaria» y seguir de ahí para arriba.

Conina contempló la tapa. Se parecía mucho a una boca.

–Yo votaría por «Letalmente peligroso» –dijo.

–Le gustan las patatas fritas –sugirió Rincewind. Lo pensó mejor y aclaró–: Bueno, quizá eso sea un poco exagerado. ¿Digamos que come patatas fritas?

–¿Y qué hay de la gente?

–Eso también. Creo que, hasta ahora, unas quince personas.

–¿Eran buenas o malas?

–Cadáveres, dejémoslo ahí. Además, hace la colada: guardas la ropa dentro y sale lavada y planchada.

–¿Y cubierta de sangre?

–Eso es lo gracioso del asunto.

–¿Gracioso? –repitió Conina, cuyos ojos no se apartaban del Equipaje.

–Sí, porque... verás, el interior no es siempre igual, es multidimensional, y...

–¿Cómo se porta con las mujeres?

–Oh, no es selectivo. El año pasado se comió un libro de hechizos. Estuvo de mal humor tres días, y luego lo escupió.

–Es horrible –dijo Conina, y retrocedió.

–Oh, sí –asintió Rincewind–. No te quepa duda.

–¡Me refiero a su mirada!

–Se le da bien, ¿verdad?

Tenemos que partir hacia Klatch –dijo una voz desde el interior de la caja–. *Necesitaremos uno de los barcos. Apodérate de él.*

Rincewind miró hacia las sombras envueltas en niebla que poblaban las brumas, bajo el bosque de aparejos. Aquí y allá, un diminuto farol proyectaba una bolita de luz en la penumbra.

–Es difícil desobedecerle, ¿eh? –señaló Conina.

–Lo estoy intentando –replicó Rincewind.

El sudor le goteaba por la frente.

–*Subid a bordo ya* –dijo el sombrero.

Los pies de Rincewind echaron a andar por voluntad propia.

–¿Por qué me haces esto? –gimió.

Porque no me queda más remedio. Créeme, habría preferido a un mago de octavo nivel. ¡Nadie debe usarme!

–¿Por qué no? Eres el sombrero de archicanciller.

Y a través de mí hablan todos los archicancilleres que en el mundo han sido. Soy la Universidad. Soy la Sabiduría. Soy el símbolo de la magia bajo el control del hombre... ¡y no seré usado por un rechicero! ¡No debe haber más rechiceros! ¡El mundo no soportaría la rechicería!

Conina carraspeó.

–¿Has comprendido algo de lo que ha dicho? –preguntó con cautela.

–Comprendo parte, pero no puedo creerlo –replicó él.

Sus pies permanecieron firmemente arraigados en los guijarros.

¡Dijeron que no era más que un símbolo sin importancia! –La voz estaba llena de sarcasmo–. *¡Unos magos gordos que traicionan todo lo que siempre defendió la Universidad dicen que no soy más que un símbolo sin importancia! Te lo ordeno, Rincewind. Y a ti, chica. Servidme bien y os concederé lo que más deseéis.*

–¿Cómo puedes concederme lo que más deseo si el mundo se acaba?

El sombrero pareció meditar.

Bueno, ¿no tienes algún deseo que se pueda cumplir en un par de minutos?

–Escucha, ¿cómo es posible que hagas magia? No eres más que un...

Rincewind se interrumpió.

Soy magia. Auténtica magia. Además, los magos más grandes del mundo me han llevado en la cabeza durante dos mil años, de eso se aprenden muchas cosas. Venga. Tenemos que marcharnos. Pero con dignidad, claro.

Rincewind lanzó una patética mirada a Conina, quien se encogió de hombros.

–A mí no me mires –dijo la chica–. Esto tiene pinta de aventura. Y me temo que mi destino es correr aventuras. Cosas de la genética.*

–¡Pero a mí no se me dan bien! ¡Créeme, he corrido docenas de aventuras, y no son lo mío! –aulló Rincewind.

Ah, Experiencia –dijo el sombrero, aprobador.

–No, la verdad es que no. Soy un cobarde redomado, siempre huyo. –Rincewind jadeaba–. ¡El peligro me ha visto la nuca en cientos de ocasiones!

No quiero que te metas de cabeza en el peligro.

–¡Perfecto!

Quiero que te mantengas bien lejos del peligro.

Rincewind gimió.

–¿Por qué yo?

---

* El estudio de la genética en el Disco fracasó ya en sus inicios, cuando los magos hicieron experimentos tratando de cruzar especímenes tan corrientes como moscas de la fruta y guisantes. Por desgracia, no tenían muy claros los principios básicos, y el resultado de la unión (una especie de habichuela verde que zumbaba) tuvo una vida triste y breve antes de ser devorado por una araña que pasaba por allí.

Por el bien de la Universidad. Por el honor de los magos. Por la seguridad del mundo. Por lo que más deseas. Y porque, si no lo haces, te congelaré vivo.

Rincewind lanzó un suspiro que era casi de alivio. No le gustaban los sobornos, ni las súplicas, ni las apelaciones a su bondad. En cambio, las amenazas le resultaban muy familiares. En cuestión de amenazas, se encontraba como en casa.

El sol salió el Día de los Dioses Menores como un huevo escalfado. Las nieblas se habían cerrado sobre Ankh-Morpork como jirones de plata y oro: húmedas, cálidas y silenciosas. Se oía el rugido lejano del trueno primaveral, allá en las llanuras. Parecía más cálido de lo habitual.

Por lo general, los magos se levantan tarde. Pero, en aquella mañana, muchos de ellos habían madrugado y recorrían los pasillos sin rumbo fijo. Advertían el cambio en el aire.

La Universidad se estaba llenando de magia.

Cierto que, habitualmente, ya estaba llena de magia, pero era una magia vieja, cómoda, tan emocionante y peligrosa como una zapatilla de lona. En cambio, ahora brotaba una magia nueva, vibrante y de bordes afilados, brillante y fría como el fuego de un cometa. Reptaba por las piedras, se palpaba en los objetos como si fuera electricidad estática en la alfombra de poliéster de la creación. Zumbaba y crepitaba. Rizaba las barbas de los magos, brotaba en jirones de humo octarino de dedos que, en tres décadas, no habían visto nada más místico que alguna que otra ilusión luminosa. ¿Cómo se podría describir el efecto con delicadeza y buen gusto? Para muchos de los magos era como ser un anciano que ve de pronto a una joven hermosa y descubre para su horror, deleite y asombro que, de pronto, la carne se muestra tan impulsiva como el espíritu.

Y en los muros y pasillos de la Universidad se susurraba una palabra: ¡Rechicería!

Unos cuantos magos, a escondidas, probaron hechizos que no habían conseguido dominar en años, y contemplaban sorprendidos cómo se desarrollaban perfectamente. Cautelosamente al principio, luego con confianza, al final con gritos y hurras, se lanzaban bolas de fuego unos a otros, o sacaban palomas de sus sombreros, o hacían que del aire cayeran lentejuelas multicolores.

¡Rechicería! Uno o dos de los magos, que hasta entonces no habían cometido ninguna acción peor que comerse una ostra viva, se hicieron invisibles y se dedicaron a perseguir a las criadas por los pasillos.

¡Rechicería! Algunos, más osados, habían probado antiguos conjuros de vuelo, y ahora iban por ahí chocando contra las vigas. ¡Rechicería!

El único que no tomó parte en la locura generalizada fue el bibliotecario. Contempló un buen rato las travesuras, frunciendo sus elásticos labios, y luego se dirigió dignamente hacia la biblioteca arrastrando los nudillos. Si alguien se hubiera tomado la molestia de fijarse habría oído cómo cerraba la puerta con llave.

En la biblioteca reinaba un silencio mortal. Los libros ya no estaban enloquecidos. Habían superado el estadio del miedo, y ahora se encontraban en las aguas tranquilas de un terror abyecto.

Un largo brazo peludo agarró el *Dictionarío Commpleto de Majía con Precetos para el Sabío*, de Mayúsculo. El libro intentó resistirse, pero el orangután lo tranquilizó con un largo dedo peludo y lo abrió por la R. El bibliotecario calmó a la temblorosa página y la recorrió con una uña enquistada hasta llegar a:

RECHICERO, s. (mitología). Protomago, puerta a trabés de la cuál la nueba majía entra en el mundo, mago

79

sin la limitación de las capacidades físicas de su cuerpo, ni la del Destino, ni la de la Muerte. Está escrito que en el pasado ubo rechiceros cuando el mundo era joben pero ya no quedan y menos mal, porque la rechicería no se izo para el ombre y su regreso significaría el Fin del Mundo. Si el Crreador ubiera querido que los ombres fueran dioses les abría dado alas. VER TAMBIÉN: Apocrilipsis, la lellenda de los Gigantes del Hielo y el Adiós de los Dioses.

El bibliotecario leyó las referencias, volvió a la primera entrada y la contempló largo rato con sus profundos ojos oscuros. Luego devolvió el libro a su estante con todo cuidado, se deslizó bajo su escritorio y se cubrió la cabeza con su manta.

Pero, en la galería sobre la Sala Principal, Cardante y Peltre contemplaban la escena con emociones completamente diferentes.

De pie, codo con codo, parecían un número 10.

–¿Qué está pasando? –preguntó Peltre.

Se había pasado la noche en vela, y no coordinaba muy bien las ideas.

–La magia fluye hacia la Universidad –respondió Cardante–. Eso es lo que hace un rechicero. Es un canalizador de magia. Magia de verdad, muchacho. No esa bobada anticuada que hemos estado haciendo en los últimos siglos. Esto es el amanecer de un... de un...

–¿De un nuevo amanecer?

–Exacto. Un tiempo de milagros, un... un...

–¿*Annus mirabilis*?

Cardante frunció el ceño.

–Sí –acabó por decir–. Algo por el estilo. Se te dan muy bien las palabras, ¿sabes?

–Gracias, hermano.

El mayor de los magos hizo caso omiso de la familiaridad. Se apoyó sobre la barandilla labrada y observó los despliegues de magia que tenían lugar abajo. Instintivamente, se llevó la mano al bolsillo en busca de su saquito de tabaco, pero hizo una pausa. Sonrió y chasqueó los dedos. Entre sus labios apareció un cigarrillo encendido.

–Me he pasado años intentándolo –dijo–. Se avecinan grandes cambios, muchacho. Aún no se han dado cuenta, pero se han acabado las Órdenes y los Niveles. Eso no era más que un... sistema racional. Ya no lo necesitamos. ¿Dónde está el chico?

–Aún duerme... –empezó Peltre.

–Estoy aquí –dijo Coin.

Estaba de pie junto a la puerta que llevaba a las habitaciones de Cardante, con el cayado de octihierro que medía más que él. Unas venillas de fuego amarillo recorrían su superficie negra, tan oscura que parecía una resquebrajadura en el mundo.

Peltre sintió que los ojos dorados lo taladraban, como si sus pensamientos más íntimos estuvieran claramente escritos al fondo de su cráneo.

–Ah –dijo con una voz que él consideraba jovial y alegre, aunque en realidad sonaba como un jadeo estrangulado. Tras un comienzo así, su contribución sólo podía empeorar, y lo hizo–. Veo que ya estás, ejem, levantado –dijo.

–Mi querido muchacho... –empezó Cardante.

Coin le dirigió una mirada larga, gélida.

–Te vi anoche –dijo–. ¿Eres potísimo?

–Sólo a medias –se apresuró a explicar Cardante, recordando la tendencia del chico a considerar la magia como un juego letal–. Pero no tan potísimo como tú, estoy seguro.

–¿Seré archicanciller, como marca mi destino?

–Por supuesto, por supuesto –asintió Cardante–. No te quepa duda. ¿Puedo ver tu cayado? Qué diseño tan interesante...

Extendió una mano regordeta.

Era una increíble falta de etiqueta en cualquier caso. A ningún mago se le ocurriría tocar el cayado de otro sin su consentimiento expreso. Pero hay gente que no considera que los niños sean seres humanos de pleno derecho, y creen que las normas de la buena educación no se aplican a ellos.

Los dedos de Cardante se cerraron en torno al cayado negro.

Hubo un ruido, aunque Peltre lo sintió más que lo oyó, y Cardante se vio lanzado al otro extremo de la galería, donde chocó contra la pared opuesta como un saco de grasa antes de caer al suelo.

–No hagas eso –dijo Coin. Se volvió hacia Peltre, que se había puesto pálido–. Ayúdalo a levantarse –añadió–. Lo más probable es que no esté malherido.

El tesorero se apresuró a inclinarse sobre Cardante, que jadeaba y se había puesto de un color raro. Palmeó la mano del mago hasta que abrió un ojo.

–¿Has visto lo que sucedió? –susurró.

–No estoy seguro. Mmm... ¿qué sucedió? –siseó Peltre.

–Me ha mordido.

–La próxima vez que toques el cayado –dijo Coin, limitándose a señalar un hecho obvio–, morirás. ¿Comprendes?

Cardante alzó la cabeza con un movimiento suave, por si acaso se le caía algún pedazo.

–Perfectamente.

–Ahora, me gustaría ver la Universidad –siguió el chico–. He oído contar muchas cosas sobre ella...

Peltre ayudó a Cardante a erguirse sobre sus pies inseguros, y le proporcionó apoyo mientras trotaban obedientes tras el jovencito.

–No toques su cayado –murmuró Cardante.

–Puedes estar seguro –respondió Peltre con firmeza–. ¿Qué sentiste?

–¿Te ha mordido alguna vez una víbora?

–No.

–En ese caso, comprenderás a la perfección lo que sentí.

–¿Eh?

–No se parecía en absoluto a la mordedura de una víbora.

Se apresuraron a seguir a la decidida figura de Coin, que bajaba por la escalera. Cruzó la destrozada puerta de la Sala Principal.

Peltre se las arregló para ponerse al frente, deseoso de causar una buena impresión.

–Esto es la Sala Principal –dijo. Coin volvió hacia él su mirada dorada, y el mago sintió cómo se le secaba la boca–. Se llama así porque es una sala, ¿sabes? Una sala principal.

Tragó saliva.

–Es una sala principal –siguió, tratando de impedir que aquellos ojos como faros achicharraran sus últimos restos de coherencia–. Una sala principal muy principal, y por eso se llama...

–¿Quiénes son ésos? –preguntó Coin.

Señaló con el cayado. Los magos reunidos, que se habían vuelto hacia él al verlo llegar, retrocedieron como si el bastón fuera un lanzallamas.

Peltre siguió la mirada del rechicero. Coin señalaba los retratos y estatuas de anteriores archicancilleres, que decoraban las paredes. Con sus barbas y sombreros puntiagudos, con pergaminos ornamentados o misteriosos aparatos astrológicos en las manos, los anteriores archicancilleres contemplaban la sala con feroces miradas de orgullo, o quizá de estreñimiento crónico.

–Desde esos muros –dijo Cardante–, dos mil magos supremos te contemplan.

–No me gustan –replicó Coin.

Del cayado surgió un fuego octarino. Los archicancilleres desaparecieron.

—Y las ventanas son demasiado pequeñas...

—El techo es demasiado alto...

—Todo es demasiado viejo...

Los magos se lanzaron de bruces al suelo mientras el cayado relampagueaba y escupía. Peltre se encasquetó el sombrero y rodó hasta quedar bajo una mesa cuando el tejido mismo de la Universidad fluyó en torno a él. La madera crujió, la piedra gimió.

Algo le golpeó en la cabeza. El mago lanzó un grito.

—¡Ya basta! —gritó Cardante por encima del jaleo—. ¡Y ponte bien el sombrero! ¡Un poco de dignidad!

—¿Y por qué estás tú también bajo la mesa? —preguntó Peltre con amargura.

—¡Tenemos que aprovechar nuestra oportunidad!

—Buena idea, ¿le quitamos el cayado?

—¡Sígueme!

Peltre se levantó y salió a un horrible nuevo mundo, lleno de luz.

Las recias paredes de piedra habían desaparecido. Ya no existían las oscuras vigas donde anidaban los búhos. Por ningún lado se veía el suelo de baldosas, con su dibujo de ajedrez que hacía llorar los ojos.

También habían desaparecido las diminutas ventanas, con su pátina de grasa milenaria. La luz del sol entraba a ráfagas en la sala por primera vez en su historia.

Los magos se miraron entre ellos boquiabiertos, y lo que vieron no fue lo que siempre habían pensado que verían. La despiadada luz transformaba los ricos brocados de oro en barnices polvorientos, mostraba las manchas y jirones del terciopelo, convertía las hermosas barbas en marañas sucias de nicotina, transmutaba las valiosas gemas en vulgares nochemantes... El sol recién llegado hurgaba por todas partes, acabando con las confortables sombras.

Y Peltre hubo de admitir que lo que quedaba no inspiraba confianza. De pronto, tuvo conciencia de que bajo su túnica (descolorida y llena de remiendos, como comprendió con cierta culpabilidad; su túnica con rastros del trabajo de los ratones), aún llevaba las alpargatas.

Ahora la mayor parte de la superficie de la sala era de cristal. Y lo que no era cristal, era de mármol. Todo resultaba tan espléndido que Peltre se sintió acomplejado.

Se volvió hacia Cardante, y vio que su camarada mago miraba a Coin con ojos brillantes.

Casi todos los demás magos tenían la misma expresión. Si a los magos no les atrajera el poder, no serían magos, y allí había poder del de verdad. El cayado los había hechizado como una cobra.

Cardante extendió la mano para tocar al niño en el hombro, pero luego se lo pensó mejor.

–Magnífico –se limitó a decir.

Se volvió hacia los magos reunidos y alzó los brazos.

–¡Hermanos míos! –entonó–. ¡Tenemos entre nosotros a un hechicero de inmenso poder!

Peltre le dio un tironcito de la túnica.

–Estuvo a punto de matarte –siseó.

Cardante hizo caso omiso.

–Y propongo... –Cardante tragó saliva–. ¡Propongo que lo nombremos archicanciller!

Hubo un momento de silencio. Luego, resonó una ráfaga de aclamaciones y gritos de desacuerdo. Al final de la multitud de magos se iniciaron algunas disputas. Los magos más cercanos a la parte delantera no se sentían tan inclinados a discutir, ellos veían la sonrisa en el rostro de Coin. Era brillante y fría, como una sonrisa en la faz de la luna.

Hubo una conmoción, y un mago anciano se abrió paso hacia el frente.

Peltre reconoció a Ovin Casiapenas, mago de séptimo nivel con licenciatura en Sabiduría. Estaba rojo de ira excepto en aquellos puntos en los que estaba blanco de rabia. Cuando habló, sus palabras surcaron el aire como otros tantos cuchillos, afiladas como agujas, crujientes como galletas.

—¿Estáis locos? –gritó–. ¡Sólo un mago de octavo nivel puede ser archicanciller! ¡Y lo tienen que elegir el resto de los magos de octavo en convocatoria solemne (debidamente guiados por los dioses, claro)! ¡Eso es la Sabiduría! (¡La Idea Misma!)

Casiapenas llevaba años estudiando magia, y como la magia siempre es un siempre es un cuchillo de doble filo, había dejado su marca en él: parecía tan frágil como una viruta de queso seco, y por alguna razón su misma sequedad le daba la habilidad de pronunciar los signos de puntuación.

Vibraba de indignación, y pronto se dio cuenta de que estaba muy solo. De hecho, era el centro de un círculo vacío que se expandía rápidamente, cuya periferia estaba compuesta por magos repentinamente dispuestos a jurar que no lo conocían de nada.

Coin había alzado su cayado.

Casiapenas blandió un dedo admonitorio.

—No me asustas, jovencito –le espetó–. Puede que tengas talento, pero el talento mágico a solas no basta. Para ser un buen mago se requieren otras muchas capacidades: habilidad administrativa, por ejemplo, y conocimientos, y el...

Coin bajó su cayado.

—Un mago necesita Sabiduría, ¿no?

—¡Por supuesto! Es básica...

—Pero yo no soy un mago, Lord Casiapenas.

Éste titubeó.

—Ah –dijo–. Claro, es cierto.

—En cualquier caso, me doy perfecta cuenta de la

necesidad de experiencia, sabiduría y buenos consejos, y me sentiré muy honrado si te encargas de proporcionarme todas estas cosas. Por ejemplo... ¿por qué los magos no gobiernan el mundo?

–¿Qué?

–Es una pregunta sencilla. En esta habitación hay... –los labios de Coin se movieron durante una fracción de segundo– cuatrocientos setenta y dos magos, expertos en la más sutil de las artes. Pero todo lo que gobernáis son estos pocos acres de mala arquitectura. ¿Por qué?

Los magos más viejos intercambiaron miradas.

–Eso puede parecer –dijo al final Casiapenas–, pero nuestros dominios están más allá del reino del poder temporal, hijo. –Sus ojos brillaban–. La magia traslada la mente al entorno interior de lo arcano...

–Sí, sí –interrumpió Coin–. Pero fuera de esta Universidad hay paredes de lo más sólido. ¿Por qué?

Cardante se pasó la lengua por los labios. Aquello era extraordinario. El niño estaba formulando precisamente lo que él pensaba.

–Vais locos por el poder –siguió Coin con dulzura–, pero, más allá de estos muros, para el hombre que tira de la carreta de estiércol, para un comerciante cualquiera, ¿hay mucha diferencia entre un mago de alto nivel y un simple conjurador?

Casiapenas le miró sin disimular su asombro.

–Eso resulta obvio hasta para el ciudadano más idiota, chico –dijo–. Las túnicas y los bordados...

–Ah –asintió Coin–. Las túnicas y los bordados. Claro, claro.

Un silencio breve, pesado, meditabundo, llenó la sala. Fue Coin quien lo rompió.

–Me parece que los magos sólo gobiernan a los magos. ¿Quién gobierna en la realidad del exterior?

–Si te refieres a la ciudad, es Lord Vetinari, el patricio –respondió cautelosamente Cardante.

–¿Y es un gobernante bueno y justo?

Cardante meditó la respuesta. La red de espionaje del patricio era sensacional.

–Yo diría –respondió midiendo las palabras–, que es malvado e injusto, pero con todo por igual, sin perjudicar ni favorecer a nadie.

–¿Y estáis satisfechos con eso? –preguntó Coin.

Cardante trató de esquivar la mirada de Casiapenas.

–No se trata de si estamos satisfechos o no –dijo–. Supongo que nunca hemos meditado sobre el tema. Verás, la auténtica vocación de un mago...

–¿No es cierto que los sabios sufren al verse dirigidos de esa manera?

–¡Claro que no! –gruñó Cardante–. ¡No digas tonterías! Nos limitamos a tolerarlo. En eso consiste la sabiduría, ya lo descubrirás cuando seas mayor. Todo es cuestión de aguardar el momento adecuado...

–¿Dónde está ese patricio? Me gustaría verlo.

–Sin duda lo podremos arreglar –aseguró Cardante–. El patricio siempre concede entrevistas a los magos y...

–Ahora seré yo quien le conceda una entrevista –dijo Coin–. Tiene que aprender que los magos ya han perdido demasiado tiempo aguardando el momento adecuado. Retroceded, por favor.

Hizo un gesto con el cayado.

El gobernante temporal de la gran ciudad de Ankh-Morpork estaba sentado en su sillón, al pie de los peldaños que llevaban al trono, buscando algún rastro de inteligencia en los informes de inteligencia. El trono llevaba vacío más de dos mil años, desde que muriera el último representante de la dinastía de reyes de Ankh. Según las leyendas, algún día la ciudad volvería a tener un rey. Las mismas leyendas hablaban también de espadas mágicas, marcas de nacimiento en forma de fresa y todas las tonterías que cuentan las leyendas en estas circunstancias.

En realidad, la única cualificación de realeza imprescindible era la habilidad para seguir vivo más de cinco minutos después de revelar la existencia de cualquier espada mágica o marca de nacimiento, porque las grandes familias comerciantes de Ankh llevaban veinte siglos gobernando la ciudad, y se sentían tan dispuestas a dejar el poder como una lapa a dejar su roca.

El actual patricio, cabeza de la riquísima y poderosísima familia Vetinari, era delgado, alto y al parecer tenía la sangre tan fría como un pingüino muerto. Sólo con mirarlo se notaba que era ese tipo de hombre que sostiene entre sus brazos a un gato blanco y lo acaricia perezosamente mientras sentencia a alguien a muerte en un foso de pirañas; se podría aventurar que coleccionaba delicadas porcelanas y les daba vueltas entre sus dedos blanquecinos al tiempo que escuchaba los gritos lejanos procedentes de las profundas mazmorras. Casi se podría jurar que utilizaba a menudo la palabra «exquisito» y tenía los labios delgados. En definitiva, parecía una de esas personas que, cuando sonríen, hay que declarar fiesta nacional.

En realidad, casi todo esto es falso, aunque tenía un terrier diminuto y viejísimo, con pelambre encrespada, que se llamaba Galletas y gruñía a la gente. Se decía que era el único ser al que apreciaba. Por supuesto, a veces hacía torturar a alguien de manera espantosa, pero era un comportamiento que se consideraba perfectamente aceptable en un gobernador civil, y la inmensa mayoría de los ciudadanos lo aprobaban.* El pueblo de Ankh es más bien pragmático, y pensaba que el edicto del patri-

---

* La inmensa mayoría de los ciudadanos comprende en este caso a todo el que no estuviera colgando de cabeza sobre un pozo de escorpiones.

cio prohibiendo el teatro callejero y las actuaciones de mimos compensaba muchas cosas. El suyo no era un reinado de terror, sólo alguna que otra ráfaga.

El patricio suspiró y puso el último informe sobre el gran montón que tenía junto al sillón.

De pequeño había visto a un artista hacer juegos malabares con una docena de platos, que mantenía girando en el aire a la vez. En opinión de Lord Vetinari, si aquel hombre hubiera sido capaz de llevar a cabo el mismo truco con cien platos, habría estado preparado para empezar a entrenarse en el arte de gobernar Ankh-Morpork, una ciudad que alguien había descrito como «un hormiguero de termitas vuelto del revés, sólo que en feo».

Miró por la ventana, en dirección a la lejana columna que era la Torre del Arte, el centro de la Universidad Invisible, y se preguntó vagamente si a alguno de aquellos vejestorios pesados que la poblaban se le ocurriría alguna vez una manera de librarle del papeleo. No, claro que no... Nadie podía esperar que un mago comprendiera algo tan básico como el espionaje cívico elemental.

Suspiró de nuevo, y cogió la transcripción de lo que había dicho el presidente del Gremio de Ladrones a su ayudante la medianoche anterior en una habitación a prueba de ruidos oculta tras su despacho en el cuartel del Gremio, y...

Se encontró en la Sala Prin...

No se encontró en la Sala Principal de la Universidad Invisible, donde había sufrido algunas cenas interminables, pero allí había muchos magos, y eran...

... diferentes.

Al igual que la Muerte, a la que se parecía mucho (según algunos de los ciudadanos menos afortunados), el patricio nunca se enfadaba hasta que no tenía tiempo de meditar sobre el asunto. Pero a veces meditaba muy deprisa.

Miró a los magos reunidos en torno a él... y algo hizo que las palabras de dignidad ultrajada se le ahogaran en la garganta. Parecían borregos que de repente hubieran descubierto a un lobo en una trampa, justo en el momento en que concebían la idea de que la unión hace la fuerza.

Era una expresión extraña en sus ojos.

–¿Qué significa este ultr...? –titubeó y cambió la frase–. ¿Qué significa esto? Una broma del día de los Dioses Menores, ¿eh?

Volvió la cabeza y vio a un niño que tenía entre las manos un largo cayado de metal. El niño sonreía con la sonrisa más vieja que el patricio había visto en su vida.

Cardante carraspeó.

–Mi señor... –empezó.

–Escupe ya, hombre –le espetó Lord Vetinari.

Cardante había iniciado la conversación con tono deferente, pero la voz del patricio fue un poco demasiado dominante, el poco justo para colmar el vaso. Al mago se le pusieron blancos los nudillos.

–Soy un mago de octavo nivel –dijo con tranquilidad–. Haz el favor de no hablarme en ese tono.

–Bien dicho –aprobó Coin.

–¡Llevadlo a las mazmorras! –ordenó Cardante.

–No tenemos mazmorras –señaló Peltre–. Esto es una Universidad.

–Pues entonces, llevadlo a las bodegas –rugió Cardante–. Y ya que vais para abajo, construid unas cuantas mazmorras.

–¿Tienes la más ligera idea de lo que estás haciendo? –preguntó el patricio–. Exijo saber de inmediato qué significa este...

–Tú no exiges nada –le interrumpió el mago–. Y esto significa que, de ahora en adelante, los magos gobernarán, como debe ser. Venga, llevadlo...

–¿Vosotros? ¿Vosotros gobernaréis Ankh-Morpork? ¿Unos magos que ni siquiera saben gobernarse a ellos mismos?

–¡Sí!

Cardante era consciente de que no estaba diciendo la última palabra, y aún más consciente del hecho de que el perro, Galletas, que había sido teleportado junto con su amo, andaba trabajosamente por el suelo y examinaba con sus ojillos miopes las botas del mago.

–En ese caso, todos los hombres con dos dedos de frente preferirán la seguridad de una bonita mazmorra, cuanto más profunda mejor –dijo el patricio–. Y ahora, acabad con esta tontería y devolvedme a mi palacio; hasta es posible que no vuelva a hablar del tema. O al menos que vosotros no tengáis oportunidad de hacerlo.

Galleta dejó de investigar las botas de Cardante y trotó hacia Coin, perdiendo unos cuantos pelos por el camino.

–¡Esta payasada está durando demasiado! –se airó el patricio–. Pienso ir...

Galletas ladró. Fue un ladrido profundo, primario, que despertó recuerdos en la memoria racial de todos los presentes y les infundió el deseo de trepar a un árbol. Un ladrido que sugería grandes formas grises en el amanecer de los tiempos. Era increíble que un animal tan pequeño pudiera contener tanta amenaza junta, y toda ella iba dirigida al cayado que Coin tenía en la mano.

El patricio se inclinó para recoger al animal, y Cardante alzó una mano: envió un rayo de fuego azul y anaranjado que cruzó la habitación.

El patricio desapareció. En su lugar había un pequeño lagarto amarillo que parpadeaba y los miraba con malévola estupidez reptil.

Cardante se miró los dedos, atónito, como si se los viera por primera vez.

–Muy bien –susurró con voz ronca.

Los magos contemplaron el lagarto, y luego, en el exterior, la ciudad que centelleaba con las primeras luces de la mañana. Allí afuera estaba el consejo de regidores, y la guardia de la ciudad, y el Gremio de Ladrones, y el Gremio de Mercaderes, y los sacerdotes... y ninguno de ellos sabía lo que se les venía encima.

Ha comenzado –dijo la voz desde su caja en la cubierta.

–¿El qué? –quiso saber Rincewind.

El reinado de la rechicería.

Rincewind se quedó inexpresivo.

–¿Y eso es bueno o malo?

¿Alguna vez comprendes lo que te dicen?

El mago se encontraba ahora en terreno más seguro.

–No –respondió–. Siempre, no. Últimamente, no. A menudo, no.

–¿Estás seguro de que eres un mago? –preguntó Conina.

–Es la única cosa de la que he estado seguro en mi vida –respondió convencido.

–Qué extraño.

Rincewind se sentó sobre el Equipaje, caldeándose al sol de la cubierta de proa del *Bailarín Oceánico* mientras éste se deslizaba tranquilamente por las aguas verdes del Mar Circular. En torno a ellos, los marineros hacían algo que sin duda eran importantes maniobras náuticas, y tenía la esperanza de que las realizaran correctamente, porque lo que más detestaba después de las alturas eran las profundidades.

–Pareces preocupado –señaló Conina, que le estaba cortando el pelo.

Rincewind trataba de hacer que su cabeza fuera lo más pequeña posible mientras las tijeras pasaban como un relámpago junto a ella.

–Debe de ser porque lo estoy.

–¿Qué es exactamente el Apocrilipsis?

Rincewind titubeó.

–Bueno –dijo–, es el fin del mundo. Más o menos.

–¿Más o menos? ¿Más o menos el fin del mundo? ¿Quieres decir que la cosa no quedará muy clara? ¿Que miraremos alrededor y no sabremos si el mundo ha acabado o no?

–Lo que pasa es que no ha habido dos videntes que se pusieran de acuerdo sobre el tema. Existen todo tipo de predicciones vagas. Algunas bastante enloquecidas. Por eso lo llaman Apocrilipsis. –Pareció algo avergonzado–. Porque es una especie de Apocalipsis apócrifo. Se trata de un juego de palabras, ¿sabes?

–Pues no es muy bueno.

–No, creo que no.*

Las tijeras de Conina se abrían y cerraban ajetreadamente.

–La verdad es que el capitán parece encantado de tenernos a bordo –observó.

–Es porque creen que trae buena suerte llevar un mago en el barco –replicó Rincewind–. Y no es verdad, claro.

–Pues hay mucha gente que lo piensa.

–Oh, trae buena suerte a otras personas, pero a mí no. No sé nadar.

–¿Cómo, ni un poquito?

Rincewind titubeó, jugueteó con la estrella de su sombrero puntiagudo.

–¿Qué profundidad crees que tiene el mar en este punto, aproximadamente? –preguntó.

–No sé, unas doce brazas, supongo.

–En ese caso, podré nadar unas doce brazas, sean lo que sean las brazas.

---

* Los gustos de los magos en cuestión de juegos de palabras son equivalentes a sus gustos en cuestión de objetos brillantes.

–Deja de temblar, casi te corto una oreja –ordenó Conina. Miró a uno de los marineros y blandió las tijeras–. ¿Qué pasa, nunca has visto a un hombre cortándose el pelo?

Entre los aparejos, alguien hizo un comentario que arrancó una carcajada de risas obscenas de los hombres que había junto a las jarcias, a no ser que fueran castillos de proa.

–Haré como si no hubiera oído nada –replicó Conina al tiempo que imprimía un movimiento salvaje al peine, desalojando a numerosas criaturitas inofensivas.

–¡Ay!

–¡Para que aprendas a estarte quieto!

–¡Es difícil estarse quieto cuando sabes quién maneja unas hojas de acero junto a tu cabeza!

Y así transcurrió la mañana, con el rumor de las olas, el crujir de los aparejos y un complicado corte de pelo en capas. Cuando se miró en un trozo de espejo, Rincewind tuvo que admitir que era toda una mejora.

El capitán les había dicho que se dirigían hacia la ciudad de Al Khali, en la costa eje de Klatch.

–Se parece a Ankh, sólo que hay arena en vez de lodo –explicó Rincewind, apoyado en la baranda–. Pero tiene un buen mercado de esclavos.

–La esclavitud es inmoral –dijo Conina con firmeza.

–¿Sí? Vaya.

–¿Quieres que te arregle la barba? –preguntó la chica, esperanzada.

Se detuvo con las tijeras ya abiertas, y observó el mar tranquilo.

–¿Hay algún tipo de marinero que utilice una canoa con una especie de cosas a los lados y otra cosa que parece un ojo pintada al frente y tenga una vela pequeñita? –quiso saber.

–He oído que los piratas esclavistas klatchianos

–respondió Rincewind–. Pero este barco es grande. No creo que uno de esos botes se atreviera a atacarnos.

–Uno de ellos quizá no –dijo Conina, todavía mirando la zona nebulosa donde el mar se convertía en cielo–, pero estos cinco, puede que sí.

Rincewind miró a lo lejos, y luego alzó la vista hacia el vigía, quien sacudió la cabeza.

–Anda ya –rió con tanto humor como una alcantarilla atascada–. No me dirás que ves algo desde aquí, ¿verdad?

–Diez hombres en cada canoa –insistió Conina con tono sombrío.

–Mira, una broma es una broma...

–Con largas espadas curvas.

–Pues yo no veo ni...

–El viento les agita unas cabelleras bastante sucias.

–Y además tendrán las puntas rotas, seguro –dijo Rincewind con voz ácida.

–¿Te estás haciendo el gracioso?

–¿Yo?

–¡Y no tengo ni un arma! –exclamó Conina–. Seguro que en este barco no hay ni una mala espada.

–No importa, quizá sólo quieran lavar y marcar.

Mientras Conina rebuscaba frenética en su petate, Rincewind se deslizó hacia la caja del sombrero de archicanciller, y alzó un poco la tapa.

–Ahí no hay nada, ¿verdad? –preguntó.

¿Cómo quieres que lo sepa? Pónteme.

–¿Qué? ¿En mi cabeza?

Lo que hay que aguantar.

–¡Pero si no soy archicanciller! –exclamó Rincewind–. Mira, no sé qué pretendes, pero...

Necesito usar tus ojos. Pónteme. En la cabeza.

–Mmm.

Rincewind no podía desobedecer. Con todo cuidado, se quitó el desastrado sombrero gris, miró con añoranza su ajada estrella, y sacó el de archicanciller de su caja. Era más pesado de lo que había imaginado. Los octarinos brillaban débilmente.

Se lo colocó con cautela sobre su nuevo corte de pelo, aferrando bien el ala por si sentía un simple escalofrío.

Lo que sucedió fue que se encontró increíblemente ligero. Notó también una sensación de poder y sabiduría..., no presente en realidad, sino... bueno, mentalmente hablando, en la punta de su lengua metafórica.

Antiguos restos de recuerdos aletearon por su mente, y no eran recuerdos que él recordara haber recordado con anterioridad. Examinó uno con precaución, como cuando se tocaba con la lengua un hueco en un diente, y allí estaban...

Doscientos archicancilleres muertos, todos inmersos en un gélido pasado, lo observaron con inexpresivos ojos grises.

Por eso es tan frío, se dijo para sus adentros, el mundo de los muertos absorbe el calor. Oh, no...

Cuando el sombrero habló, vio el movimiento de doscientos pares de labios blancos.

¿Quién eres?

Rincewind, pensó Rincewind. Y en los rincones más profundos de su mente, trató de pensar en privado un «socorro».

Sintió que los nudillos se le curvaban bajo el peso de los siglos.

¿Qué se siente al estar muerto?, pensó.

La muerte no es más que un sueño –dijeron los magos muertos.

Pero, ¿cómo es?

Cuando esas canoas de guerra lleguen aquí, tendrás una inmejorable oportunidad de averiguarlo, Rincewind.

Con un aullido de terror, saltó y se arrancó el sombrero de la cabeza. La vida y sonidos reales regresaron, pero, como alguien estaba golpeando frenéticamente un gongo muy cerca de su oreja, no fue ninguna mejora. Ahora todos divisaban las canoas, que hendían el agua en un silencio escalofriante. Las figuras vestidas de negro que manejaban los remos deberían haber estado gritando y aullando; eso no habría mejorado las cosas, pero al menos sería más apropiado. El silencio tenía una cualidad desagradablemente premeditada.

–Dioses, ha sido espantoso –dijo–. Pero bueno, esto también lo es.

Los marineros recorrían la cubierta esgrimiendo machetes. Conina palmeó a Rincewind en el hombro.

–Intentarán cogernos con vida –le aseguró.

–Oh –respondió Rincewind débilmente–. Bien.

Entonces recordó otra cosa sobre los esclavistas klatchianos, y se le secó la garganta.

–Tú... tú serás la única que le interese –dijo–. Alguien me contó lo que hacen...

–¿Crees que debo saberlo?

Para espanto de Rincewind, parecía que la chica no había encontrado ninguna arma.

–¡Te meterán en un serrallo!

Ella se encogió de hombros.

–Podría ser peor.

–Pero tiene púas de hierro, y luego cierran la puerta... –aventuró Rincewind.

Las canoas ya estaban lo suficientemente cerca como para que divisaran las expresiones decididas de los remeros.

–Eso no es un serrallo, es una Doncella de Hierro. ¿No sabes lo que es un serrallo?

–Eh...

La chica se lo explicó. Él se puso rojo como la grana.

–De todos modos, antes tendrán que capturarme –terminó Conina–. Tú eres el que debería preocuparse.

–¿Por qué?

–Porque, aparte de mí, eres el único que lleva vestido.

Rincewind se mosqueó.

–Es una túnica...

–Bueno, sí, una túnica. Esperemos que conozcan la diferencia.

Una mano que parecía un racimo de plátanos con anillos agarró a Rincewind por el hombro e hizo que se girara. El capitán, un ejeño con la constitución de un oso corpulento, le sonrió a través de una masa de vello facial.

–¡Ja! ¡No saben que a bordo un mago tenemos! ¡En sus barrigas fuego verde crearás! ¿Ja?

Los bosques oscuros de sus cejas se arquearon cuando resultó obvio que, al menos de manera inmediata, Rincewind no pensaba lanzar magia vengadora contra los invasores.

–¿Ja? –insistió, haciendo que una simple sílaba hiciera la labor de toda una sarta de amenazas aterradoras.

–Bueno, sí, esto que estoy... haciendo de tripas corazón. Eso es, de tripas corazón. ¿Fuego verde, dices?

–Y también plomo fundido en sus huesos quiero que corra –asintió el capitán–. Y que la piel les arda, y escorpiones vivos sin piedad sus cerebros coman desde dentro, y...

La primera canoa se situó junto al banco, y un par de garfios se engancharon a la barandilla. Cuando aparecieron los primeros esclavistas, el capitán desenfundó su espada y se lanzó hacia ellos. Se detuvo un momento para volverse a Rincewind.

–Que sea pronto –dijo–. O no tripas ni corazón. ¿Ja?

Rincewind se volvió hacia Conina, que estaba apoyada en la barandilla y se examinaba las uñas.

–Más vale que te pongas en marcha –le dijo la chica–. Tienes mucho trabajo: cincuenta fuegos verdes, otros tantos montones de plomo fundido..., eso sin contar las pieles en llamas y los escorpiones. Vaya día.

–Siempre me pasan cosas así –gimió él.

Echó un vistazo sobre la barandilla de lo que él consideraba el piso superior del barco. Los invasores iban ganando a fuerza de número, y utilizaban cuerdas y redes para atrapar a la forcejeante tripulación. Trabajaban en un silencio absoluto, golpeaban y esquivaban, trataban de no usar la espada siempre que no fuera imprescindible.

–No quieren estropear la mercancía –señaló Conina.

Rincewind vio con horror cómo el capitán caía bajo una oleada de formas oscuras, sin dejar de gritar: «¡Fuego verde! ¡Fuego verde!»

Rincewind apartó la vista. En cuestión de magia, era un perfecto inútil, pero tenía un cien por cien de éxito a la hora de seguir con vida hasta aquel momento, y no quería estropear el récord. Lo único que necesitaba era aprender a nadar en el tiempo necesario para lanzarse al mar. Valía la pena intentarlo.

–¿A qué esperas? Vámonos ahora que están ocupados –dijo a Conina.

–Necesito una espada –replicó ella.

–Dentro de nada, tendrás dónde elegir.

–Con una me bastará.

Rincewind dio una patada al Equipaje.

–Venga –ordenó–. Te queda un buen trecho para flotar.

El Equipaje extendió sus patitas con exagerada indiferencia, se volvió lentamente y se puso junto a la chica.

–Traidor –gruñó Rincewind a sus bisagras.

Al parecer, la batalla ya había terminado. Cinco de los atacantes subieron por la escalera hacia la cubierta de popa, dejando que la mayor parte de su colegas se encargaran de la derrotada tripulación. El jefe se quitó la máscara y lanzó una mirada breve y atenta a Conina; luego se volvió y miró a Rincewind durante un período de tiempo ligeramente superior.

–Esto es una túnica –explicó Rincewind rápidamente–. Y más vale que tengas cuidado, porque soy mago. –Respiró hondo–. Si me pones un dedo encima, lo lamentarás. Te lo advierto.

–¿Mago? Los magos no son esclavos fuertes –reflexionó el jefe.

–Muy cierto –asintió Rincewind–. Así que ahora discutiremos cómo me marcho de aquí...

El jefe se volvió hacia Conina e hizo una señal a uno de sus compañeros. Señaló a Rincewind con el pulgar tatuado. El pulgar apuntaba hacia abajo.

–No lo matéis demasiado deprisa. En realidad... –hizo una pausa y obsequió a Rincewind con una sonrisa llena de dientes–. Quizá... sí. ¿Por qué no? ¿Sabes cantar, mago?

–Puedo intentarlo –respondió Rincewind con cautela–. ¿Por qué?

–Quizá seas el hombre que el seriph necesita para un trabajito en su harem.

Dos de los esclavistas rieron disimuladamente.

–Puede ser una oportunidad *única* –siguió su jefe, animado por la aprobación de su público.

Tras él se oyeron más aplausos.

Rincewind retrocedió un paso.

–No, de verdad –dijo–, pero te lo agradezco de todos modos. No estoy cortado para ese tipo de cosas.

–Oh, pero lo puedes estar –replicó el jefe con los ojos brillantes–. Lo puedes estar.

–Bueno, basta ya –intervino Conina.

Miró a los hombres que tenía a ambos lados, y luego sus manos se movieron. La mano que apuñalaba con las tijeras fue más eficaz que la que arañaba con el peine, dado lo que puede hacer un peine de acero en un rostro humano. Luego se apoderó de una espada, que había dejado caer una de sus primeras víctimas, y se lanzó contra los otros dos.

El jefe se volvió al oír los gritos, y vio a su espalda al Equipaje con la tapa abierta. En aquel momento, Rincewind le empujó por la espalda, lanzándolo al desconocido olvido multidimensional que yacía en las profundidades del baúl.

Se oyó el comienzo de un aullido, bruscamente interrumpido.

Luego sonó un clic cuando la cerradura encajó en las puertas del infierno.

Rincewind retrocedió, tembloroso.

–Una oportunidad única –murmuró entre dientes.

Con un poco de retraso, había captado la referencia. Al menos, había tenido una oportunidad única de ver pelear a Conina. Pocos hombres lo conseguían dos veces.

Sus adversarios empezaban sonriendo ante la temeridad de una jovencita que se atrevía a atacarlos, y luego atravesaban rápidamente los diferentes estadios del desconcierto, la duda y la preocupación para llegar al del terror más abyecto cuando se convertían en el centro de un relampagueante círculo de acero.

Conina se encargó del último guardaespaldas del jefe pirata con un par de golpes que llenaron de lágrimas los ojos de Rincewind. Luego, saltó por la baranda hacia la cubierta principal. El mago se molestó mucho cuando el Equipaje la siguió, acolchando su caída con el cuerpo de un esclavista y añadiendo una nueva modalidad de terror a los invasores: ya era bastante malo sufrir el ataque feroz y mortífero de una joven bonita que lucía un vestido de flores, y aún peor para el ego del hombre verse derribado y mordido por un accesorio de viaje. También era muy malo para el resto del hombre.

Rincewind miró por encima de la barandilla.

–Es un farol –murmuró.

Un cuchillo arrojadizo astilló la madera cerca de su barbilla, y rebotó junto a su oreja. Alzó la mano hacia el repentino aguijonazo doloroso, y luego se la miró horrorizado antes de desmayarse. Por lo general, no le mareaba la visión de la sangre, pero no soportaba ver la suya propia.

El mercado de la Plaza cuadrada Sator, la amplia extensión de guijarros ante las negras puertas de la Universidad, era un caos de gritos.

Se dice que, en Ankh-Morpork, todo está en venta excepto la cerveza y las mujeres, que sólo se alquilan. Y la mayor parte de las mercancías se encontraban en abundancia en el mercado de Sator, que había crecido con los años, tenderete a tenderete, hasta que los recién llegados tuvieron que situarse casi pegados a las antiguas piedras de la Universidad. De hecho, había un buen surtido de rollos de tela y estantes de hechizos.

Nadie advirtió que las puertas se abrían. Pero de la Universidad salió un silencio increíble, que se extendió por el ruido e inundó la plaza como las primeras olas de la marea en un pantano de lodo. En realidad no era un auténtico silencio, sino un gran rugido de antirruido. El silencio no es lo contrario del ruido, es sencillamente su ausencia. En cambio, esto era el sonido que yace al otro lado del silencio, el antisonido, y sus sombríos decibelios ahogaron los gritos del mercado como un paño de terciopelo.

La multitud miró a su alrededor, con incredulidad, las bocas abiertas como peces dorados y aproximadamente la misma eficacia. Todas las cabezas se volvieron hacia las puertas.

Por ellas salía otra cosa, aparte de la cacofonía del

silencio. Los tenderetes más cercanos a la entrada empezaron a retorcerse sobre los guijarros, dejando caer su mercancía. Sus propietarios se apartaron rápidamente del camino cuando los tenderetes chocaron contra la hilera de atrás y empezaron a amontonarse, hasta que una ancha avenida de piedras limpias y despejadas recorrió toda la plaza.

Ardrothy Cayadolargo, Proveedor de Empanadas Llenas de Personalidad, escudriñó por encima de la chatarra en que se había convertido su tenderete justo a tiempo par ver cómo salían los magos.

Conocía a los magos, o hasta entonces había pensado que los conocía. Eran unos vejetes anodinos, inofensivos a su manera, que se vestían como sofás antiguos y siempre se interesaban por la mercancía que sólo se vendía a personas que habían superado cierta edad y tenían más personalidad de la que habría tolerado un ama de casa prudente.

Pero aquellos magos eran algo nuevo. Salieron a la Plaza Sator como si fueran sus propietarios. En torno a sus pies brillaban chispitas azules. Hasta parecían un poco más altos y todo.

O quizá fuera su porte...

Sí, eso era.

Ardrothy tenía un toque de magia en su estructura genética y, cuando vio a los magos recorrer la plaza, éste le dijo que lo mejor que podía hacer por su salud era empaquetar sus cuchillos y ralladores y largarse de la ciudad en cualquier momento dentro de los diez minutos siguientes.

El último mago del grupo se demoró tras sus colegas y contempló la plaza con desdén.

—Aquí antes había fuentes —dijo—. Vosotros, gentuza..., largaos.

Los comerciantes se miraron entre ellos. Por lo general, los magos hablaban en tono imperioso, como era de esperar. Pero en aquella voz había algo que nadie había oído antes. Era una voz con nudillos.

Ardrothy volvió la vista hacia un lado. De entre las ruinas de su tenderete de gelatina de almejas, como un ángel vengador, arrancándose moluscos de la barba y escupiendo vinagre, surgió Miskin Koble, de quien se decía que era capaz de abrir ostras con una sola mano. Los años de arrancar lapas de las rocas y luchar contra berberechos gigantes en la Bahía de Ankh le habían proporcionado ese desarrollo físico que por lo general uno asocia a las placas tectónicas. Miskin Koble no se erguía, se desplegaba.

Se abrió paso hacia el mago y señaló con un dedo tembloroso los restos de su tenderete, entre los cuales media docena de langostas osadas apostaban decididamente por la libertad. En torno a la boca del comerciante, los músculos se movían como anguilas enfurecidas.

–¿Lo has hecho tú? –exigió saber.

–Aparta, patán –dijo el mago, dos palabras que, en opinión de Ardrothy, le daban la expectativa de vida de un tambor de cristal.

–Detesto a los magos –le informó Koble–. Detesto de verdad a los magos. Así que te voy a golpear, ¿de acuerdo?

Cerró la mano y lanzó un puñetazo.

El mago arqueó una ceja, y un fuego amarillo empezó a arder en torno al vendedor de marisco. Sonó un ruido como el de la seda al desgarrarse, y Koble desapareció. Sólo quedaron sus botas, tozudamente erguidas sobre los guijarros, de las que brotaban jirones de humo.

Nadie sabe por qué, por grande que sea una explosión, siempre quedan botas humeantes. Es una de esas cosas que pasan.

A Ardrothy, que contemplaba la escena con atención, le pareció que el mago estaba casi tan sorprendido como la multitud, pero se recuperó rápidamente e hizo un movimiento de florete con el cayado.

–Más os vale aprender de esto, patanes –dijo–. Nadie le levanta la mano a un mago, ¿comprendido? Aquí va a haber muchos cambios. ¿Sí? ¿Qué quieres?

El último comentario iba dirigido a Ardrothy, que intentaba por todos los medios pasar inadvertido. Adelantó rápidamente su bandeja de empanadas.

–Me preguntaba si a su excelencia le gustaría comprar una de estas deliciosas empanadas –dijo apresuradamente–. Son muy nutritivas...

–Mira esto, vendedor de empanadas –replicó el mago.

Extendió una mano, hizo un extraño gesto con los dedos y una empanada apareció en el aire.

Era gorda, jugosa, dorada. Con sólo mirarla, Ardrothy supo que estaba completamente llena de cerdo de primera, sin ninguna de esas espaciosas zonas de aire fresco en el interior que representaban su margen de beneficio. Era la clase de empanada que los cerditos quieren ser de mayores.

Se le encogió el corazón. Su ruina flotaba ante él, y era de hojaldre de primera.

–¿Quieres probarla? –ofreció el mago–. Hay muchas más en el sitio de donde la saqué.

–Fuera el que fuera –susurró Ardrothy.

Contempló el rostro del mago al otro lado de la brillante empanada, y por el brillo maníaco de aquellos ojos supo que el mundo estaba del revés.

Se alejó, destrozado, y emprendió el viaje hacia la ciudad más cercana.

Los magos van por ahí matando a la gente, pensó con amargura; y, por si fuera poco, además les roban sus medios de vida.

Un cubo de agua salpicó el rostro de Rincewind, arrancándolo de un desagradable sueño en el cual un centenar de mujeres enmascaradas intentaban cortarle el pelo con espadas de doble filo, y además querían dejárselo muy, muy corto. Algunas personas lo considerarían una pesadilla así como un reflejo del miedo a la castración, pero el subconsciente de Rincewind conocía bien el miedo-a-ser-cortado-en-trocitos-muy-pequeñitos. Lo veía de cerca muy a menudo.

Se incorporó.

–¿Estás bien? –le preguntó Conina con ansiedad.

Rincewind paseó la vista por la cubierta.

–No necesariamente –respondió con precaución.

No había ningún pirata vestido de negro, al menos en posición vertical. En cambio, sí vio a muchos marineros, todos los cuales se mantenían a una respetuosa distancia de Conina. Sólo el capitán se encontraba razonablemente cerca, con una sonrisa estúpida en el rostro.

–Se han marchado –le informó Conina–. Cogieron lo que pudieron y se marcharon.

–Son canallas –dijo el capitán–, ¡pero muy deprisa reman! –Conina parpadeó cuando él le dio una sonora palmada en la espalda–. Bien lucha para ser mujer. ¡Sí! –añadió.

Rincewind se puso en pie trabajosamente. El barco se deslizaba alegremente hacia la distante mancha en el horizonte que debía de ser la zona eje de Klatch. Estaba completamente ileso. Empezó a animarse un poco.

El capitán saludó amistosamente a ambos y se fue a gritar órdenes relativas a velas, cuerdas y cosas. Conina se sentó sobre el Equipaje, que no pareció tener nada que objetar.

–Me ha dicho que está tan agradecido que nos llevará hasta Al Khali –explicó.

–¡Si eso es lo que habíamos acordado! –se asombró Rincewind–. Te vi darle el dinero y todo.

–Sí, pero sus planes eran hacernos prisioneros y venderme como esclava cuando llegáramos.

–¿Cómo, y a mí no me iba a vender? –exclamó. Luego sonrió–. Ah, claro, es por mi categoría de mago, no se atrevería...

–Mmm... la verdad es que a ti te iba a regalar –respondió Conina, contemplando fijamente una imaginaria astilla en la tapa del Equipaje.

–¿Regalarme?

–Sí. Mmm... Algo así como «un mago gratis por cada concubina que compre».

–¿Y qué tienen que ver los cubos con esto?

Conina le lanzó una mirada larga, atenta. Al ver que no sonreía, suspiró.

–¿Por qué los magos os ponéis tan nerviosos cuando hay una mujer cerca?

–¡Me alegra que lo preguntes! –suspiró Rincewind–. Mira, debo informarte..., supongo que lo principal es..., me llevo muy bien con las mujeres en general, pero me ponen nervioso las que llevan espada. –Meditó un momento, y añadió–: En realidad, me pone nervioso todo aquel que lleve una espada.

Conina retorció la astilla con concentración. El Equipaje dejó escapar un crujido contenido.

–Sé de otra cosa que te pondrá nervioso –musitó.

–¿Mmm?

–El sombrero ha desaparecido.

–¿Qué?

–No pude evitarlo, los piratas cogieron lo que pudieron...

–¿Se llevaron el sombrero?

–¡A mí no me hables en ese tono! ¡No era yo la que estaba durmiendo tranquilamente!

Rincewind sacudió las manos, frenético.

–Nononono, no te pongas nerviosa, no te hablaba en ningún tono... Tengo que pensar sobre esto...

–Según el capitán, lo más probable es que vuelvan a Al Khali –oyó decir a Conina–. Hay un lugar donde se reúnen los criminales, y pronto podremos...

–No veo por qué tenemos que hacer nada –la interrumpió Rincewind–. El sombrero quería estar lejos de la Universidad, y no creo que estos piratas pasaran por allí ni aunque los invitaran.

–¿Y vas a dejar que lo lleven? –preguntó Conina, sinceramente asombrada.

–Alguien tiene que impedirlo. Pero, desde mi punto de vista, ¿por qué yo?

–¡Porque dijiste que era el símbolo de la magia! ¡Aquello a lo que aspira todo mago! ¡No puedes permitir que lo lleven así como así!

–Mírame y verás.

Rincewind se sentó cómodamente. Se sentía extrañamente sorprendido. Estaba tomando una decisión. Era una decisión toda suya. Le pertenecía. Nadie se la imponía. A veces, le parecía que su vida entera consistía en meterse en apuros a causa de lo que querían otras personas, pero en esta ocasión era él quien estaba tomando una decisión, y eso ya era el colmo. Desembarcaría en Al Khali y buscaría alguna manera de volver a casa. Que otro salvara el mundo, por su parte le deseaba mucha suerte. Estaba tomando una decisión.

Frunció el ceño. ¿Por qué no estaba satisfecho?

Porque es una decisión errónea, imbécil.

Genial, pensó, ya estoy harto de voces en la cabeza. Lárgate.

Pero yo vivo aquí.

¿Quieres decir que eres yo?

Tu conciencia.

Ah.

No puedes dejar que destruyan el sombrero. Es el símbolo

... muy bien, ya lo sé...

El símbolo de la magia bajo el control de la razón. Magia bajo el control de la humanidad. No querrás volver a aquellos oscuros iones...

¿Qué?

Iones...

¿Quiero decir Eones?

Eso. Eones. ¡No querrás volver a aquellos oscuros eones, cuando reinaba la magia en estado puro! El tejido de la realidad temblaba todos los días. Era espantoso, me lo digo yo.

¿Cómo puedo saberlo?

Memoria racial.

Anda. ¿Y yo tengo una de ésas?

Bueno... parte de una.

Sí, muy bien, pero... ¿por qué yo?

En lo más profundo de tu alma, sabes que eres un mago de verdad. La palabra «mago» está grabada en tu corazón.

–Sí, lo malo es que siempre me encuentro con gente decidida a comprobarlo –dijo Rincewind, alicaído.

–¿Cómo dices? –se interesó Conina.

Rincewind contempló la mancha del horizonte y suspiró.

–Nada, hablaba solo –dijo.

Cardante examinó el sombrero con gesto crítico. Caminó alrededor de la mesa y lo contempló desde un nuevo ángulo.

–Está bastante bien –dijo por último–. ¿De dónde has sacado los octarinos?

–No son más que buenos nochemantes –sonrió Peltre–. Te han engañado, ¿eh?

Era un sombrero magnífico. Para ser sincero, Peltre hubo de admitir que tenía mejor pinta que el auténtico. El viejo sombrero de archicanciller estaba bastante raído, los bordados de oro habían perdido brillo y tenía descosidos por todas partes. La imitación presentaba grandes mejoras. Tenía estilo.

–Lo que más me gusta es el encaje –señaló Cardante.

–Tardé siglos en hacerlo.

–¿Por qué no probaste con la magia?

Cardante chasqueó los dedos y agarró el vaso largo que apareció en el aire. Bajo la sombrilla de papel y las frutas, contenía un licor caro y pegajoso.

–No me salía –respondió Peltre–. La verdad, nunca conseguía exactamente lo que quería. Tuve que coser cada lentejuela a mano.

Cogió la caja del sombrero.

Cardante se atragantó con la bebida y tosió.

–No lo guardes aún –dijo, cogiéndolo de manos del tesorero–. Siempre he deseado probármelo...

Se volvió hacia el gran espejo que había en la habitación de Peltre y, reverentemente, se colocó el sombrero sobre los sucios mechones de pelo.

Estaba acabando el primer día de la rechicería, y los magos habían conseguido cambiarlo todo, excepto a ellos mismos.

Todos lo habían intentado, en silencio y cuando pensaban que nadie les veía. Hasta Peltre hizo una intentona en la intimidad de su estudio. Consiguió hacerse veinte años más joven, y con un torso que habría servido para romper piedras, pero en cuanto dejaba de concentrarse el hechizo se invertía, y el regreso a su conocida forma y edad de antes resultaba un tanto desagradable. El físico de cada persona era algo muy elástico. Cuanto más lo estirabas, más deprisa recuperaba su forma original. Y lo peor era el golpe. Las bolas de acero con púas, las espadas de doble filo y los palos pesados con ganchos se consideran en general más temibles, pero no son nada comparados con veinte años aplicados de repente y con considerable fuerza contra la nuca de uno.

Esto era porque la hechicería no parecía funcionar con cosas que eran intrínsecamente mágicas. De todos modos, los magos habían conseguido algunas mejoras importantes. Por ejemplo, la túnica de Cardante era ahora de seda y encaje, carísima y de un increíble mal gusto, y le hacía parecer una gran gelatina roja envuelta en un antimacasar.

—Me sienta bien, ¿no te parece? —se pavoneó Cardante.

Se ajustó el ala del sombrero, dándole un aire inapropiadamente libertino.

Peltre no dijo nada. Estaba mirando por la ventana.

Había habido unas cuantas mejoras, desde luego. El día había sido ajetreado.

Ya no existían los viejos muros de piedra. En su lugar, ahora había unas balaustradas bastante bonitas. Más allá de ellas, la ciudad casi brillaba, era un poema de mármol blanco y tejas rojas. El río Ankh ya no era la cloaca atestada de lodo que había llegado a conocer, sino una aparente cinta, clara como el cristal en la cual (buen golpe) nadaba una carpa gorda. Sus aguas eran puras como si procedieran de nieve recién derretida.*

Desde el aire, Ankh-Morpork tenía que ser cegadora. Centelleaba. Los desechos milenarios habían desaparecido.

Por extraño que pareciera, aquello incomodaba a Peltre. Se sentía fuera de lugar, como si llevara puesta ropa nueva y le picara. Cierto es que llevaba ropa nueva, y que le picaba, pero no era ése exactamente el problema. El nuevo mundo era todo muy bonito, exac-

---

* Aunque, por supuesto, los ciudadanos de Ankh-Morpork siempre habían asegurado que las aguas de su río eran increíblemente puras. Según ellos, cualquier agua que hubiera pasado por tantos riñones tenía que ser muy pura.

tamente como debía ser, pero... pero... ¿Cuál había sido su deseo original? ¿Un cambio tan drástico, o una simple reorganización de las cosas?

–Te he hecho una pregunta, ¿no te parece hecho a mi medida?

Peltre se dio la vuelta, sin comprender.

–¿Mmm?

–¡El sombrero, hombre!

–Ah. Mmm. Muy... apropiado.

Con un suspiro, Cardante se quitó el barroco sombrero, y lo devolvió a su caja con sumo cuidado.

–Será mejor que se lo lleve –dijo–. Está empezando a preguntar por él.

–Aún me sigue preocupando el paradero del auténtico sombrero.

–Está aquí –replicó Cardante, dando una palmadita en la tapa de la caja.

–Me refería al... mmm... al de verdad.

–Éste es el de verdad.

–Quería decir...

–Éste es el sombrero de archicanciller –casi deletreó Cardante–. Tú deberías saberlo mejor que nadie, es obra tuya.

–Sí, pero... –vaciló el tesorero.

–Y tú no harías una falsificación, ¿verdad?

–Falsificación, lo que se dice falsificación, no...

–No es más que un sombrero. Piense lo que piense la gente. Si la gente lo ve en la cabeza del archicanciller, creerán que es el sombrero original. En cierto modo, lo es. Las cosas se definen por lo que hacen. Igual que la gente, claro. Es una de las bases fundamentales de la magia. –Cardante hizo una pausa teatral y puso la caja en manos de Peltre–. Como se suele decir, *Cogito ergo sombrerum*.

Peltre había estudiado idiomas, e hizo lo posible por comprender.

–¿«Pienso, luego soy un sombrero»? –aventuró.

–¿Qué? –preguntó Cardante mientras empezaban a bajar la escalera en dirección a la renovada Sala Principal.

–¿«Cojeo, luego soy un sombrero»? –sugirió Peltre.

–Haz el favor de callarte.

La neblina aún pendía sobre la ciudad, con sus cortinas de oro y plata transformadas en sangre por la luz del sol poniente, que entraba sin trabas por las ventanas de la sala.

Coin estaba sentado en un taburete, con el cayado sobre las rodillas. A Peltre se le ocurrió que nunca había visto al niño sin él, cosa rara: la mayor parte de los magos tenían sus cayados bajo la cama, o colgados sobre la chimenea.

No le gustaba aquel cayado. Era negro, pero no porque ése fuera su color, sino más bien porque parecía un agujero móvil que daba a otro juego de dimensiones, probablemente muy desagradables. No tenía ojos, y aun así se las arreglaba para mirar a Peltre como si conociera sus pensamientos más profundos. Y eso que, en aquellos momentos, ni él mismo los conocía.

La piel le cosquilleó cuando se acercaron y sintieron la ráfaga de magia pura que emanaba la figurilla sentada.

Varias docenas de magos más ancianos estaban reunidos en torno al taburete, y contemplaban el suelo con reverencia.

Peltre estiró el cuello para mirar, y vio...

El mundo.

Flotaba en un charco de noche negra que, de no se sabe qué manera, parecía encajada en el suelo. Y Peltre supo con espantosa certeza que *era* el mundo, no una simple imagen o proyección. Tenía nubes y todo. Allí estaban las heladas llanuras del Eje, el Continente Contrapeso, el Mar Circular, la Catarata Periférica, todo muy pequeño y en colores pasteles, pero no por ello menos real...

Alguien le estaba hablando.

–¿Eh? –se sobresaltó.

De repente, el brusco bajón en la temperatura metafórica lo envió de un empujón de vuelta a la realidad. Comprendió horrorizado que Coin acababa de decirle algo.

–¿Lo siento? –se corrigió–. Lo que pasa es que el mundo es... tan bonito...

–Nuestro Peltre es un esteta –dijo Coin. Sonó una risita, procedente de un par de magos que sabían lo que significaba aquella palabra–. Pero, en cuanto al mundo, puede mejorarse. Te había dicho, Peltre, que miremos donde miremos sólo encontramos crueldad, avaricia e inhumanidad, lo que nos sugiere que el mundo está muy mal dirigido, ¿no?

Peltre fue consciente de que dos docenas de pares de ojos estaban clavados en él.

–Bueno, no se puede cambiar la naturaleza humana –dijo.

Se hizo un silencio de muerte. Peltre titubeó.

–¿Verdad?

–Eso está por ver –replicó Cardante–. La cuestión es que, si cambiamos el mundo, la naturaleza humana también cambiará. ¿No es cierto, hermanos?

–Tenemos la ciudad –dijo uno de los magos–. Yo mismo he creado un castillo...

–Gobernamos la ciudad, pero ¿quién gobierna el mundo? –insistió Cardante–. Por ahí debe de haber miles de reyezuelos, emperadores, jefecillos...

–Y ninguno de ellos sabe leer sin mover los labios –señaló un mago.

–El patricio sí sabe leer –dijo Peltre.

–Si le cortas el dedo índice, no –replicó Cardante–.

Por cierto, ¿qué ha pasado con el lagarto? No importa. La cuestión es que el mundo debe ser gobernado por hombres de sabiduría y filosofía. Necesita guía. Nos hemos pasado siglos peleando entre nosotros, pero juntos... ¿quién sabe lo que podemos hacer?

—Hoy la ciudad, mañana el mundo —dijo alguien al fondo de la congregación.

Cardante asintió.

—Mañana el mundo, y... —Hizo un cálculo rápido—. ¡El viernes, el universo!

Así tendremos el fin de semana libre, pensó Peltre. Recordó la caja que llevaba en las manos y se la tendió a Coin. Pero Cardante se situó ante él con un movimiento imperceptible, se apoderó de la caja y se la ofreció al chico con una reverencia.

—El sombrero de archicanciller —dijo—. Pensamos que te corresponde por derecho.

Coin lo cogió. Por primera vez, Peltre vio una expresión de inseguridad en su rostro.

—¿No hay alguna especie de ceremonia formal? —preguntó.

Cardante carraspeó.

—Yo... eh... no —respondió—. No, creo que no. —Miró a los demás magos superiores, quienes negaron con la cabeza—. No, nunca hemos tenido de eso. Aparte del banquete claro. Eh... verás, no es como una coronación, ya sabes, el archicanciller guía a la comunidad de magos, es... —Cardante fue bajando la voz ante el brillo de aquella mirada dorada—. Es... ya sabes... es... el primero... entre... iguales...

Retrocedió apresuradamente cuando el cayado se movió de manera extraña y le apuntó. Una vez más, Coin pareció escuchar una voz interior.

—No —dijo al final. Cuando siguió hablando, su voz tenía esa tonalidad resonante que si uno no es mago sólo puede conseguir con carísimos sintetizadores—.

Habrá una ceremonia. Tiene que haber una ceremonia, la gente debe comprender que los magos mandan, pero no se celebrará aquí. Elegiré el lugar. Y asistirán todos los magos que alguna vez han cruzado estas puertas, ¿queda claro?

–Es que algunos viven bastante lejos –señaló Cardante con cautela–. Tardarán un tiempo en llegar, ¿para cuándo piensas que se...?

–¡Son magos! –gritó Coin–. ¡Pueden llegar en un abrir y cerrar de ojos! ¡Les he proporcionado el poder para hacerlo! Además... –su voz bajó, recuperó un tono casi normal–. Además, la Universidad está acabada. Nunca ha sido el hogar de la magia, sólo su cárcel. Construiré un nuevo lugar para nosotros.

Sacó el nuevo sombrero de la caja y sonrió. Peltre y Cardante contuvieron el aliento.

–Pero...

Miraron a su alrededor. Casiapenas, el Maestro en Sabiduría, había hablado, y ahora estaba allí, abriendo y cerrando la boca.

Coin se volvió hacia él arqueando una ceja.

–¡No pretenderás cerrar la Universidad! –dijo el viejo mago con voz temblorosa.

–Ya no es necesaria –replicó Coin–. Es un lugar de polvo y libros viejos. Está superada. ¿No es verdad... hermanos?

Hubo un coro de murmullos inciertos. A los magos les resultaba difícil imaginar una vida sin las antiguas piedras de la UI. Aunque, ahora que lo pensaban, había mucho polvo, claro, y los libros estaban bastante viejos...

–Al fin y al cabo... hermanos... ¿cuántos habéis entrado en esa oscura biblioteca últimamente? Ahora la magia está dentro de vosotros, no aprisionada entre cubiertas. ¿No es maravilloso? Ni uno solo de vosotros había hecho en toda su vida tanta magia, magia de verdad, como en las últimas veinticuatro horas. ¿Hay alguno que, en lo más profundo de su corazón, no esté de acuerdo conmigo?

Peltre se estremeció. En lo más profundo de su corazón, un Peltre interior acababa de despertar, e intentaba hacerse escuchar con todas sus fuerzas. Era un Peltre que de pronto añoraba aquellos días tranquilos, acabados hacía pocas horas, cuando la magia era modosita e iba por ahí en zapatillas viejas, siempre tenía tiempo para tomarse un jerez, no era como una espada caliente en el cerebro y, por encima de todo, no mataba a la gente.

El terror se apoderó de él cuando sintió que sus cuerdas vocales se tensaban y se disponían, pese a todos sus esfuerzos, a manifestar su desacuerdo.

El cayado le estaba buscando. Lo notaba. Lo haría desaparecer como al pobre Billias. Apretó las mandíbulas, pero no sirvió de nada. Su pecho se llenó de aire. Sus mandíbulas crujieron.

Cardante se removía, inquieto, y lo pisó. Peltre dejó escapar un gemido.

–Lo siento –dijo Cardante.

–¿Sucede algo, Peltre? –preguntó Coin.

Peltre saltaba a la pata coja, repentinamente liberado. Su cuerpo se llenó de alivio mientras los dedos de su pie se llenaban de dolor. En toda la historia, nadie había estado tan agradecido de que ciento veinte kilos de mago hubieran elegido su extremidad para dejarse caer pesadamente.

El grito pareció romper el hechizo. Coin suspiró y se levantó.

–Ha sido un buen día –dijo.

Eran las dos de la mañana. Las nieblas del río se enroscaban como serpientes por las calles de Ankh-Morpork, pero se enroscaban en solitario. Los magos no aprobaban que el resto de la gente anduviera por ahí a medianoche, de manera que nadie lo hacía. En lugar de eso, dormían con el sueño nada tranquilo de los hechizados.

En la Plaza de las Lunas Rotas, antaño escaparate de misteriosos placeres procedentes de los discretos establecimientos iluminados con farolitos, donde el noctámbulo podía obtener cualquier cosa, desde un plato de anguilas en gelatina hasta un amplio surtido de enfermedades venéreas, las nieblas se enroscaban y goteaban en un vacío gélido.

Los establecimientos habían desaparecido, sustituidos por mármol deslumbrante y una estatua que representaba el espíritu de no se sabe qué, rodeada de fuentes iluminadas. El sordo chapoteo del agua era el único sonido que rompía el silencio de colesterol que tenía en un puño el corazón de la ciudad.

El silencio reinaba también en la mole oscura de la Universidad Invisible. Excepto...

Peltre se arrastraba por los sombríos pasillos como una araña de dos patas, corriendo (o al menos cojeando rápidamente) de columna en arco, hasta que llegó a las imponentes puertas de la biblioteca. Examinó nervioso la oscuridad que le rodeaba y, tras algunas vacilaciones, llamó con mucha, mucha suavidad.

El silencio brotó de la pesada madera. Pero, a diferencia del silencio que tenía dominado al resto de la ciudad, éste era un silencio atento, alerta. Era el silencio del gato durmiente que acaba de abrir un ojo.

Cuando ya no pudo soportarlo más, Peltre se dejó caer a cuatro patas y trató de mirar por debajo de las puertas. Por último, acercó cuanto pudo la boca a la polvorienta hendidura situada junto a la bisagra más baja.

—¡Eh! ¿Me oyes? –susurró.

Tuvo la certeza de que algo se había movido, tras la oscuridad.

Lo intentó de nuevo, mientras pasaba del terror a la esperanza con cada errático latido de su corazón.

–¿Oye? Soy yo, Peltre. ¿Sabes quién? Dime algo, por favor.

Quizá unos grandes pies peludos se estuvieran arrastrando suavemente por el suelo, o quizá fue sólo el crujido de los nervios de Peltre. Trató de tragar saliva para aliviar la sequedad de su garganta, y lo intentó de nuevo.

–¡Mira, de acuerdo, pero entérate de que están hablando de clausurar la biblioteca!

El silencio se hizo más alto. El gato durmiente acababa de levantar una oreja.

–¡Lo que está sucediendo no es correcto! –le confió el tesorero, justo antes de taparse la boca con la mano ante la enormidad de lo que acababa de decir.

–¿Oook?

Fue el más ligero de los ruidos, como el eructo de una cucaracha.

Envalentonado de repente, Peltre acercó aún más los labios a la hendidura.

–¿Tienes al... mmm... al patricio ahí dentro?

–Oook.

–¿Y al perrito?

–Oook.

–Oh, estupendo.

Peltre se tendió en la comodidad de la noche, y tamborileó los dedos sobre el suelo gélido.

–¿No te importará... mmm... dejarme entrar? –aventuró.

–¡Oook!

Peltre hizo una mueca en la oscuridad.

–Es que... necesito verte unos minutos... Tenemos que discutir asuntos urgentes, de hombre a hombre.

–Eeek.

–Perdón, de hombre a simio.

–Oook.

–Entonces, ¿por qué no sales tú?

–Oook.

Peltre suspiró.

–Esta demostración de lealtad está muy bien, pero ahí dentro te vas a morir de hambre.

–Oook oook.

–¿Qué otra entrada?

–Oook.

–Bueno, lo haremos a tu manera –suspiró Peltre.

Pero, fuera como fuera, la conversación le había hecho sentirse un poco mejor. En la Universidad, todos los demás parecían vivir en un sueño, mientras que el bibliotecario no le pedía a la vida más que fruta madura, un suministro regular de tarjetas clasificadoras y la oportunidad, más o menos una vez al mes, de saltar el muro del zoológico privado del patricio.* Le resultaba extrañamente tranquilizador.

–¿Así que andas bien de plátanos y todo eso? –inquirió tras otra pausa.

–Oook.

–No dejes entrar a nadie, ¿eh? Es muy importante.

–Oook.

–Perfecto.

Peltre se levantó, se sacudió el polvo de las rodillas y luego hizo una pausa. Acercó la boca al agujero de la cerradura.

–No confíes en nadie –añadió.

–Oook.

Dentro de la biblioteca la oscuridad no era absoluta, porque las hileras de libros mágicos emitían un ligero resplandor octarino, causado por los escapes tauma-

---

* Nadie había tenido valor para preguntarle qué hacía allí.

túrgicos en un fuerte campo ocultista. El brillo apenas bastaba para iluminar las estanterías amontonadas contra la puerta.

El ex patricio había sido cuidadosamente decantado en un bote de cristal, y se encontraba sobre el escritorio del bibliotecario. Éste estaba sentado bajo el mueble, envuelto en su manta y sosteniendo a Galletas en su regazo.

De vez en cuando, se comía un plátano.

Entretanto, Peltre había cojeado de vuelta por los pasillos de la Universidad, en busca de la seguridad de su dormitorio. Como sus oídos estaban tensos hasta el límite, a la busca y captura del menor sonido dentro de los umbrales habituales, oyó los sollozos.

No era un sonido habitual allí. En los alfombrados corredores tras cuyas puertas se encontraban los dormitorios de los magos superiores se podían oír muchos sonidos a avanzadas horas de la noche, como ronquidos, tintineo de vasos, cánticos desafinados y, de vez en cuando, el zumbido y siseo de un hechizo que había salido mal. Pero los sollozos ahogados de alguien eran tan novedosos que Peltre se descubrió a sí mismo eligiendo el pasillo que llevaba a las dependencias del archicanciller.

La puerta estaba entreabierta. Con la seguridad de que no debería hacerlo, preparándose para una huida urgente, Peltre miró hacia el interior.

Rincewind miró a su alrededor.

–¿Qué es esto? –susurró.

–Parece una especie de templo –contestó Conina.

Rincewind se irguió y miró hacia arriba. Las multitudes de Al Khali chocaron contra él y discurrieron a su alrededor en una especie de movimiento browniano humano. Un templo, pensó. Bueno, era grande, era impresionante, y el arquitecto había aprovechado todos los trucos habidos y por haber para que pareciera aún más grande e impresionante de lo que era, y también para imprimir en todo el que lo mirase la sensación de que era muy pequeño, muy vulgar y no tenía tantas cúpulas. Era de ese tipo de lugares con aspecto memorable.

Pero Rincewind conocía bien la arquitectura religiosa, y los frescos que se divisaban en los grandes y, por supuesto, impresionantes muros, no eran nada píos. Para empezar, los que participaban en ellos estaban disfrutando. Casi con toda seguridad estaban disfrutando. Desde luego, sería sorprendente que no fuera así.

–No están bailando, ¿verdad? –dijo en un desesperado intento por no dar crédito a lo que le decían sus ojos–. Ni haciendo acrobacias, ¿eh?

Conina alzó la vista y entrecerró los ojos para protegérselos de la luz del sol.

–Me parece que no –respondió pensativa.

Rincewind recordó la actitud lógica.

–Creo que una joven como tú no debería mirar ese tipo de cosas –la amonestó.

Conina le sonrió.

–Creo que los magos lo tienen expresamente prohibido –dijo con dulzura–. Se supone que os deja ciegos.

Rincewind volvió a alzar la cabeza, dispuesto a arriesgar quizá un ojo. Era de esperar, se dijo. Aquí no lo saben hacer mejor. Los países extranjeros son... bueno, países extranjeros. Hacen las cosas de otra manera.

Aunque algunas cosas, decidió, se hacen de manera muy semejante, sólo que con más imaginación y, por lo que parecía, mucho más a menudo.

–Los frescos del templo de Al Khali son famosos en todo el Disco –le explicó Conina mientras caminaban entre la multitud de niños que intentaban vender cosas a Rincewind y presentarle a sus deseables parientes.

–Me imagino por qué –asintió él–. Venga, largaos ya. No, no quiero comprar eso, sea lo que sea. No, no quiero conocerla. Ni a él tampoco. O nada, mocoso. Fuera. ¡Bajaos!

El último grito iba dirigido al grupo de niños que cabalgaban tranquilamente sobre el Equipaje, que trotaba con paciencia tras Rincewind y no hacía ningún esfuerzo por sacudírselos. Quizá haya cogido alguna enfermedad, pensó. La idea lo animó un poco.

–¿Cuánta gente calculas que hay en este continente? –preguntó.

–No lo sé –respondió Conina sin darse la vuelta–. Supongo que millones.

–Si yo fuera inteligente, no estaría aquí –aseguró él con sinceridad.

Llevaban varias horas en Al Khali, entrada de todo el misterioso continente de Klatch. Rincewind empezaba a pasarlo mal.

Una ciudad decente debería tener un poco de niebla, al menos según su opinión. Y la gente debería vivir dentro de las casas, en vez de pasarse la vida en la calle. Y no debería haber tanta arena, ni tanto calor. En cuanto al viento...

Ankh-Morpork tenía su famoso olor, tan lleno de personalidad que podía arrancar lágrimas a un hombre corpulento. Pero Al Khali tenía su viento, que soplaba desde las extensiones desérticas y los continentes cercanos a la periferia. Era una brisa suave, pero nunca cesaba, y al final surtía sobre los visitantes el mismo efecto que una tostadora sobre un tomate. Tras cierto tiempo, uno tenía la sensación de que le había arrancado la piel y le estaba arañando directamente los nervios.

Para el agudo olfato de Conina, el viento traía aromáticos mensajes procedentes del corazón del continente, compuestos del frío de los desiertos, el sudor de los leones, el lodo de las selvas y las flatulencias de los ñúes.

Por supuesto, Rincewind no captaba nada de esto. La adaptación es algo maravilloso, y a la mayoría de los morporkianos les resultaría difícil captar el olor de un colchón de plumas ardiendo a metro y medio.

–¿Adónde vamos ahora? –preguntó–. ¿A algún lugar donde no haya viento?

–Mi padre pasó una temporada en Khali, cuando buscaba la Ciudad Perdida de Aay –dijo Conina–. Creo recordar que hablaba muy bien del *zueco*. Es una especie de bazar.

–Sería buena idea echar un vistazo a los tenderetes de sombreros de segunda mano –sugirió Rincewind–. Porque la situación en general es de lo más...

–Yo tenía la esperanza de que nos atacaran. Me parece la idea más sensata. Mi padre me dijo que pocos de los extranjeros que entran en el zueco salen con vida. Por aquí hay tipos de lo más peligrosos, según él.

Rincewind meditó un instante.

–¿Te importa repetir lo que has dicho? –pidió–. Después de oír que tenías la esperanza de que nos atacaran, no he oído más que un zumbido.

–Bueno, queremos trabar conocimiento con la clase criminal, ¿verdad?

–La palabra «querer» no me parece correcta –señaló Rincewind.

–¿Cómo lo dirías tú?

–Eh... creo que «no querer» define mucho mejor la situación.

–¡Si estuviste de acuerdo en que debíamos recuperar el sombrero!

–Pero sin morir en el intento –replicó Rincewind–. Eso no le haría ningún bien a nadie. Y mucho menos a mí.

–Mi padre siempre decía que la muerte no es más que un sueño –dijo Conina.

–Sí, lo mismo me dijo el sombrero –asintió él mientras entraban en una calle estrecha, atestada, entre muros blancos de adobe–. Pero tengo la sensación de que resulta muy difícil despertar por la mañana.

–Oye, tampoco hay tanto peligro. Vas conmigo.

–Y tú te metes en los peligros en cuanto los ves –la acusó Rincewind mientras la chica lo guiaba por un sombrío callejón, y su cohorte de seguidores infantiles les pisaba los talones–. Es por esa cuestión de hierro-dietario.

–¿Quieres callarte y dejar de hacerte la víctima?

–Es que se me da muy bien, tengo mucha práctica –replicó al tiempo que daba una patada a un miembro particularmente tozudo de la Cámara de Comercio Junior–. ¡Por última vez, no quiero comprar nada, maldito mocoso!

Contempló sombrío las paredes. Al menos no estaban decoradas con aquellos turbadores frescos, pero la brisa ardiente aún levantaba el polvo a su alrededor, y ya empezaba a estar harto de ver arena. Lo que de verdad quería era una cerveza fría, un baño caliente y ropa limpia. Quizá con eso no se sintiera mejor, pero al menos le resultaría menos incómodo sentirse fatal. Aunque probablemente allí no habría cerveza. Cosa rara, en las ciudades frías como Ankh-Morpork, la principal bebida era la cerveza fría, pero en lugares como aquél, con cielos como hornos con la puerta abierta, la gente bebía en vasitos pequeños licores que hacían arder la garganta. Y la arquitectura no era apropiada. Y en los templos tenían estatuas poco... bueno, poco adecuadas. No era un lugar decente para los magos. Sin duda tendrían alguna alternativa local, encantadores y cosas así, pero no magia decente.

Conina se le adelantó, canturreando entre dientes.

Te gusta la chica, ¿eh? Seguro que sí, dijo una voz en su mente.

Oh, rayos, pensó Rincewind. No serás mi conciencia otra vez, ¿verdad?

No, soy tu libido. Aquí dentro estamos un poco apretados. No has puesto orden desde la última vez que vine.

¿Quieres largarte? ¡Soy un mago! ¡Los magos se rigen por la cabeza, no por el corazón!

Pues yo estoy recibiendo votos de tus glándulas, y me dicen que, por lo que respecta a tu cuerpo, tu cerebro está en minoría.

¿Sí? Pues lo siento, porque tiene voto de decisión.

¡Ja! Eso es lo que tú te crees. Por cierto, tu corazón no tiene nada que ver con esto. No es más que un músculo que se encarga de la circulación de la sangre. A ver si nos entendemos..., te gusta la chica, ¿no?

Bueno..., titubeó Rincewind. Sí, pensó, es...

Es una buena compañera, ¿eh? Tiene una voz preciosa, ¿verdad?

Bueno, claro...

¿Te gustaría verla más?

Bueno...

Sorprendido, Rincewind se dio cuenta de que sí, de que le gustaría. No era por completo ajeno a la compañía de las mujeres, pero siempre había pensado que causaban problemas. Y claro, todo el mundo sabía que resultaban malas para las habilidades mágicas, aunque tenía que admitir que sus habilidades mágicas, que eran aproximadamente las de un martillo de goma, no eran gran cosa.

Entonces no tienes nada que perder, ¿no crees?, insistió su libido en un convincente tono de pensamiento.

En aquel momento, Rincewind se dio cuenta de que le faltaba algo importante. Tardó un instante en darse cuenta de lo que era.

Hacía varios minutos que nadie intentaba venderle nada. En Al Khali, eso significaba probablemente que estabas muerto.

Conina, el Equipaje y él se encontraban a solas en un largo callejón sombrío. Alcanzaba a oír los sonidos ajetreados de la ciudad, a cierta distancia, pero en las proximidades no había nada más que un silencio expectante.

—Han huido —informó Conina.

—¿Estamos a punto de ser atacados?

—Puede ser. Hay tres hombres que nos siguen por los tejados.

Rincewind miró hacia arriba casi en el momento exacto en que tres hombres, vestidos con amplias túnicas negras, se dejaban caer ágilmente en el callejón ante ellos. Cuando miró a su alrededor, otros dos doblaron una esquina. Los cinco esgrimían largas espadas curvas y, aunque llevaban la parte inferior del rostro cubierta, casi con toda seguridad sonreían malignamente.

Rincewind dio unos toquecitos en la tapa del Equipaje.

—Mata —sugirió.

El Equipaje se quedó inmóvil un momento, y luego trotó junto a Conina. Parecía un poco presuntuoso y, como vio Rincewind con celos y horror, algo avergonzado.

—Eres... eres... —rugió mientras le daba una patada—. ¡Eres una *mochila*!

Se acercó a la chica, en cuyo rostro se dibujaba una sonrisa pensativa.

—¿Y ahora qué? —le preguntó—. ¿Les vas a ofrecer una permanente rápida?

Los hombres se acercaron un poquito más. Rincewind advirtió que sólo parecían interesados en Conina.

—No estoy armada —dijo la chica.

—¿Qué ha pasado con tu legendario peine?

—Me lo dejé en el barco.

—¿No llevas nada?

Conina varió su postura ligeramente, para tener a tantos hombres como pudiera en su campo de visión.

—Tengo un par de horquillas —dijo entre dientes.

—¿Sirven de algo?

—No lo sé, nunca he probado.

—¡Tú nos has metido en esto!

—Tranquilo, creo que se limitarán a cogernos prisioneros.

—Ah, eso está muy bien para ti. Tú no llevas el cartel de oferta especial de la semana.

El Equipaje chasqueó la tapa un par de veces, algo inseguro. Uno de los hombres extendió la espada y sondeó la rabadilla de Rincewind.

—Quieren llevarnos a algún lugar, ¿ves? —señaló Conina. De pronto, apretó los dientes—. Oh, no —murmuró.

—¿Qué pasa ahora?

—¡No puedo hacerlo!

—¿Qué?

Conina se llevó las manos a la cabeza.

—¡No puedo permitir que me hagan prisionera sin pelear! ¡Un millar de antepasados bárbaros me acusan de traición! —siseó, ansiosa.

—Tú, ni caso.

—No, tranquilo. No tardaré ni un momento.

Hubo un repentino borrón de movimiento, y el hombre más cercano se derrumbó en un arrugado montón de dolor. Luego, los codos de Conina retrocedieron y se clavaron en los estómagos de los dos que tenía detrás. Su mano izquierda pasó como un rayo junto a la oreja de Rincewind, como un sonido como el de la seda al desgarrarse, y derribó al hombre que había junto a él. El quinto intentó huir y fue alcanzado por una patada voladora que le estrelló la cabeza contra la pared.

Conina se sentó, jadeando, con los ojos brillantes.

–No me gusta reconocerlo, pero ahora me encuentro mejor –dijo–. Aunque claro, es terrible saber que he traicionado la tradición de las peluqueras. Oh.

–Sí –asintió Rincewind, sombrío–. Me preguntaba si los habrías visto.

Los ojos de Conina examinaron la hilera de arqueros que acababan de alinearse junto a la pared opuesta. Tenían ese aspecto impasible de la gente a la que se ha pagado para hacer un trabajo, y a la que no le importa mucho si el trabajo consiste en matar a alguien.

–Es hora de usar las horquillas –sugirió Rincewind.

Conina no se movió.

–Mi padre siempre decía que es inútil emprender un ataque directo contra un enemigo armado con proyectiles de gran eficacia –respondió.

Rincewind, que conocía la manera habitual de hablar de Cohen, la miró incrédulo.

–Bueno –añadió ella–, en realidad, lo que dijo exactamente fue «nunca pelees a patadas con un puercoespín».

Peltre no pudo hacer frente al desayuno.

Se preguntó si debería hablar con Cardante, pero tenía la escalofriante sensación de que el viejo mago no le haría caso, y desde luego no le creería. La verdad es que ni él mismo se lo creía...

Sí que se lo creía. Nunca lo olvidaría, aunque pensaba intentarlo por todos los medios.

Uno de los problemas de vivir en la Universidad durante aquellos últimos días era que el edificio en el que uno se acostaba probablemente no tenía nada que ver con el edificio en el que se despertaba. Las habitaciones tenían la costumbre de cambiar y moverse, como consecuencia de los derroches de magia. Ésta crecía, de hecho empezaba a desbordarse. Si no se ponía remedio pronto, hasta la gente corriente podría empezar a usarla... Una idea escalofriante, pero dado que la mente de Peltre ya estaba tan llena de pensamientos escalofriantes que se la podría usar como bandeja para los cubitos de hielo, no tenía intención de dedicar mucho tiempo a ésa en concreto.

Peltre había encontrado a Coin en lo que hasta la noche anterior había sido un armario para las escobas. Ahora era mucho más grande. La única razón de que Peltre no encontrara palabras para describirla era que nunca había oído hablar de los hangares, aunque también es cierto que pocos hangares tienen suelo de mármol y montones de estatuas por todas partes. Un par de escobas y un pequeño cubo destartalado parecían fuera de lugar, aunque no tanto como las aplastadas mesas en la ex Sala Principal: debido a las oleadas de magia, se había reducido al tamaño de lo que Peltre habría llamado «cabina telefónica», en el caso de que supiera qué era eso.

Se deslizó con sumo cuidado en la habitación para ocupar su lugar en el consejo de magos. El aire estaba aceitoso con la sensación de poder.

Peltre creó una silla al lado de Cardante, y se inclinó hacia él.

–No te vas a creer... –empezó.

–¡Silencio! –siseó–. ¡Esto es sorprendente!

Coin estaba sentado en su taburete, en el centro del círculo, con una mano sobre el cayado y la otra extendida. En ésta sostenía algo pequeño, blanco, con forma de huevo. Era extrañamente borroso. En realidad, pensó Peltre, no era algo pequeño visto de cerca. Era algo enorme, pero a mucha distancia. Y el niño lo tenía en la palma de la mano.

–¿Qué hace? –preguntó Peltre.

–No estoy muy seguro –murmuró Cardante–. Por

lo que sabemos, está creando un nuevo hogar para la magia.

Los rayos de luz coloreada brillaban en el difuso ovoide, como una tormenta lejana. El resplandor iluminaba desde abajo el rostro preocupado de Coin y lo hacía parecer una máscara.

—Pues no sé cómo vamos a caber todos ahí —siguió el tesorero—. Cardante, anoche vi...

—He terminado —dijo Coin.

Alzó el huevo, que de cuando en cuando relampagueaba con una luz interna, y tenía pequeñas prominencias blancas. No sólo estaba muy lejos, pensó Peltre, sino que además era extremadamente pesado. Atravesaba la pesadez hasta llegar al otro lado, a esa extraña realidad negativa donde el plomo equivale al vacío. Volvió a agarrar a Cardante por la manga.

—Escucha, es muy importante, escucha, cuando miré en...

—Deja de agarrarme de una vez.

—Pero el cayado, su cayado, no es...

Coin se levantó y apuntó el cayado hacia la pared, donde al instante apareció una puerta. Salió por ella, con la seguridad de que los magos lo seguirían.

Cruzó el jardín del archicanciller, seguido por una hilera de magos, como la cola de un cometa, y no se detuvo hasta llegar a las orillas del Ankh. Allí había algunos sauces viejos, y el río discurría en forma de herradura, circundando un pequeño prado denominado, de manera bastante optimista, Placer de Magos. En las veladas estivales, si el viento soplaba hacia el río, era un buen lugar para dar un paseo.

La cálida neblina plateada seguía pendiendo sobre la ciudad cuando Coin cruzó la hierba húmeda hasta situarse en el centro. Lanzó al aire el huevo, que trazó un suave arco y aterrizó con un sonido despachurrado.

Se volvió hacia los magos.

–Quedaos atrás –ordenó–. Y estad preparados para salir corriendo.

Señaló con el cayado de octihierro hacia el objeto semihundido. Un rayo de luz octarina brotó de la punta y dio de lleno en el huevo, que explotó con una lluvia de chispas. Los magos tardarían un tiempo en dejar de ver puntitos azules y rojos.

Hubo una pausa. Una docena de magos contemplaron el huevo con expectación.

La brisa sacudió los sauces de la manera menos misteriosa posible.

No sucedió nada más.

–Eh... –empezó Peltre.

Y entonces se produjo el primer temblor. Unas cuantas hojas cayeron de los árboles, y a lo lejos un ave acuática levantó el vuelo, aterrada.

El sonido comenzó como un gemido grave, algo más experimentado que oído, como si de repente todos tuvieran las orejas en los pies. Los árboles temblaron, igual que un par de los magos.

En torno al huevo, el lodo empezó a burbujear.

Y explotó.

El suelo se peló como un limón. Los magos se encontraron pringados de gotas de lodo humeante mientras corrían a ponerse a cubierto bajo los árboles. Sólo Coin, Peltre y Cardante se quedaron para ver cómo el centelleante edificio blanco se alzaba en el prado, sacudiéndose la hierba y la tierra. Tras ellos, surgieron otras torres. Los contrafuertes brotaron en el aire, enlazándolas.

Peltre dejó escapar un gemido cuando el suelo se removió bajo sus pies y se vio reemplazado por baldosas ribeteadas de plata. La plataforma se elevó, inexorable, levantándolos a los tres por encima de las copas de los árboles.

Los tejados de la Universidad quedaron bajo ellos.

Ankh-Morpork se extendía como un mapa, el río era una serpiente atrapada, las llanuras una mancha neblinosa. A Peltre le zumbaban los oídos, pero la ascension prosiguió, entrando entre las nubes.

Surgieron, empapados y helados, a la brillante luz del sol, mientras la capa de nubes se extendía en todas las direcciones. A su alrededor se elevaban otras torres, que brillaban dolorosamente bajo la exagerada claridad.

Cardante se arrodilló con mucho trabajo y palpó el suelo. Sugirió a Peltre que hiciera lo mismo.

Peltre tocó una superficie más suave que la piedra. Tenía el tacto del hielo, siempre que existiera un hielo ligeramente cálido y de aspecto marfileño. Aunque no era exactamente transparente, daba la impresión de que le gustaría serlo.

Tuvo la clara sensación de que, si cerraba los ojos, no sentiría nada.

Su mirada se cruzó con la de Cardante.

–A mí no me mires –suspiró éste–. Yo tampoco sé qué es.

Alzaron la vista hacia Coin.

–Es magia –dijo.

–Sí, señor, pero... ¿de qué está hecho? –preguntó Cardante.

–Está hecho de magia. De magia pura. Solidificada. Concentrada. Renovada segundo a segundo. ¿Hay mejor sustancia para construir el nuevo hogar de la rechicería?

El cayado brilló un momento y fundió las nubes. El Mundodisco apareció bajo ellos, y desde allí se veía claramente que era un círculo, clavado al cielo por la montaña central de Cori Celesti, donde vivían los dioses. Allí estaba el Mar Circular, tan cerca que casi habría sido posible lanzarse a él de cabeza. Allí estaba también el vasto continente de Klatch, aplastado por la perspectiva. La Catarata Periférica circundaba el borde del mundo con su curva centelleante.

–Es demasiado grande –susurró Peltre.

El mundo en el que había vivido no se extendía mucho más allá de las puertas de la Universidad, y él lo prefería. Un mundo de aquel tamaño hacía que el hombre se sintiera incómodo. Desde luego, no podía encontrarse cómodo a un kilómetro de altura, con los pies sobre algo que, en esencia, no estaba allí.

La idea lo conmocionó. Era mago, y a pesar de eso la magia le preocupaba.

Se acercó cautelosamente a Cardante.

–No es exactamente lo que esperaba –dijo éste.

–¿Mmm?

–Desde aquí parece mucho más pequeño, ¿no?

–La verdad, no sé. Mira, tengo que decirte...

–Observa las Montañas del Carnero. Casi da la sensación de que las podríamos tocar.

Miraron a lo lejos, a doscientas leguas de distancia, hacia la imponente cordillera que despedía su frío brillo blanco. Se decía que, si alguien caminaba en dirección eje por los valles secretos de las Montañas del Carnero, acabaría por encontrarse en las tierras heladas de Cori Celesti, el reino privado de los Gigantes del Hielo, aprisionados allí tras la última gran batalla con los dioses. En aquellos tiempos, las montañas sólo eran islas en un gran mar de hielo, y parte de este hielo aún permanecía en ellas.

Coin les lanzó su sonrisa dorada.

–¿Qué dices, Cardante? –preguntó.

–Es el aire tan claro, señor. Y parecen tan cercanas, tan pequeñas..., decía que casi parece posible tocarlas...

Coin le hizo callar con un gesto. Extendió un bracito delgado, arremangándose con el tradicional gesto para demostrar que no hay truco. Cuando abrió los dedos un momento después, tenía entre ellos lo que era, sin lugar a dudas, un puñado de nieve.

Los dos magos lo miraron atónitos, en silencio, a medida que se derretía y goteaba en el suelo.

Coin se echó a reír.

–¿Tan increíble os parece? –dijo–. ¿Queréis que coja perlas de la lejana Krull, o arena del Gran Nef? ¿Podía hacer la mitad de esto vuestra antigua magia?

A Peltre le pareció que en su voz había un tono metálico. Coin los miraba fijamente.

Por último, Cardante suspiró.

–No –dijo en voz baja–. Durante toda mi vida he buscado la magia, y sólo he encontrado luces de colores, trucos y libros viejos, resecos. La magia no ha hecho nada por el mundo.

–¿Y si os dijera que tengo intención de disolver las Órdenes y cerrar la Universidad? Aunque claro, mis consejeros tendrán que estar de acuerdo...

A Cardante se le pusieron blancos los nudillos, pero acabó por encogerse de hombros.

–No se puede decir gran cosa –respondió–. ¿De qué sirve una vela a la luz del día?

Coin se volvió hacia Peltre. El cayado también lo hizo. Las tallas le miraban fríamente. Una de ellas, cerca de la punta, se parecía desagradablemente a una ceja.

–Estás muy silencioso, Peltre. ¿No estás de acuerdo?

No. Ya hubo rechicería en el mundo una vez, y fue sustituida por la magia. La magia es para los hombres, no para los dioses. La rechicería, no. Tenía algo de malo, y hemos olvidado qué era. Me gustaba la magia. No trastocaba el mundo, encajaba en él. Era correcta. Yo sólo quería ser un simple mago.

Se miró los pies.

–Sí –susurró.

–Bien –dijo Coin, con voz satisfecha.

Caminó hasta el borde de la torre y miró hacia abajo, hacia el mapa de Ankh-Morpork, tan lejos. La Torre del Arte apenas recorría una décima parte de la distancia que los separaba del suelo.

–Creo que celebraremos la ceremonia la semana que viene –dijo–. Con la luna llena.

–Eh... faltan tres semanas para que haya luna llena –señaló Cardante.

–La semana que viene –repitió Coin–. Si yo digo que habrá luna llena, no quiero discusiones.

Siguió mirando hacia la maqueta en que se había transformado la Universidad, y luego señaló hacia abajo.

–¿Qué es eso?

Cardante se asomó.

–Pues la biblioteca. Sí. Es la biblioteca. Eso.

El silencio era tan opresivo que Cardante sintió que se esperaba algo más de él. Cualquier cosa sería mejor que aquel silencio, desde luego.

–Allí es donde guardamos los libros, ya sabes. Unos noventa mil volúmenes, ¿no, Peltre?

–¿Cómo? Oh. Sí. Unos noventa mil, más o menos.

Coin se apoyó en el cayado.

–Quemadlos –dijo–. Todos.

La medianoche desparramó su negra sustancia por los pasillos de la Universidad Invisible cuando Peltre, con bastante menos confianza, se arrastró cautelosamente hacia las impasibles puertas de la biblioteca. Llamó con los nudillos, y el sonido resonó tanto en el edificio vacío que tuvo que apoyarse en la pared y esperar a que el corazón le latiera con menos frenesí.

Tras un rato, oyó el ruido de alguien moviendo pesados muebles.

–¿Oook?

–Soy yo.

–¿Oook?

–Peltre.

–Oook.

–¡Oye, tienes que salir! ¡Va a quemar la biblioteca!

No recibió respuesta.

Peltre se dejó caer de rodillas.

–Lo hará, no lo dudes –susurró–. Lo más probable es que me encargue a mí la tarea, es por ese cayado, mmm... sabe todo lo que sucede, y sabe que yo lo sé... Por favor, ayúdame...

–¿Oook?

–La otra noche, eché un vistazo en su habitación... El cayado, el cayado brillaba, estaba erguido en el centro de la habitación como un faro, y el niño lloraba en su cama. Noté cómo lo sondeaba, enseñándole, susurrándole cosas terribles. Luego el cayado se dio cuenta de que yo estaba allí... Tienes que ayudarme, eres el único que no está bajo el...

Peltre se interrumpió. El rostro se le petrificó. Se dio la vuelta lentamente, sin querer, porque algo lo estaba girando con toda suavidad.

Sabía que la Universidad estaba vacía. Todos los magos se habían trasladado a la Torre Nueva, donde hasta el último de los estudiantes tenía habitaciones más lujosas que las que pertenecieran antes a los magos de octavo nivel.

El cayado pendía del aire, a pocos metros de él. Estaba rodeado por un tenue brillo octarino.

Se levantó cautelosamente y, sin apartar la espalda del muro de piedra, con los ojos clavados en aquella cosa, se deslizó a toda velocidad hasta llegar al final del pasillo. En la esquina, advirtió que el cayado, aunque sin moverse, había girado sobre su eje para seguirlo.

Dejó escapar un gritito, se arremangó los faldones de la túnica y echó a correr.

El cayado estaba ante él. Frenó de golpe y trató de recuperar el aliento.

–No me asustas –mintió al tiempo que giraba sobre sus talones y emprendía la huida en dirección contraria.

Chasqueó los dedos para crear una antorcha que ardía con una hermosa llama blanca. Sólo la penumbra octarina delataba su origen mágico.

Una vez más, el cayado estaba ante él. La luz de su antorcha se vio absorbida por un fino vapor, y se desvaneció con un «pop».

Aguardó, aún cegado y con los ojos llorosos, pero el cayado seguía allí y no parecía tener intención de aprovechar su ventaja. Cuando recuperó la vista, divisó una sombra aún más oscura a su izquierda. La escalera que llevaba a las cocinas.

Se precipitó hacia ella y bajó de tres en tres los peldaños invisibles, aterrizando en unas baldosas inesperadamente desiguales. Un rayo de luz de luna entraba por una rejilla a lo lejos, y Cardante sabía que en la parte superior había una puerta hacia el mundo exterior.

Tambaleándose, con los tobillos doloridos y el ruido de su propia respiración retumbándole en las orejas como si tuviera la cabeza metida en una concha marina, Peltre se deslizó por el interminable desierto oscuro que era el suelo.

Había algo a sus pies. Ya no quedaban ratas, claro, pero en la cocina había quedado algo en desuso: los cocineros de la Universidad habían sido los mejores del mundo, pero ahora cualquier mago podía conjurar comidas por encima de toda habilidad culinaria. Las grandes sartenes de cobre colgaban de la pared, olvidadas, ennegreciéndose ya, y en el nicho de la gigantesca chimenea en forma de arco sólo quedaban cenizas frías...

El cayado estaba cruzado a través de la puerta,

bloqueando la salida. Giró cuando Peltre se acercó a él, y quedó suspendido en el aire a pocos metros, irradiando silenciosa malevolencia. Luego, con suavidad, empezó a deslizarse hacia él.

Retrocedió y resbaló sobre las piedras grasientas. Un golpe en la parte trasera de los muslos lo hizo gritar, pero descubrió que había tropezado con una de las mesas de madera.

Pasó desesperadamente la mano por la arañada superficie y, contra toda probabilidad, encontró un cuchillo clavado en la madera. Con un gesto instintivo, antiguo como la humanidad, los dedos de Peltre se cerraron en torno al mango.

Se había quedado sin aliento, sin paciencia, sin espacio, sin tiempo, y estaba a punto de quedarse sin cordura.

De manera que, cuando el cayado flotó ante él, blandió el cuchillo con todas las fuerzas que pudo reunir...

Y titubeó. Todo lo que había de mago en él clamaba contra la destrucción de tanto poder, de un poder que quizá fuera utilizable, de un poder que quizá *él* pudiera utilizar.

Y el cayado giró de manera que su eje le apuntó directamente.

A muchos pasillos de distancia, el bibliotecario apoyaba la espalda contra la puerta, contemplando los relámpagos azules y blancos que chisporroteaban tras la cerradura. Oyó el chasquido lejano de la energía pura, y un sonido que empezaba en las zonas más bajas de la escala y se elevaba hasta convertirse en un silbido que ni siquiera Galletas, con las patas tras las orejas, alcanzaba a oír.

Entonces, se oyó un leve tintineo de lo más vulgar, como el que haría un cuchillo metálico fundido y retorcido al caer sobre las losas de la cocina.

Era de esa clase de ruidos que hacen que el silencio que los sigue sea como una avalancha cálida.

El bibliotecario se envolvió en el silencio que lo rodeaba como una capa, y contempló las hileras e hileras de libros, todos los cuales palpitaban suavemente con el brillo de su propia magia. Las estanterías lo miraron desde arriba.* Lo habían oído. Él captaba su miedo.

El orangután se quedó quieto como una estatua durante largos minutos, y luego pareció tomar una decisión. Arrastrando los nudillos, caminó sobre su escritorio y, tras mucho buscar, localizó un pesado aro cargado de llaves.

–Oook –dijo deliberadamente.

Los libros se asomaron en sus estantes. Había captado su atención.

–¿Qué lugar es éste? –preguntó Conina.

Rincewind miró a su alrededor y aventuró una suposición.

Seguían en el centro de Al Khali. Oía el murmullo de la ciudad más allá de los muros. Pero, en el centro de la atestada ciudad, alguien había despejado una vasta zona, la había amurallado y después plantó en ella un jardín romántico y natural.

–Parece que alguien ha cogido veinte kilómetros cuadrados de ciudad y los ha despejado –sugirió.

–Qué idea tan extraña –dijo Conina.

–Bueno, según algunas religiones... cuando mueres, dicen que vienes a este tipo de jardín, donde siem-

* O desde abajo, o en diagonal. La estructura de la biblioteca de la Universidad Invisible era una pesadilla topográfica, la sola presencia de tanta magia acumulada retorcía las dimensiones y la gravedad como si fueran unos espaghettis capaces de poner cabeza abajo a M. C. Escher. O tal vez cabeza de lado.

pre hay música y... bueno, y sorbetes, y... mujeres
guapas.

Conina admiró la esplendorosa vegetación del jardín amurallado, con sus pavos reales, arcos intrincados y fuentes rumorosas. Una docena de mujeres reclinadas la miraban, impasibles. Una orquesta de cuerda situada fuera de la vista tocaba la complicada música klatchiana.

–No estoy muerta –dijo–. Estoy segura de que lo recordaría. Además, mi idea del paraíso no coincide con esto. –Contempló las figuras reclinadas con gesto crítico–. ¿Quién las peinará? –se preguntó.

La punta de una espada le rozó la rabadilla, y los dos echaron a andar por el ornado sendero hacia el pequeño pabellón en forma de cúpula rodeado de olivos. La chica bufó.

–De todos modos, no me gusta el sorbete.

Rincewind no hizo ningún comentario. Estaba muy ocupado examinando su propio estado mental, y lo que encontró no le hizo ninguna gracia. Tenía la horrible sensación de que se estaba enamorando.

Tenía bien claros los síntomas: las manos sudorosas, la calidez en el estómago, la sensación generalizada de que la piel de su pecho era de goma elástica, y estaba muy tensa. Además, cada vez que Conina hablaba, notaba como si alguien le pasara un acero al rojo por la columna vertebral.

Bajó la vista hacia el Equipaje, que trotaba estoico a su lado, y reconoció los mismos síntomas.

–¡Tú también!

Quizá fuera sólo el juego de luces sobre la gastada tapa, pero también era posible que estuviera más roja que de costumbre.

Es cierto que la madera de peral sabio tiene cierto enlace mental con su propietario... Rincewind sacudió la cabeza. Eso explicaría por qué el trasto no era tan salvaje como de costumbre.

–Es imposible –dijo–. Ella es una hembra, y tú eres... eres... bueno... –Hizo una pausa–. Bien, seas lo que seas, eres de madera. Imposible. La gente haría comentarios.

Se volvió y miró a los guardias vestidos de negro que los seguían.

–No sé qué miráis –les espetó con severidad.

El Equipaje se arrimó a Conina, siguiéndola tan de cerca que la chica tropezó con él.

–Lárgate –le ordenó al tiempo que le daba otra patada, esta vez adrede.

Si alguna vez una maleta había tenido una expresión dolida, fue entonces.

El pabellón adonde se dirigían era una ornada cúpula en forma de cebolla, tachonada de piedras preciosas y sostenida por cuatro columnas. En el interior había toda una masa de almohadones en los cuales yacía un hombre de mediana edad, bastante gordo, rodeado por tres jovencitas. Llevaba una túnica color púrpura con bordados de oro.

El hombre parecía estar escribiendo. Alzó la vista cuando los vio llegar.

–Supongo que no sabréis ninguna palabra que rime con «tú» –dijo, quisquilloso.

Rincewind y Conina se miraron.

–¿Tisú? –aportó él–. ¿Canesú?

–¿Mildiú? –sugirió Conina, con forzada alegría.

El hombre titubeó.

–Mildiú. Me gusta, me gusta –asintió–. Tiene posibilidades. Sí, creo que usaré mildiú. Sentaos en un cojín, muchachos. Tomad un sorbete. ¿Por qué os quedáis ahí de pie?

–Es por estas cuerdas –explicó Conina.

–Yo además tengo alergia al acero frío –añadió Rincewind.

–Qué cosa tan molesta –suspiró el gordo.

Dio una palmada con las manos tan cargadas de anillos que sonó casi como una campanada. Dos de los guardias se adelantaron rápidamente y cortaron las ligaduras. Luego, el batallón entero se disolvió, aunque Rincewind era claramente consciente de que docenas de ojos los vigilaban desde el follaje circundante. Cierto instinto animal le dijo que, aunque ahora parecía estar a solas con el hombre y con Conina, cualquier movimiento agresivo por su parte convertiría el mundo en un lugar muy afilado y doloroso. Trató de irradiar tranquilidad y simpatía. Trató de encontrar algo que decir.

–Bueno –aventuró contemplando los cortinajes de brocado, las columnas con incrustaciones de rubíes y los cojines bordados de oro–, has decorado esto con muy buen gusto.

–Me gusta la sencillez –suspiró el hombre, todavía garabateando a toda prisa–. ¿Qué hacéis aquí? No me entendáis mal, me encanta encontrar a compañeros estudiantes de la musa poética.

–Nos han traído aquí –señaló Conina.

–Unos hombres con espadas –añadió Rincewind.

–Mis queridos amigos, eso lo hacen para no perder la costumbre. ¿Te apetece una de éstas?

Chasqueó los dedos en dirección a una de las chicas.

–Ahora mismo no, gracias –empezó Rincewind.

Pero vio que la chica cogía un platito de galletas doradas, y se lo tendía gentilmente. Probó una. Estaba deliciosa, era dulce y crujiente, con un sutil aroma de miel. Cogió dos más.

–Disculpa, pero... ¿quién eres? –preguntó Conina–. ¿Y dónde estamos?

–Me llamo Creosoto, serifa de Al Khali –respondió el hombre obeso–. Y esto es mi Espesura. Se hace lo que se puede.

Rincewind se atragantó con la galleta.

–No serás el Creosoto de «Tan rico como Creosoto», ¿verdad?

–Ése fue mi querido padre. La verdad es que yo soy
bastante rico. Me temo que, cuando uno tiene tanto
dinero, cuesta vivir con sencillez. Pero se hace lo que se
puede –suspiró.

–Podrías regalarlo –sugirió Conina.

El hombre suspiró de nuevo.

–No es tan fácil, de verdad. No, uno tiene que tratar
de hacer poco con mucho.

–No, no, de verdad –insistió Rincewind, lanzando
una lluvia de miguitas de galleta–. Se dice que todo lo
que tocas se transforma en oro.

–Eso pondría las cosas un tanto difíciles a la hora de
ir al cuarto de baño –rió Conina–. Lo siento.

–¡Las historias que oye uno sobre sí mismo! –dijo
Creosoto, fingiendo no haberla oído–. Es agotador.
Como si la riqueza fuera lo más importante. La verda-
dera riqueza yace en las bellezas de la literatura.

–El Creosoto del que yo oí hablar –dijo Conina con
voz pausada–, era jefe de una banda de... bueno, de asesinos locos. Los primeros Asesinos, temidos en toda la
zona eje de Klatch. Sin ánimo de ofender.

–Ah, sí, mi querido padre –suspiró Creosoto
junior–. El *hachisismo*. Una idea tan novedosa...* Pero
no funcionaba muy bien, así que contratamos a thugs
en su lugar.

–Claro, les disteis ese nombre por su semejanza con
cierta secta religiosa –asintió Conina con seguridad.

Creosoto le lanzó una larga mirada.

–Pues no –dijo con voz pausada–. Me parece que
no. Les dimos ese nombre por el ruido que hacen las

* El hachisismo, que obtenía su nombre por las ingentes cantidades
de hachís que consumían sus practicantes, era una secta de asesinos salvajes que se caracterizaban tanto por su crueldad como por sus risitas cuando veían colorines nuevos e interesantes.

cabezas de sus víctimas cuando se las arrancan de cuajo. Es una costumbre muy desagradable.

Alzó el pergamino en el que había estado escribiendo, y lo examinó.

—Yo busco una vida más cerebral —siguió—. Y por eso hice que convirtieran el centro de la ciudad en la Espesura. Va mucho mejor para el flujo mental. Se hace lo que se puede. ¿Queréis mi última joya?

—No querríamos dejarte sin ninguna —dijo Rincewind, que no se enteraba muy bien.

Creosoto alzó una mano regordeta y declamó así:

> *Un palacio veraniego bajo el sol,*
> *donde se sirve carnero y pan sin colesterol,*
> *entrantes, sorbetes, caviar y lubina,*
> *todo recién traído de la cocina.*
> *Pasa al final con los postres el carrito*
> *para que elijas lo que sacie tu apetito,*
> *porque aquí, en la Espesura, tú...*

Hizo una pausa y levantó la pluma, pensativo.

—Quizá no valga lo de mildiú —dijo—. Ahora que lo pienso mejor...

Rincewind contempló la vegetación domesticada, las rocas cuidadosamente distribuidas, los altos muros circundantes.

—¿Esto es una Espesura?

—Creo que mis jardineros incorporaron todos los rasgos esenciales, sí. Tardaron siiiglos en hacer que los arroyuelos fueran debidamente sinuosos. Se me ha informado de que hay en perspectiva otros planes para logros de asombrosa belleza natural.

—¿Eso incluye escorpiones? —preguntó Rincewind, cogiendo otra galleta.

—No lo sé —respondió el poeta—. Los escorpiones me parecen muy poco poéticos. Creo que las abejas silvestres y las cigarras son más apropiadas, dado el nivel de lirismo reinante, aunque la verdad es que nunca me han gustado los insectos. En cambio, parece que a ti te encantan –dijo a Rincewind.

–Además, mi padre siempre decía que las langostas eran muy sabrosas –señaló Conina, mientras su acompañante tosía y escupía–. No quisiera parecer desagradecida –siguió–, pero... ¿por qué nos has hecho traer aquí?

–Buena pregunta.

Creosoto la miró inexpresivo, como si tratara de recordar por qué estaban allí.

–Eres una mujer muy atractiva –dijo al final–. ¿Por casualidad sabes tocar el dulcémele?

–¿Cuántos filos tiene? –preguntó Conina.

–Qué lástima –suspiró el serifa–. Acaban de traer uno de importación.

–Mi padre me enseñó a tocar la armónica –ofreció ella.

Creosoto movió los labios sin emitir sonido alguno, mientras analizaba la idea.

–No es lo mismo, pero gracias –dijo al final. Le lanzó otra mirada pensativa–. ¿Sabes que eres realmente deseable? ¿Te han dicho alguna vez que tu cuello es como una torre de marfil?

–Nunca –replicó Conina.

–Qué lástima –repitió Creosoto.

Rebuscó entre sus cojines y sacó una campanilla. La hizo sonar.

Tras un momento, una figura alta y delgada apareció procedente de detrás del pabellón. Parecía una de esas personas cuyo hilo de pensamiento puede seguir toda la longitud de un sacacorchos sin doblarse, y el brillo de sus ojos habría hecho que el roedor rabioso medio se marchara desanimado.

Era, en definitiva, el tipo de hombre que ha nacido

para ser gran visir. Nadie le podía enseñar nada acerca de estafar a viudas y encerrar a jóvenes impresionables en supuestas cuevas llenas de tesoros. En cuestión de trabajos sucios, era probable que hubiera escrito un libro, aunque era más probable todavía que se lo hubiera robado a alguien.

Llevaba un turbante del que sobresalía un sombrerito puntiagudo. Y, por supuesto, lucía un largo bigote de finas guías.

–Ah, Abrim –dijo Creosoto.

–¿Alteza?

–Mi gran visir –lo presentó el serifa.

Ya me parecía a mí, se dijo Rincewind.

–¿Por qué hemos hecho venir a estos muchachos?

El visir se retorció el bigote, probablemente previendo otra docena de deshaucios.

–El sombrero, alteza –dijo–. El sombrero, acuérdate.

–Ah, sí. Fascinante. ¿Dónde lo hemos puesto?

–Un momento –intervino Rincewind, ansioso–. Ese sombrero... ¿es por casualidad uno puntiagudo, bastante ajado, con montones de cositas pegadas, encajes y cosas así? –Titubeó un instante–. Y... y nadie ha intentado ponérselo, ¿verdad?

–Dio órdenes de que no –respondió Creosoto–, así que Abrim hizo que un esclavo se lo probara, por supuesto. Dice que le dio dolor de cabeza.

–El sombrero también nos dijo que vosotros llegaríais pronto –confirmó el visir, haciendo una ligera reverencia en dirección a Rincewind–. Por tanto, yo... quiero decir, el visir, pensó que quizá pudierais contarnos algo más sobre ese maravilloso artefacto, ¿verdad?

Hay un cierto tono de voz que se suele denominar interrogativo, y el visir lo estaba usando. Pero un cierto matiz sugería que, si no se le informaba de más cosas sobre el sombrero, y deprisa, pondría en práctica diversas actividades en la descripción de las cuales entraban palabras como «al rojo vivo» y «hojas afiladas». Claro está que los grandes visires siempre hablan así. Seguramente hay una escuela donde les enseñan.

–Cielos, me alegro de que lo hayáis encontrado –dijo Rincewind–. Ese sombrero es gngngnh...

–¿Cómo dices? –preguntó Abrim, al tiempo que hacía una señal a un par de guardias supuestamente ociosos para que se acercaran–. Me he perdido lo que dijiste después de que la joven... –hizo una reverencia en dirección a Conina– te diera un codazo en la oreja.

–Creo que lo mejor será que nos lo mostréis –replicó ella, con educada firmeza.

Cinco minutos más tarde, desde su lugar de reposo sobre una mesa en la cámara de tesoros del serifa, el sombrero los saludó:

Ya era hora. ¿Por qué habéis tardado tanto?

En un momento como éste, cuando Rincewind y Conina están a punto, casi con toda seguridad, de ser víctimas de un asesinato, y Coin se dispone a dirigirse a la asamblea de magos acobardados para darles una conferencia sobre la traición, todo eso mientras el Disco va a caer bajo las garras de una dictadura mágica, vale la pena mencionar el tema de la poesía y la inspiración.

Por ejemplo, el serifa, en su Espesura artificial, acaba de repasar sus obras hasta llegar al poema que comienza con los versos:

> *¡Despierta! La copa del día*
> *se ha volcado y llega al mediodía...*

... y está suspirando, porque las palabras al rojo blanco que rondan por su imaginación nunca salen exactamente como él las quiere.

De hecho, es imposible que salgan.

Por desgracia, cosas como ésta suceden constantemente.

Es un hecho establecido en los polidimensionales
mundos del multiverso que la mayor parte de los grandes descubrimientos se deben a un breve momento de
inspiración. Siempre hay bastantes trabajos previos,
claro, pero lo que dispara el asunto suele ser algo tan
sencillo como una manzana que se cae del árbol, o una
tetera con el agua hirviendo, o el agua que se desborda
de la bañera. Algo encaja dentro de la cabeza del observador. Según se dice, el descubrimiento de la forma del
ADN se debe a que el científico vio una escalera de caracol en el momento en que tenía la mente a la temperatura receptiva exacta. Si hubiera cogido el ascensor, toda la
ciencia de la genética habría sido muy diferente.*

Se suele considerar que esto es algo maravilloso.
Pues no. Es trágico. En el universo están entrando
constantemente pequeñas partículas de inspiración,
que atraviesan la materia, más densa, de la misma manera que un neutrino atraviesa un algodón dulce, y la
mayor parte de ellas se pierde.

Peor aún, la mayoría de las que aciertan alcanzan
un objetivo cerebral total, definitiva y drásticamente
erróneo.

Por ejemplo, la extraña idea de una rosquilla de
plomo, de kilómetro y medio de diámetro, que en una
mente adecuada habría disparado la invención de un
generador gravitacional de electricidad (una forma de
energía barata, inagotable y no contaminante, que el
mundo llevaba siglos buscando, y al encontrarla se
enzarzó en una guerra terrible e inútil) la tuvo en realidad un patito, que se quedó muy desconcertado.

Por otro golpe de la mala suerte, la visión de una

_____

* Aunque también más rápida, seguro. Y además sólo podrían subir
cuatro personas.

manada de caballos blancos galopando por un campo de jacintos silvestres, habría llevado a un compositor muerto de hambre a escribir la famosa *Suite de los dioses voladores*, que habría sido un bálsamo para millones de almas, si no hubiera estado en la cama con herpes. En lugar de alcanzarlo a él, la inspiración cayó sobre un sapo cercano, que no se encontraba en situación de hacer una aportación deslumbrante al mundo de la poesía.

Muchas civilizaciones han comprendido lo devastador de este desperdicio, y han ensayado diversos métodos para evitarlo, varios de los cuales implicaban divertidos (pero ilegales) intentos de sintonizar la mente en la onda adecuada mediante el uso de hierbas exóticas o productos en polvo. Nunca funcionaron.

Y así Creosoto, que había soñado con la inspiración para componer un gran poema sobre la vida y la filosofía, y la razón por la que ambas cosas tienen mucho mejor aspecto vistas a través del fondo de una copa de vino, fue totalmente incapaz de componerlo, porque tenía tanto talento lírico como una hiena.

No se sabe por qué los dioses permiten que sucedan este tipo de cosas.

En realidad, el relámpago de inspiración necesario para explicarlo con claridad y precisión había tenido lugar, pero la criatura que lo recibió (una diminuta hembra de herrerillo) nunca pudo hacerse entender, ni con agotadores mensajes codificados en los tapones de las botellas de leche. Por una extraña coincidencia, un filósofo que había dedicado varias noches insomnes al mismo misterio se despertó aquella mañana con una maravillosa idea nueva para colocar cacahuetes en los comederos de los loros sin que te piquen.

Lo que nos lleva casi directamente al asunto de la magia.

A mucha distancia, en las oscuras simas del espacio interestelar, una solitaria partícula de inspiración se desliza, sin saber su destino. Mejor que mejor, porque su destino es chocar, en cuestión de horas, contra la diminuta zona ocupada por la mente de Rincewind.

Sería un destino cruel incluso aunque el nódulo creativo de Rincewind fuera de un tamaño razonable, pero el sino de la partícula le había planteado el problema de acertar a un blanco móvil del tamaño de una uva pasa desde una distancia de varios cientos de años luz. La vida puede ser muy dura para una pequeña partícula subatómica en un universo tan grande.

Pero, si la cosa sale bien, Rincewind tendrá una buena idea filosófica. Si no, un ladrillo cercano tendrá un importante planteamiento con el que no sabrá qué hacer.

El palacio del serifa ocupaba la mayor parte del centro de Al Khali que no estaba ocupada por la Espesura. Muchas de las cosas relacionadas con Creosoto eran famosas en la mitología, y se decía que el palacio, lleno de arcos, cúpulas y columnas, tenía muchas más habitaciones de las que había podido contar hombre alguno. Rincewind había perdido la cuenta hacía rato.

–Es mágico, ¿no? –preguntó Abrim, el visir.

Dio un codazo en las costillas a Rincewind.

–Tú eres mago –insistió–. Dime qué hace.

–¿Cómo sabes que soy mago? –preguntó Rincewind a la desesperada.

–Porque lo llevas escrito en el sombrero.

–Ah.

–Y estabas en el barco con él puesto. Mis hombres te vieron.

–¿El serifa contrata esclavistas? –bufó Conina–. ¡Eso no parece el colmo de la *sencillez*!

–No, los contrato yo. Para eso soy el visir –replicó Abrim–. Es lo que se espera de mí.

Contempló a la chica con gesto pensativo, y luego hizo un gesto a un par de guardias.

–El actual serifa tiene unos puntos de vista algo... literarios –dijo–. Pero yo, no. Llevadla al Serrallo. Aunque... –puso los ojos en blanco y suspiró, irritado–, estoy seguro de que el único destino que te aguarda allí es el aburrimiento. Y tal vez un poco de ronquera.

Se volvió hacia Rincewind.

–No digas nada –ordenó–. No muevas las manos. No intentes ningún truco mágico. Estoy protegido por amuletos extraños y poderosos.

–Alto ahí un momento... –empezó Rincewind.

–Muy bien –le interrumpió Conina–. Siempre he querido saber cómo es un harem.

Rincewind siguió abriendo y cerrando la boca sin emitir sonido alguno. Por fin lo consiguió.

–¿De verdad?

Ella le guiñó un ojo. Debía de ser una señal. Quizá Rincewind tendría que entenderla, pero en lo más profundo de su ser se agitaban pasiones peculiares. No iban a darle valor, pero desde luego le estaban poniendo furioso. Acelerado, el diálogo que tenía lugar tras sus ojos venía a ser el siguiente:

Ugh.

¿Quién anda ahí?

Tu conciencia. Estoy hecha polvo. Mira, se la llevan a un harem.

Prefiero que se la lleven a ella y no a mí, pensó Rincewind sin mucha convicción.

¡Haz algo!

¡Hay demasiados guardias! ¡Me matarán!

Bueno, ¿y qué? No es el fin del mundo.

Para mí, sí, pensó Rincewind, sombrío.

Pero imagina lo bien que te sentirás en tu próxima vida...

Oye, ¿quieres callarte? Ya estoy harto de mí.

Abrim se dirigió hacia Rincewind y lo miró con curiosidad.

–¿Con quién hablas? –quiso saber.

–Te lo advierto –amenazó Rincewind con los dientes apretados–, esta caja mágica con patas es mía, y no tiene piedad con quienes me atacan. Si le doy la orden...

–Estoy impresionado –replicó Abrim–. ¿Es invisible?

Rincewind se arriesgó a echar un vistazo a su espalda.

–Estoy seguro de que venía conmigo cuando llegué –dijo, menos seguro.

Sería erróneo decir que el Equipaje no estaba a la vista. Estaba a la vista, pero en otro lugar, y no cerca de Rincewind.

Abrim rodeó lentamente la mesa sobre la que descansaba el sombrero, y se retorció el bigote.

–Te lo repito –dijo–. Esto es un instrumento poderoso, lo presiento. Tienes que decirme para qué sirve.

–¿Por qué no se lo preguntas?

–No me lo quiere decir.

–Bueno, ¿y para qué quieres saberlo?

Abrim se echó a reír. No era un sonido agradable. Parecía como si alguien le hubiera explicado lo que era la risa, probablemente muy despacio y varias veces, pero no hubiera oído ninguna en realidad.

–Eres un mago –dijo–. La magia es poder. Yo también estoy interesado en la magia. Tengo talento, ¿sabes? –El visir se irguió, algo rígido–. Oh, sí. Pero no me dejaron ingresar en tu Universidad. Me dijeron que era mentalmente inestable, ¿te imaginas?

–No –respondió sinceramente Rincewind.

La mayoría de los magos que había conocido en la Universidad le habían parecido bastante sonados. Abrim tenía pinta de mago normal.

El visir le dedicó una sonrisa alentadora.

Rincewind miró de reojo el sombrero. Éste no dijo

nada. Volvió la vista hacia el visir. Si la carcajada había sido extraña, la sonrisa ahora la hacía parecer un trino de pajarillo. Parecía como si Abrim la hubiera aprendido de una radiografía.

–Ni con una manada de caballos salvajes conseguirás que te ayude –dijo.

–Ah –asintió el visir–. Un desafío.

Hizo una señal al guardia más cercano.

–¿Tenemos caballos salvajes en los establos?

–Sí, unos bastante rabiosos, señor.

–Encabritad a cuatro y llevadlos al patio levo. Ah, y llevad también unas cuantas cadenas.

–Enseguida, señor.

–Mmm... mira... –empezó Rincewind.

–¿Sí? –dijo Abrim.

–Bueno, si te pones así...

–¿Quieres decir algo?

–Ya que te empeñas, es el sombrero de archicanciller –explicó Rincewind–. El símbolo de la magia.

–¿Poderoso?

Rincewind se estremeció.

–Mucho.

–¿Por qué lo llaman «sombrero de archicanciller»?

–El archicanciller es el mago más anciano, ya sabes. El jefe. Pero, mira...

Abrim cogió el sombrero y le dio vueltas entre las manos.

–¿Es como si dijéramos el símbolo de su cargo?

–Exacto, pero mira, si te lo piensas poner, te advierto...

Cállate.

Abrim dio un salto hacia atrás, el sombrero se le cayó al suelo.

El mago no sabe nada. Haz que se vaya. Tenemos que negociar.

–¿Negociar yo? ¿Con un gorro viejo?

Puesto en la cabeza adecuada, tengo mucho que ofrecer.

Rincewind estaba asombrado. Como ya se ha mencionado, poseía ese instinto para el peligro que sólo suelen tener algunos roedores de pequeño tamaño, y en esos momentos dicho instinto le martilleaba en una sien, tratando de huir para esconderse en alguna parte.

–¡No le hagas caso! –gritó.

Ponteme, dijo el sombrero, seductor, con una voz antigua que sonaba como si el que hablaba tuviera la boca llena de fieltro.

Si de verdad había una escuela de visires, Abrim se había graduado el primero de la clase.

–Antes, hablaremos –dijo.

Hizo una señal a los guardias y señaló a Rincewind.

–Lleváoslo, echadlo al tanque de las arañas –dijo.

–¡No! ¡Arañas, encima no! –gimió Rincewind.

El capitán de los guardias se adelantó y saludó respetuosamente.

–Nos hemos quedado sin arañas, señor –dijo.

–Oh. –El visir se quedó desconcertado un momento–. En ese caso, encerradlo en la jaula del tigre.

El guardia titubeó, tratando de pasar por alto los sollozos que sonaban a su lado.

–El tigre ha estado enfermo, señor. No ha dejado de dar vueltas en toda la noche.

–¡Pues echad a este maldito cobarde al foso del fuego eterno!

Dos de los guardias intercambiaron miradas por encima de la cabeza de Rincewind, que había caído de rodillas.

–Ah. Necesitaremos algo de tiempo de preparación, señor...

–... para encenderlo, claro...

El visir descargó dos puñetazos sobre la mesa. El capitán de la guardia se animó horriblemente.

–Queda el pozo de las serpientes, señor.

Los otros guardias asintieron. Quedaba el pozo de las serpientes.

Cuatro cabezas se volvieron hacia Rincewind, quien se había levantado y se estaba sacudiendo la arena de las rodillas.

–¿Qué te parecen las serpientes? –le preguntó un guardia.

–¿Las serpientes? No me gustan much...

–Al pozo de las serpientes –ordenó Abrim.

–Eso, al pozo de las serpientes –asintieron los guardias.

–... quiero decir, algunas serpientes sí que me gustan... –continuó Rincewind mientras dos guardias le agarraban por los codos.

En realidad, sólo había una serpiente muy cautelosa, que permanecía obstinadamente enroscada en un rincón del sombrío pozo y observaba a Rincewind con sospecha, quizá porque le recordaba a una mangosta.

–Hola –dijo al final–. ¿Eres un mago?

Como frase para una serpiente, era una considerable mejora en sustitución de la habitual ristra de eses, pero Rincewind estaba lo suficientemente desanimado como para no perder el tiempo haciéndose preguntas tontas.

–Lo llevo escrito en el sombrero –replicó–. ¿Acaso no sabes leer?

–En diecisiete idiomas, para ser exactos. He aprendido sola.

–¿De verdad?

–Pedí cursos por correspondencia, pero claro, no suelo leer mucho. No pega en una serpiente.

–No, claro.

Desde luego, era la voz de serpiente más cultivada que Rincewind había oído.

–Con la voz pasa lo mismo –añadió la serpiente con un suspiro–. En realidad, no debería estar hablando contigo. Al menos, no así. Supongo que podría gruñir un poco. Y quizá debería intentar matarte, y todo.

–Tengo poderes extraños e inusuales –dijo Rincewind.

Y es verdad, pensó. Una incapacidad absoluta para dominar cualquier tipo de magia es algo bastante inusual en un mago, y al fin y al cabo mentir a una serpiente no es pecado.

–Vaya. En ese caso, supongo que no te quedarás aquí mucho tiempo.

–¿Mmm?

–Saldrás levitando como una bala de un momento a otro.

Rincewind alzó la vista y contempló los muros de tres metros que constituían el pozo de la serpiente. Se frotó las magulladuras.

–Es posible –replicó, con cautela.

–En ese caso, ¿te importaría llevarme contigo, por favor?

–¿Eh?

–Sé que es mucho pedir, pero este pozo es... bueno, es un pozo.

–¿Llevarte conmigo? Pero si eres una serpiente, estás en tu pozo. Por lo general, las serpientes se quedan en sus pozos y la gente va a ellas. Yo entiendo de estas cosas.

Detrás de la serpiente, una sombra se desplegó y se irguió.

–No parece una idea muy agradable –dijo.

La figura se adelantó y salió a la luz.

Era un joven, algo más alto que Rincewind. Es decir, porque Rincewind estaba sentado, pero el chico seguiría siendo más alto aunque él se levantara.

Decir que estaba delgado sería desaprovechar una

oportunidad perfecta para usar la palabra «escuálido».
Parecía como si en su árbol genealógico hubiera habido
cientos de percheros y espantapájaros, y la razón de
que resultara tan obvio era su ropa.

Rincewind se fijó mejor.

Por primera vez, había dado en el clavo.

La figura de pelo lacio que tenía delante usaba el
traje tradicional de los héroes bárbaros: unos calzones
de cuero tachonado, grandes botas de piel, una mochi-
lita también de piel y la carne de gallina. Eso no tenía
nada de extraño, las calles de Ankh-Morpork estaban
llenas de aventureros que lucían una indumentaria muy
similar, pero nadie había visto nunca a uno con...

El joven siguió su mirada, bajó la vista y se encogió
de hombros.

−No puedo evitarlo −dijo−. Se lo prometí a mi
madre.

−¿*Ropa interior de lana?*

Aquella noche sucedían cosas extrañas en Al Khali. Un
viso plateado brotaba del mar y tenía desconcertados a
astrónomos de la ciudad, pero eso no era lo más extraño. Había rayitos de magia pura en todos los cantos afilados, como electricidad estática, pero eso tampoco era
lo más extraño.

Lo más extraño caminó hacia el interior de una
taberna en las afueras de la ciudad, donde el sempiterno
viento metía el olor del desierto a través de una ventana
sin cristal, y se sentó en el centro del suelo.

Los ocupantes miraron un momento, al tiempo que
bebían su café aliñado con *orakh* del desierto. Esta bebida, fabricada con savia de cactos y veneno de escor-
pión, es uno de los brebajes alcohólicos más virulen-
tos que existen, pero los nómadas del desierto no lo
beben por sus efectos en ese sentido. Lo beben porque

con algo tienen que mitigar los efectos del café klat-chiano.

Y no es porque ese café se pueda usar para imper-meabilizar tejados. Ni porque bajara por el estómago no entrenado como una bola de fuego a través de un barril de mantequilla. Lo que hacía era peor.

Te ponía nurdo.*

Los hijos del desierto contemplaron con gesto de sospecha sus tazas del tamaño de dedales, y se pregun-taron si no se habrían pasado con el orakh. ¿Estaban viendo todos lo mismo? ¿Sería muy ridículo decir algo? Es el tipo de cosas que deben preocupar a uno si quiere conservar una cierta credibilidad como perspicaz hijo del desierto. Señalar con un dedo tembloroso y decir: «¡Eh, mirad, acaba de entrar una caja con cientos de patitas! ¿No es extraordinario?» demostraría una terri-ble (y posiblemente letal) falta de virilidad.

Los clientes de la taberna intentaron no mirarse entre ellos, ni siquiera cuando el Equipaje se deslizó hacia la hilera de jarras de orakh situadas junto a la pared contraria. El Equipaje tenía una manera terrible de quedarse quieto, aún más espantosa que la de moverse.

Por fin, uno de ellos se animó a hablar.

–Creo que quiere una copa –dijo.

Hubo un largo silencio, y luego uno de los otros dijo, con la precisión de un maestro de ajedrez dando mate:

* En un universo mágico de verdad, todo tiene su opuesto. Por ejemplo, existe la antiluz. No es lo mismo que la oscuridad, porque la oscuridad no es más que la ausencia de luz. La antiluz es lo que se obtie-ne si se atraviesa la oscuridad y se sale por el otro lado. Según este mismo principio, un estado de nurdez no es una simple sobriedad. Por compa-ración, la sobriedad es como bañarse en algodón. La nurdez acaba con toda la ilusión y toda la confortable neblina rosa en la que suele vivir la gente, y permite pensar con claridad por primera vez. En estos casos, tras gritar un poco, uno se asegura de no volver a coger una nurda.

–¿El qué?

El resto de los observadores contemplaron sus tazas, impasibles.

No hubo ningún sonido durante un rato, aparte de las pisadas de un geco en el techo húmedo.

–Me refería –dijo el primer bebedor que había hablado– al demonio que acaba de situarse detrás de ti, oh hermano de las arenas.

El actual propietario del Trofeo Continental a la Imperturbabilidad sonrió hasta que sintió un tironcito en la túnica. La sonrisa siguió allí, pero el resto del rostro perdió toda relación con ella.

El Equipaje estaba locamente enamorado, y estaba haciendo lo que haría cualquier persona sensata en sus circunstancias: emborracharse. No tenía dinero, ni manera de pedir lo que quería, pero de alguna manera el Equipaje nunca parecía tener muchas dificultades para hacerse entender.

El camarero de la taberna se pasó una larga y solitaria noche llenando un platito de orakh, antes de que el Equipaje, bastante inseguro, saliera destrozando una de las paredes.

El desierto estaba silencioso. Estaba anormalmente silencioso. Estaba, como de costumbre, animado con los sonidos de las cigarras, los zumbidos de los mosquitos y los siseos de las alas que planeaban sobre las colinas cada vez más frías. Pero aquella noche estaba con ese silencio espeso, ajetreado, de docenas de nómadas plegando sus tiendas y largándose a toda velocidad.

–Se lo prometí a mi madre –dijo el muchacho–. Es que tengo tendencia a resfriarme, ¿sabes?

–¿Y no te iría mejor llevar... bueno, algo más de ropa?

–Oh, no. Hay que ponerse todo esto de cuero.

–Yo no utilizaría la palabra «todo». No hay suficiente como para llamarlo «todo». ¿Por qué tienes que ponértelo?

–Para que la gente sepa que soy un héroe bárbaro, por supuesto.

Rincewind apoyó la espalda contra los fétidos muros del pozo de la serpiente, y contempló al chico. Miró los dos ojos semejantes a uvas hervidas, la mata de pelo rubio y una cara que era un campo de batalla entre las pecas nativas y las temibles hordas invasoras del acné.

En momentos como aquél, Rincewind solía disfrutar mucho. Le convencían de que no estaba loco, porque si él estaba loco, no quedaba ninguna palabra para describir a algunas de las personas con las que se encontraba.

–Un héroe bárbaro –murmuró.

–Está bien, ¿no? Esta ropa de cuero me costó muy cara.

–Sí, pero mira... ¿cómo te llamas, chico?

–Nijel...

–Pues mira, Nijel...

–... el Destructor.

–Muy bien, el Destructor –asintió Rincewind a la desesperada.

–Hijo de Liebrecoja, Vendedor de Ultramarinos...

–¿Qué?

–Tienes que ser hijo de alguien –explicó Nijel–. Lo dice aquí, por alguna parte.

Rebuscó en una andrajosa bolsa de piel, y al final sacó un librito sucio y roto.

–Aquí hay un párrafo sobre la elección de nombre –murmuró.

–Oye, ¿cómo acabaste en este pozo?

–Pretendía robar el tesoro de Creosoto, pero tuve un ataque de asma –respondió Nijel, todavía pasando las crujientes páginas.

Rincewind bajó la vista hacia la serpiente, que seguía en su rincón tratando de no estorbar a nadie. Se estaba divirtiendo en el pozo, y sabía que se avecinaban problemas. No pensaba meterse bajo los pies de ninguno de los dos. Devolvió la mirada a Rincewind y se encogió de hombros, cosa que tiene su mérito en un reptil sin hombros.

–¿Cuánto hace que eres un héroe bárbaro?

–Acabo de empezar. Siempre he querido serlo, y pensé que podría aprender sobre la marcha. –Alzó unos ojillos miopes hacia Rincewind–. Está bien, ¿no?

–En realidad, es una forma de vida muy dura –sugirió.

–¿Y te imaginas lo que sería vender ultramarinos los próximos cincuenta años? –murmuró sombrío Nijel.

Rincewind lo pensó un momento.

–¿También lechugas? –preguntó.

–Oh, sí –asintió Nijel, al tiempo que guardaba de nuevo el misterioso librito en su bolsa.

Se dedicó a contemplar fijamente las paredes del pozo.

Rincewind suspiró. Le gustaba la lechuga, era increíblemente aburrida. Se había pasado años en busca del aburrimiento, y nunca lo había conseguido. Justo cuando pensaba que lo tenía, su vida adquiría un interés casi terminal. La idea de que alguien pudiera renunciar voluntariamente a la perspectiva de cincuenta años de aburrimiento le hacía sentir náuseas. Si le dejaran cincuenta años a él, pensó, podría transformar el tedio en un arte. No habría límite para las cosas que no haría.

–¿Sabes chistes de mechas de lámparas? –preguntó, acomodándose sobre la arena.

–Creo que no –respondió Nijel con educación, al tiempo que golpeaba una losa.

–Yo me sé cientos. Son muy graciosos. Por ejemplo,

¿cuántos trolls hacen falta para cambiar una mecha de lámpara?

–Esta losa se mueve –dijo Nijel–. Mira, es una especie de puerta. Échame una mano.

Empujó con entusiasmo. Sus bíceps sobresalían como guisantes en un lapicero.

–Supongo que es una especie de pasadizo secreto –añadió–. Venga, haz algo de magia. La losa está muy pegada.

–¿No quieres que te cuente el resto del chiste?

La voz de Rincewind estaba llena de dolor. Se encontraba en un lugar cálido y seco, no había ningún peligro inmediato si se exceptuaba el que podía representar la serpiente, que intentaba parecer invisible. Había gente que no se conformaba con nada.

–No creo que sea el momento adecuado –respondió Nijel–. En vez de eso preferiría un poco de ayuda mágica.

–Es que no se me da muy bien –dijo Rincewind–. Nunca le he cogido el truco, ¿sabes? No se trata sólo de señalar con un dedo y decir «kazam»...

Hubo un sonido como el de un potente rayo octarino al dar de lleno en una pesada losa de roca y convertirla en un millar de fragmentos de arena al rojo. Cosa lógica.

Tras un momento, Nijel se puso lentamente en pie y se sacudió el resto de las brasas de los calzones.

–Sí –dijo con la voz de alguien decidido a no perder el autocontrol–. Bueno. Muy bien. Esperemos a que esto se enfríe un poco, ¿eh? Y luego podemos, luego podemos, podemos ponernos en marcha.

Carraspeó para aclararse la garganta.

–Nnh –dijo Rincewind.

Se estaba mirando fijamente la punta del dedo, manteniendo el brazo bien estirado y con cara de lamentar no tener los brazos más largos.

Nijel contempló el humeante agujero.

–Da a una especie de habitación –le informó.

–Nnh.

–Tú primero –dijo educadamente Nijel.

Dio un empujoncito a Rincewind.

El mago se tambaleó hacia adelante, se golpeó la cabeza contra la roca, pero no pareció darse cuenta, y luego entró en el agujero.

Nijel dio una palmadita a la pared y frunció el ceño.

–¿No notas algo? –preguntó–. Es como si la piedra temblara.

–Nnh.

–¿Te encuentras bien?

–Nnhh.

Nijel arrimó la oreja a las piedras.

–Es un ruido muy extraño –dijo–. Una especie de murmullo.

Una partícula de polvo se desprendió del muro sobre su cabeza y flotó hacia abajo.

Luego un par de rocas mucho más pesadas se liberaron de sus nichos en las paredes y cayeron a la arena.

Rincewind ya se había adentrado por el túnel, emitiendo ruiditos de asombro y haciendo caso omiso de las piedras que no le acertaban por milímetros, aunque en algunos casos le acertaban por kilogramos.

Si hubiera estado en condiciones de darse cuenta, habría sabido lo que estaba sucediendo. El aire tenía un tacto aceitoso y olía a lata quemada. En cada borde o punta aparecían diminutos arcos iris. Había una acumulación de magia muy cerca de ellos, una gran acumulación de magia que trataba de aflorar.

Un mago, aunque fuera un mago tan inútil como Rincewind, destacaba como un faro de cobre.

Nigel salió de entre los cascotes y el polvo, y tropezó contra el mago rodeado por un aura octarina en otra cueva.

Rincewind tenía un aspecto terrible. Sin duda Creosoto habría hecho algún comentario sobre sus ojos brillantes y su pelo al viento.

Tenía el aspecto de alguien que se acabara de comer un puñado de glándulas pineales acompañadas por una jarra de adrenalina. Parecía tan tenso como para utilizarlo como tirachinas.

Tenía todos los cabellos erizados, al igual que el vello, y de cada puntita brotaban chispas. Hasta su piel parecía intentar apartarse de él. Daba la sensación de que sus ojos giraban horizontalmente. Cuando abrió la boca, en sus dientes brillaron puntitos color menta. Allí donde había pisado, la piedra se fundía, o le crecían orejas, o se convertía en algo pequeño, escamoso y purpúreo que huía al instante.

–Te he preguntado si estás bien –insistió Nijel.

–Nnnh –respondió Rincewind.

La sílaba se transformó en una gran rosquilla.

–No pareces estar bien –señaló el chico con lo que, dadas las circunstancias, era una perspicacia inusual.

–Nnh.

–¿Por qué no intentamos salir de aquí? –preguntó Nijel.

Sabiamente, se lanzó de bruces al suelo.

Rincewind asintió como una marioneta y señaló con un recargado dígito en dirección al techo, que se fundió como el hielo bajo un soplete.

Aun así, los temblores continuaron, enviando sus inquietantes vibraciones por todo el palacio. Es bien sabido que hay frecuencias capaces de provocar el pánico, y frecuencias que pueden causar una embarazosa incontinencia, pero la temblorosa roca resonaba con una frecuencia que hace que se funda la realidad y chorree por todas partes.

Nijel observó el techo goteante y lo probó con suma cautela.

–Mostaza –dijo–. Supongo que no hay manera de poner una escalera, claro...

De los maltratados dedos de Rincewind brotó más fuego, que se condensó para formar una escalera mecánica casi perfecta, menos por el hecho de que era la única del universo forrada con piel de caimán.

Nigel agarró al mago, que giraba suavemente, y saltó a bordo.

Tuvieron la suerte de llegar a la cima antes de que la magia se desvaneciera de repente.

En el centro del palacio, destrozando los techos como una seta que brotara del antiguo pavimento, había una torre, más alta que ningún otro edificio de Al Khali.

Unas grandes puertas dobles se habían abierto en su base y por ellas, caminando como si fueran los dueños del lugar, salían docenas de magos. A Rincewind le pareció reconocer unos cuantos rostros, rostros que había visto antes en salas de conferencias, aulas o contemplando el mundo desde los terrenos de la Universidad Invisible. No eran rostros hechos para la maldad. Ni uno de ellos tenía colmillos protuberantes. Pero sus expresiones tenían un denominador común capaz de aterrar a cualquier persona sensata.

Nijel retrocedió para ocultarse tras una pared que le fue que ni pintada, y se encontró mirando de frente los ojos preocupados de Rincewind.

–¡Eh, eso es magia!

–Lo sé –asintió él–. No está bien.

Nijel examinó la centelleante torre.

–Pero...

–Está mal, lo noto –insistió Rincewind–. No me preguntes por qué.

Media docena de los guardias del serifa salieron por un arco y se lanzaron hacia los magos. La carrera era aún más siniestra por el silencio en que entraban en batalla. Por un momento, las espadas brillaron a la luz del sol, y luego un par de los magos se volvieron, extendieron las manos y...

Nijel apartó la vista.

–Urgh –dijo.

Unos cuantos alfanjes cayeron al suelo.

–Creo que deberíamos marcharnos sin llamar la atención.

–¿Es que no has visto en qué los han convertido?

–En cadáveres –replicó Rincewind–. Lo sé. No quiero pensar sobre el asunto.

Nijel estaba seguro de que nunca podría dejar de pensar en ello, sobre todo a las tres de la madrugada de las noches tormentosas. Lo malo de que te matara la magia era que la magia resultaba mucho más... bueno, inventiva, que el acero: hay docenas de maneras nuevas e interesantes de morir, y no podía apartar de su imaginación las formas que había visto, sólo un instante, antes de que la marea de fuego octarino las devorara piadosamente.

–No creía que los magos fueran así –dijo mientras corrían por un pasillo–. Pensaba que eran... pues más tontos que siniestros. Una especie de payasos.

–Ve a reírte de ésos –murmuró Rincewind.

–Pero los acaban de matar, sin siquiera...

–Oye, preferiría que dejaras de hablar del tema. Yo también lo he visto.

Nijel retrocedió. Entrecerró los ojos.

–Tú también eres mago –dijo, acusador.

–Pero no de ese tipo –replicó él secamente.

–¿De qué tipo eres?

–Del tipo que no mata.

–Fue esa manera de mirarlos, como si no importara... –siguió Nijel, sacudiendo la cabeza–. Eso fue lo peor.

–Sí.

Rincewind dejó caer la solitaria sílaba pesadamente ante el tren de pensamiento de Nijel, como un tronco de árbol. El chico se estremeció, pero al fin cerró la boca. En realidad, Rincewind empezaba a sentir piedad por él, cosa muy desacostumbrada... Por lo general, necesitaba toda la piedad para sí mismo.

–¿Es la primera vez que ves cómo matan a alguien? –le preguntó.

–Sí.

–¿Cuánto tiempo llevas siendo héroe bárbaro, exactamente?

–Eh... ¿en qué año estamos?

Rincewind asomó la cabeza por una esquina antes de salir, pero la gente que seguía en pie estaba demasiado aterrada como para preocuparse por ellos.

–¿Vamos allá? –preguntó tranquilamente–. ¿Has perdido la noción del tiempo? Te comprendo. Estamos en el Año de la Hiena.

–Oh. En ese caso, unos... –Nijel movió los labios sin emitir sonido alguno–. Unos tres días. Mira –añadió rápidamente–, ¿cómo puede la gente matar así? ¿Sin siquiera pensar en ello?

–No lo sé –respondió Rincewind, con un tono de voz que sugería que él sí estaba pensando en ello.

–Quiero decir... hasta cuando el visir hizo que me arrojaran al pozo de la serpiente, al menos parecía que se tomaba interés en ello.

–Eso está bien. Todo el mundo debería tener un interés.

–¡Si hasta se rió!

–Ah. Y también sentido del humor.

A Rincewind le pareció que podía ver su futuro con la misma claridad nítida con la que un hombre que cae por un precipicio ve el suelo, y por motivos muy similares. Así que cuando Nijel dijo...

–Es que se limitaron a señalar con el dedo, como si...

...Rincewind no pudo resistirlo más.

–¿Quieres callarte de una vez? –le espetó–. ¿Cómo crees que me siento? ¡Yo también soy mago!

–Entonces a ti no te pasará nada –murmuró Nijel.

No fue un golpe de suerte porque, incluso estando furioso, Rincewind tenía músculos de sémola, pero acertó al chico en una sien y lo derribó, más por la sorpresa que por la energía intrínseca.

–Sí, cierto, soy un mago –siseó–. ¡Un mago al que no se le da bien la magia! ¡Si he sobrevivido hasta ahora es porque no soy tan importante como para morir! Y si los magos son odiados y temidos, ¿cuánto calculas exactamente que duraré?

–¡Eso es ridículo!

Rincewind no se habría desconcertado más si Nijel le hubiera atacado.

–¿Qué?

–¡Idiota! ¡Lo único que tienes que hacer es quitarte esa estúpida túnica, librarte de ese sombrero, y nadie se dará cuenta de que eres un mago!

Rincewind abrió y cerró la boca unas cuantas veces, imitando con toda exactitud a un pez de acuario que intentara aprehender el concepto del claqué.

–¿Quitarme la túnica? –dijo.

–Claro. Con todas esas lentejuelas deslucidas y lo demás, es bastante delatora –replicó Nijel mientras se ponía en pie.

–¿Librarme del sombrero?

–Reconocerás que ir por ahí con la palabra «Echicero» escrita en el gorro es dar demasiadas pistas.

Rincewind le dedicó una sonrisa preocupada.

–Lo siento, no te entiendo muy bien...

–Que te libres de ambas cosas. Es fácil, ¿no? Limítate a tirarlas en algún lugar, y así serás un... bueno, un lo que sea. Algo que no sea un mago.

Hubo una pausa, rota sólo por los lejanos sonidos de la batalla.

–¡Rayos, pero si es de lo más sencillo!

–... la verdad es que no acabo de comprender... –murmuró Rincewind, con el rostro sudoroso.

–Puedes *dejar de ser mago*.

Rincewind movió los labios sin emitir sonido alguno, luego repitió las palabras, primero de una en una, luego todas seguidas.

–¿Qué? –dijo–. Oh –añadió un momento después.

–¿Lo entiendes ya? ¿Quieres intentarlo otra vez?

Rincewind negó con la cabeza, sombrío.

–Me parece que no lo comprendes. Un mago no es lo que haces, sino lo que eres. Si no fuera mago, no sería nada.

Se quitó el sombrero, nervioso, y retorció la estrella de la punta, provocando que unas cuantas lentejuelas baratas se despidieran de ella para siempre.

–Quiero decir, lo llevo escrito en el sombrero –dijo–. Es muy importante...

Se interrumpió mientras contemplaba la prenda.

–Sombrero –repitió vagamente, consciente de que un recuerdo inoportuno estaba apretando la nariz contra los cristales de su mente.

–Es un bonito sombrero –dijo Nijel, que sentía que se esperaba algo de él.

–Sombrero –repitió Rincewind–. ¡El sombrero! –añadió de pronto–. ¡Tenemos que recuperar el sombrero!

–Ya lo tienes.

Nijel lo señaló por si quedaba alguna duda.

–Este sombrero no, el otro. ¡Y a Conina!

Dio unos pasos por el corredor, y luego retrocedió.

–¿Dónde crees que los tendrán? –preguntó.

–¿A quiénes?

–Tengo que encontrar un sombrero mágico. Y a una chica.

–¿Por qué?

–Quizá sea un poco difícil de explicar.

Nijel no tenía una mandíbula digna de tal nombre, pero la que tenía se endureció.

–¿Hay una chica que necesita que la rescaten?

Rincewind titubeó.

–Es probable que alguien necesite un rescate –admitió–. Y puede que sea ella. O al menos alguien que esté cerca de ella.

–¿Por qué no lo dijiste antes? Esto es lo que estaba esperando. En esto consiste el heroísmo. ¡Vamos!

Resonó otro golpe, y oyeron gritos.

–¿Adónde? –quiso saber Rincewind.

–¡A donde sea!

Por lo general, los héroes tienen la habilidad de correr enloquecidos por lugares a punto de derrumbarse que apenas conocen, salvar a quien haga falta y salir antes de que todo vuele o se hunda en un pantano. Pero Nijel y Rincewind visitaron las cocinas, una serie de salones del trono, los establos (dos veces) y lo que al mago le pareció un pasillo de varios kilómetros de largo. De cuando en cuando, grupos de guardias vestidos de negro pasaban junto a ellos, pero nunca les dedicaban una segunda mirada.

–Esto es ridículo –protestó Nijel–. ¿Por qué no preguntamos a alguien? ¿Te encuentras bien?

Rincewind se apoyó contra una columna decorada con esculturas no aptas para menores, y trató de recuperar el aliento.

–Puedes coger a un guardia y torturarlo hasta que te dé la información –jadeó.

Nijel le dirigió una mirada extraña.

–Espera ahí –dijo.

Echó a andar hasta que encontró a un criado muy ocupado en desvalijar una vitrina.

–Disculpa –dijo–, ¿por dónde se va al harem?

–El primer pasillo a la izquierda, tercera puerta –replicó el hombre sin mirarle.

–Vale.

Volvió sobre sus pasos y se lo dijo a Rincewind.

–Sí, pero... ¿lo torturaste?

–No.

–No ha sido muy bárbaro por tu parte, ¿verdad?

–Bueno, es que estoy aprendiendo –se defendió Nijel–. Y no le di las gracias.

Treinta segundos más tarde, apartaron una pesada cortina de cuentas y entraron en el serrallo del serifa de Al Khali.

Había maravillosas aves canoras en jaulas de filigrana de oro. Había fuentes rumorosas. Había macetas con hermosas orquídeas, entre las cuales cantaban pajarillos multicolores. Había unas veinte jóvenes que llevaban ropas con las que apenas se habrían podido vestir seis. Estaban acurrucadas, juntas, silenciosas.

Rincewind no tenía ojos para nada de todo esto. No es que la visión de muchos metros cuadrados de cadera y muslo, en todos los tonos que van del rosa al negro, no activara ciertos mecanismos en los abismos de su libido, pero su actividad quedó ahogada por un mecanismo de potencia muy superior, el del pánico ante la visión de cuatro guardias que se volvían hacia él con las cimitarras en las manos y la luz asesina en sus ojos.

Sin dudar un instante, Rincewind retrocedió un paso.

–Todos tuyos, amigo –dijo.

–¡Bien!

Nijel desenfundó su espada y la blandió ante él. Los brazos le temblaban por el esfuerzo.

Hubo un silencio de largos segundos, mientras

todos esperaban a ver qué sucedía. Y entonces, Nijel lanzó un grito de batalla que Rincewind no olvidaría mientras viviera.

—Ejem... —dijo el chico—. Si me disculpáis...

—Me parece una vergüenza —dijo un menudo mago.

Los demás no dijeron nada. Era una vergüenza, y ni uno solo entre ellos había dejado de escuchar el ronco aullido de la culpabilidad en lo más profundo de sus huesos. Pero, como sucede a menudo por esa extraña alquimia del alma, la culpabilidad los hacía arrogantes y despiadados.

—¿Quieres callarte? —dijo el jefe temporal.

Se llamaba Benado Panicillo, pero esta noche hay algo en el aire que sugiere que no vale la pena esforzarse en recordar su nombre. El aire está oscuro, pesado y lleno de fantasmas.

La Universidad Invisible no está vacía, lo que pasa es que en ella no hay ninguna persona.

Pero, por supuesto, los seis magos enviados a quemar la biblioteca no tienen miedo de los fantasmas, porque están tan cargados de magia que casi zumban al andar, visten túnicas más espléndidas que las de cualquier archicanciller, sus sombreros puntiagudos son más puntiagudos que cualquier otro sombrero hasta la fecha, y si están tan juntos es pura coincidencia.

—Esto está muy oscuro, ¿no? —señaló el más menudo de los magos.

—Es medianoche —señaló bruscamente Panicillo—, y los únicos seres peligrosos que hay aquí somos nosotros. ¿No es cierto, muchachos?

Se oyó un coro de vagos murmullos. Todos estaban asombrados ante la serenidad de Panicillo, de quien se decía que hacía ejercicios de pensamiento positivo.

—Y no nos asustan unos cuantos libros viejos, ¿verdad, amigos? –sonrió al más pequeño de los magos–. No te dan miedo, ¿verdad? –añadió con algo más de brusquedad.

–¿Yo? Oh. No. Claro que no. No son más que papel, como *él* dijo –respondió el mago rápidamente.

–Perfecto.

–Es que hay noventa mil –señaló otro mago.

–Siempre me pareció que eran infinitos –añadió un tercero–, es cuestión de dimensiones. Dicen que lo que vemos no es más que la punta de no sé qué, ya sabéis, de eso que tiene la mayor parte de su superficie bajo el agua...

–¿Un hipopótamo?

–¿Un cocodrilo?

–¿Un océano?

–¿Qué tal si os calláis todos? –gritó Panicillo.

Titubeó un momento. La oscuridad parecía absorber el sonido de su voz. Llenaba el aire como un colchón de plumas.

Trató de recuperar la compostura.

–Muy bien –dijo.

Y se volvió hacia las imponentes puertas de la biblioteca.

Alzó las manos, hizo unos cuantos gestos complicados que arrancaban lágrimas de los ojos, porque los dedos parecían atravesarse unos a otros, y convirtió la puerta en serrín.

Las oleadas de silencio regresaron, estrangulando el sonido de las virutas al caer.

No cabía duda de que las puertas estaban destrozadas. Cuatro bisagras desoladas colgaban del marco, y un caos de bancos y estanterías yacía tras los restos. Hasta Panicillo parecía un poco sorprendido.

–¿Veis? –dijo–. Así de fácil, ¿no? No me ha pasado nada, ¿verdad?

Se oyó el ruido de unas botas al arrastrarse. La

oscuridad al otro lado de la puerta estaba teñida de dolorosa radiación taumatúrgica mientras las partículas de posibilidad superaban la posibilidad de la realidad en un fuerte campo mágico.

—Venga —dijo Panicillo, animado—, ¿quién quiere tener el honor de encender el fuego?

Pasaron diez silenciosos segundos.

—En ese caso, lo haré yo mismo —dijo al final—. La verdad, me siento como si estuviera hablando con una pared.

Cruzó la puerta a largas zancadas y se dirigió hacia la pequeña zona iluminada por la luz de las estrellas que entraba por la cúpula de cristal, en el centro de la biblioteca (aunque, obviamente, siempre ha habido muchas discusiones sobre la geografía exacta del lugar; las grandes concentraciones de magia distorsionan el espacio y el tiempo, y es posible que la biblioteca no tenga algo digno de ser llamado «centro»).

Estiró los brazos.

—Así. ¿Veis? No me ha pasado absolutamente nada. Ahora, entrad.

Los otros magos lo hicieron, no de muy buena gana y con cierta tendencia a agacharse cuando cruzaron la destrozada arcada.

—Muy bien —asintió Panicillo con cierta satisfacción—. ¿Todo el mundo trae sus cerillas, como nos dijeron? El fuego mágico no funciona con estos libros, así que quiero que todos...

—Ahí arriba se ha movido algo —dijo el más menudo de los magos.

Panicillo parpadeó.

—¿Qué?

—Que ahí arriba, en la cúpula, se ha movido algo —repitió el mago—. Yo lo he visto —añadió a guisa de explicación.

Panicillo entrecerró los ojos y miró hacia arriba,

hacia las densas sombras, y decidió ejercer un poco de autoridad.

–Tonterías –dijo bruscamente.

Se sacó del bolsillo un puñado de cenizas malolientes.

–Venga, quiero que todos amontonéis...

–Que lo he visto, de verdad –insistió el mago.

–De acuerdo, ¿qué has visto?

–Es que no estoy muy...

–No tienes ni idea, ¿verdad? –le espetó Panicillo.

–Vi alg...

–¡No tienes ni idea! –repitió Panicillo–. Lo que pasa es que estás viendo sombras y tratas de minar mi autoridad, ¿eh? ¿A que es eso? –Titubeó, sus ojos brillaron un instante–. Estoy tranquilo –entonó–. Estoy muy calmado. No permitiré...

–Era...

–Mira, enano, haz el favor de callarte o te tragas la lengua, ¿te enteras?

Uno de los otros magos, que había estado mirando hacia arriba para ocultar la incomodidad, dejó escapar una tosecilla estrangulada.

–Oye, Panicillo...

–¡Y a ti te digo lo mismo! –Panicillo se irguió en toda su colérica estatura, y blandió las cerillas–. Como iba diciendo, quiero que encendáis estas cerillas..., supongo que tendré que enseñaros cómo se encienden las cerillas, al menos al enano este... ¡No estoy fuera de la ventana, mírame cuando hablo! Rayos. Bueno, se coge una cerilla...

Encendió una, y la oscuridad floreció en una bola de luz blanca sulfurosa. En aquel momento, el bibliotecario se dejó caer sobre él.

Todos conocían al bibliotecario, de la misma manera obvia pero difusa que la gente conoce las paredes, los suelos y todos los otros detalles menores pero necesarios que aparecen en la vida. Si se apercibían de su presencia, era para verlo como una suave forma móvil, sentada bajo su escritorio arreglando libros, o arrastrando los nudillos entre los estantes, a la caza de aquellos que fumaban a escondidas. Cualquier mago tan estúpido como para encender un pitillo no se enteraría de nada hasta que una suave mano velluda le quitara de entre los labios el ilegal cigarrillo recién liado, pero el bibliotecario nunca montaba un escándalo al respecto, simplemente parecía herido y apenado por el asunto y luego se lo comía.

Por tanto, lo que en aquel momento dedicaba sus considerables energías a desenroscar la cabeza de Panicillo por las orejas era una pesadilla aullante con unos labios entreabiertos que dejaban al descubierto largos colmillos amarillos.

Los aterrados magos se dieron media vuelta para huir, y se encontraron chocando contra las estanterías que bloqueaban los pasillos. El más menudo de ellos gritó y se lanzó rodando bajo una mesa cargada de atlas. Allí se quedó, con las manos en las orejas para tratar de escudarse de los temibles sonidos mientras el resto de sus compañeros intentaba escapar.

Por fin, sólo quedó el silencio, pero era ese silencio masivo generado cuando algo se mueve con todo sigilo, quizá en busca de otro algo. El mago mordía la punta de su sombrero, presa del terror.

El ser que se movía en silencio lo agarró por la pierna y, suave pero firmemente, lo sacó al descubierto. El mago gimoteó un ratito con los ojos cerrados. Cuando se dio cuenta de que ningunos dientes afilados se clavaban en su garganta, se arriesgó a lanzar una mirada rápida.

El bibliotecario lo cogió por el cuello y lo sacudió a treinta centímetros del suelo, mientras reflexionaba. El mago estaba por los pelos fuera del alcance del viejo terrier de pelambre erizada, que intentaba recordar cómo hacía uno para morder a la gente en los tobillos.

—Eh... —empezó el mago.

Se vio lanzado, en una trayectoria casi directa, hacia el hueco dejado por la puerta, donde el suelo detuvo su caída.

Tras un rato, una sombra tendida junto a él se movió.

—Esto ya es demasiado. ¿Alguien ha visto a ese maldito gilipollas de Panicillo?

—Creo que tengo el cuello roto —se quejó otra sombra.

—¿Quién habla?

—Ese maldito gilipollas —replicó la sombra con tono desagradable.

—Oh. Perdona, Panicillo.

Éste se levantó, con todo el cuerpo perfilado por un aura mágica. Temblaba de ira, y alzó las manos.

—Voy a enseñar a ese maldito atavismo a respetar a sus superiores en la escala de la evolución... —rugió.

—¡Agarradlo, muchachos!

Y Panicillo se vio proyectado de nuevo contra el suelo, bajo el peso de cinco magos.

—Lo siento, pero...

—... ya sabes que si usas...

—... magia cerca de la biblioteca, con toda la hechicería que hay ahí...

—... en cuanto falles en lo más mínimo, se creará una misa negra crítica y...

—¡BANG! ¡Adiós, mundo!

Panicillo rugió. Los magos sentados sobre él comprendieron que levantarse no estaba entre las cosas más inteligentes que podían hacer en aquel momento.

—De acuerdo, tenéis razón —dijo al final—. Gracias. Fue un error perder la cabeza de esta manera. Se me nubló el juicio. Es fundamental comportarse desapasionadamente. Tenéis toda la razón. Gracias. Levantaos.

Los magos decidieron correr el riesgo. Panicillo se incorporó.

–Ese mono –dijo–, se ha comido su último plátano. Agarrad...

–Eh... simio, Panicillo –dijo el mago más menudo, incapaz de contenerse–. Es un simio, no un mono...

Se interrumpió al captar su mirada.

–¿Y qué? ¿Simio, mono, cuál es la diferencia? –gruñó Panicillo–. A ver, señor zoólogo, ¿cuál es la diferencia?

–No sé, Panicillo –respondió el mago, conciliador–. Supongo que es cuestión de especies.

–Cállate.

–Sí, Panicillo.

El jefe se dio media vuelta y siguió, con un tono de voz que era como una sierra:

–Estoy perfectamente controlado. Mi mente está tan fría como un mamut pelado. Me guío por el intelecto. ¿Cuál de vosotros fue el que se sentó sobre mi cabeza? No, no debo ponerme furioso. No estoy furioso. Estoy pensando con claridad. Mis facultades funcionan al máximo..., ¿alguno de vosotros quiere contradecirme?

–No, Panicillo –entonaron a coro.

–¡En ese caso, traedme una docena de barriles de petróleo y toda la leña que encontréis! ¡Vamos a freír a ese simio!

Desde las alturas del techo de la biblioteca, hogar de búhos y murciélagos entre otras cosas, les llegó el tintineo de una cadena y el sonido del cristal que alguien rompía con todo el respeto posible.

–No parecen demasiado preocupados –señaló Nijel, algo afrentado.

–¿Cómo te lo diría yo? –suspiró Rincewind–. Cuando se escriba la lista de los Grandes Gritos de Batalla, «Ejem, si me disculpáis» no estará en ella.

Se apartó a un lado.

–No voy con él –dijo apresuradamente a un guardia sonriente–. Lo acabo de conocer por ahí. En un pozo. –Lanzó una risita–. Siempre me pasan estas cosas –aseguró.

Los guardias lo miraron sin verlo.

–Eh... –insistió–. De acuerdo. –Se volvió hacia Nijel–. ¿Sabes manejar esa espada?

Sin apartar la vista de los guardias, Nijel rebuscó en su bolsa y tendió el libro a Rincewind.

–Me he leído todo el capítulo tres –dijo–. Tiene ilustraciones.

Rincewind pasó las manoseadas páginas. El libro estaba tan usado que casi se habría podido barajar, pero lo que quizá fuera en otros tiempos la cubierta mostraba un dibujo más bien malo de un hombre musculoso. Tenía unos brazos como bolsas llenas de melones, y estaba de pie, metido hasta las rodillas en mujeres lánguidas y víctimas asesinadas y una expresión de orgullo en el rostro.

En torno a él se leía: *¡En solo 7 dias te conbertire en un eroe barvaro!* Y, debajo, en letra un poco más pequeña, aparecía el nombre del autor: *Cohen el Varbaro.* Rincewind tenía sus dudas. Había conocido a Cohen y, aunque sabía leer si le daban tiempo, el viejo nunca había dominado el arte de escribir: seguía firmando con una «X», y aun en eso cometía faltas de ortografía. Por otra parte, tenía un talento nato para gravitar rápidamente hacia cualquier lugar donde hubiera dinero.

Rincewind volvió a mirar la ilustración, y luego alzó la vista hacia Nijel.

–¿Siete días?

–Bueno, es que leo despacio.

–Ah.

–Y no me entretuve con el capítulo seis, porque prometí a mi madre limitarme a robar y a saquear hasta que conociera a una buena chica.

–¿Y este libro te enseña a ser un héroe?

–Oh, sí. Es muy bueno. –Nijel le dirigió una mirada de preocupación–. Está bien, ¿no? Me costó muy caro.

–Bueno, pues... en ese caso, será mejor que sigas las instrucciones.

Nijel irguió los (a falta de una palabra mejor) hombros, y blandió de nuevo la espada.

–Vosotros cuatro, más os vale tener cuidado –dijo–. O... Un momento. –Cogió el libro de manos de Rincewind, pasó las páginas hasta dar con lo que buscaba y continuó–: Esto. O «los gélidos vientos del destino soplarán a través de vuestros esqueletos/las legiones del Infierno ahogarán en ácido vuestras almas vivas». Eso es.

Sonó un tintineo metálico cuando los cuatro hombres desenfundaron las espadas al unísono.

La espada de Nijel se convirtió en un torbellino de movimiento. Trazó una complicada figura de ocho en el aire ante él, giró el brazo, se la pasó de una mano a otra, pareció describir dos órbitas ante su pecho y saltó como un salmón.

Un par de las chicas del harem aplaudieron espontáneamente. Hasta los guardias parecían impresionados.

–Eso ha sido una Triple Filigrana con Salto Extra –afirmó Nijel, orgulloso–. Rompí muchos espejos mientras la aprendía. Mira, se han detenido.

–Supongo que nunca habían visto nada semejante –dijo Rincewind débilmente mientras calculaba la distancia que lo separaba de la puerta.

–No, creo que no.

–Sobre todo el final, cuando la espada se queda clavada en el techo.

Nijel miró hacia arriba.

–Qué cosas –dijo–. En casa también me pasaba lo mismo. No sé qué es lo que hago mal.

–Ni idea.

–Vaya, cuánto lo siento –suspiró Nijel mientras los guardias parecían comprender que el espectáculo había terminado y se acercaban para matarlos.

–No seas duro contigo mismo... –dijo Rincewind a Nijel, que saltaba inútilmente tratando de coger su espada.

–Gracias.

–... ya lo seré yo.

Rincewind consideró su siguiente paso. En realidad, consideró varios pasos. Pero la puerta estaba demasiado lejos y, además, por los ruidos que llegaban a través de ella, las cosas tampoco eran muy saludables por allí.

Sólo quedaba una cosa por intentar: la magia.

Alzó una mano, y dos de los hombres cayeron. Alzó la otra, y los otros dos cayeron también.

Antes de que le diera tiempo a sorprenderse, Conina se adelantó con paso elástico, saltando sobre los cuerpos caídos y frotándose perezosamente los cantos de las manos.

–Ya pensaba que no ibas a venir –dijo–. ¿Quién es tu amigo?

Como ya se ha señalado, el Equipaje rara vez mostraba rastro alguno de emoción, o al menos de emociones menos extremadas que una rabia y odio ciegos. Por tanto, es difícil imaginar sus sentimientos cuando despertó, a algunos kilómetros de Al Khali, con la tapa en un uadi seco y las patitas en el aire.

Incluso a los pocos minutos de amanecer, el aire parecía salido de un horno. Tras unas complicadas maniobras, el Equipaje consiguió poner la mayor parte de sus pies en la dirección adecuada, y echó a andar con un lento trotecillo para rozar en la menor medida posible la arena ardiente.

No se había perdido. Sabía muy bien dónde estaba. Estaba allí.

Sencillamente, todo lo demás se había trasladado temporalmente.

Tras un poco de meditación, el Equipaje se dio la vuelta y se metió, muy despacio, en un pedregal.

Retrocedió y se sentó, algo asombrado. Se sentía como si lo hubieran rellenado de plumas calientes, y tenía una ligera conciencia de lo beneficiosa que le resultaría un poco de sombra y una copa de algo fresco.

Tras algunos comienzos en falso, caminó hacia una duna cercana, desde donde consiguió una incomparable visión de otros cientos de dunas.

En lo más profundo de su corazón de madera, el Equipaje estaba preocupado. Lo habían echado. Le habían dicho que se largara. Lo habían rechazado. También había bebido suficiente orakh como para envenenar un país pequeño.

Si hay algo que un accesorio de viaje necesita más que ninguna otra cosa es alguien a quien pertenecer. El Equipaje echó a andar inseguro por la arena abrasadora, lleno de esperanza.

–Me parece que no tenemos tiempo para presentaciones –dijo Rincewind, mientras una lejana parte del espacio se derrumbaba con un retumbar que hizo vibrar el suelo–. Es hora de que...

Comprendió que estaba hablando solo.

Nijel soltó la espada.

Conina dio un paso hacia adelante.

–Oh, no –gimió Rincewind.

Pero ya era demasiado tarde. De repente, el mundo se había dividido en dos zonas: la que contenía a Nijel y a Conina, y la que contenía a todo lo demás. En torno a los dos jóvenes, el aire chisporroteaba. Probablemente, en su mitad, tocaba una orquesta lejana, los ruiseñores cantaban, nubecitas rosa se deslizaban por el cielo y tenían lugar todas las cosas que suceden en momentos como éste. Y cuando ocurre esto, unos simples palacios que se derrumban en el mundo contiguo no tienen demasiada importancia.

–Mirad, quizá sea mejor que apresuremos las presentaciones –dijo Rincewind a la desesperada–. Nijel...

–... el Destructor... –añadió Nijel, soñador.

–Muy bien, Nijel el Destructor, hijo de Liebrecoja el...

–... Poderoso –intervino el chico.

Rincewind se quedó un momento con la boca abierta, y luego se encogió de hombros.

–Bueno, como quieras –asintió–. En fin, ésta es Conina. Mira qué coincidencia, te interesará saber que su padre es mmnnnnff.

Conina, sin apartar la vista, había extendido una mano y sostenía el rostro de Rincewind con una gentil presa. Si apretaba un poco más los dedos, se podría jugar a los bolos con su cabeza.

–Aunque puedo equivocarme, claro –añadió cuando la chica retiró la mano–. ¿Quién sabe? ¿Qué importa? ¿Qué más da?

No le hicieron ni caso.

–Iré a buscar el sombrero, ¿de acuerdo?

–Buena idea –murmuró Conina.

–Supongo que me asesinarán, pero no importa.

–Estupendo –dijo Nijel.

–Pero claro, nadie me echará de menos.

–Muy bien, muy bien –asintió Conina.

–Me cortarán en pedacitos, es lo más probable –añadió Rincewind, caminando hacia la puerta a la velocidad de una serpiente moribunda.

Conina parpadeó.

–¿Qué sombrero? –dijo–. Ah, ese sombrero.

–Ninguno de vosotros querrá echarme una mano, claro... –aventuró Rincewind.

En el mundo privado de Conina y Nijel, los jilgueros emigraron, las nubecitas rosa se desvanecieron y la orquesta recogió sus instrumentos y se largó a una fiestecita privada en algún club nocturno. Un poco de realidad consiguió imponerse.

Conina apartó su mirada admirativa del rostro embelesado de Nijel y clavó los ojos en Rincewind, donde se enfriaron un poquito.

Se acercó a él y agarró al mago por el brazo.

–Oye –susurró–, no le dirás quién soy en realidad, ¿verdad? A los chicos se les ocurren cosas raras... bueno, además, si lo haces, me encargaré personalmente de romperte todos los...

–Estaré demasiado ocupado –se apresuró a interrumpirla Rincewind–, recuperando el sombrero con tu ayuda y todo eso. Aunque no sé qué le has visto –añadió rápidamente.

–Es encantador. Y no conozco a mucha gente encantadora.

–Sí, claro...

–¡Nos está mirando!

–¿Y qué? No le tendrás miedo, ¿verdad?

–¿Qué hago si me dice algo?

Rincewind se quedó en blanco. No por primera vez en su vida, comprendió que zonas enteras de la experiencia humana pasaban de largo ante él, si es que una zona puede pasar de largo ante una persona. Quizá fuera él quien pasaba de largo ante las zonas. Se encogió de hombros.

–¿Por qué permitiste que te llevaran a un harem sin pelear? –preguntó.

–Siempre he querido saber qué pasaba en estos sitios.

Hubo una pausa.

–¿Y? –aventuró Rincewind.

–Bueno, pues nos sentamos todas en círculo, y un ratito más tarde llegó el serifa. Me dijo que, como era nueva, me tocaba a mí. No te imaginarás lo que quería que hiciera. Según me dijeron las chicas, es lo único que le interesa.

–Eh...

–¿Te encuentras bien?

–Sí, sí –murmuró Rincewind.

–Te has puesto todo rojo.

–No, estoy bien, estoy bien.

–Me pidió que le contara un cuento.

–¿De qué tipo? –preguntó Rincewind con tono de sospecha.

–Las otras chicas me dijeron que prefiere los de conejitos.

–Ah. Conejitos.

–Sí, conejitos blancos. Pero los únicos cuentos que sé son los que me contaba mi padre cuando era pequeña, y no creo que sean muy adecuados.

–¿No salen conejitos?

–Salen muchos brazos y piernas cortados –suspiró Conina–. Por eso no debes decirle quién soy, ¿entiendes? No estoy hecha para una vida normal.

–Contar cuentos en un harem no tiene nada de normal –señaló Rincewind.

–¡Nos está mirando otra vez!

Conina agarró a Rincewind por el brazo. Él se la sacudió.

–Oh, cielos –suspiró.

Cruzó la habitación en dirección a Nijel, quien le agarró por el otro brazo.

–No le habrás hablado de mí, ¿verdad? –casi gritó–. Me moriré si le dices la verdad, si se entera de que sólo soy un aprendiz...

–Nonono. Ella sólo quiere que nos ayudes. Es una especie de búsqueda.

A Nijel le brillaron los ojos.

–¿Una gesta?

–¿Cómo?

–Lo dice en el libro. Para ser un auténtico héroe, hay que hacer gestas.

Rincewind frunció el ceño.

–¿Muecas con la cara?

–No, creo que son más bien una especie de obligación o algo así –replicó Nijel, sin mucha seguridad.

–Pues a mí me parece que son muecas –insistió el mago–. Creo que lo leí en un libro.

Cinco segundos más tarde, salieron del harem dejando tras ellos a cuatro guardias caídos y a las chicas, que se sentaron para contarse cuentos.

La zona periférica del desierto de Al Khali está biseccionada por el río Camis-et, sobre el cual se cuentan muchas leyendas y mentiras. Discurre por los paisajes arenosos como un largo pasadizo húmedo entre ambas orillas. Y cada orilla está cubierta de troncos resecos por el sol, y la mayor parte de los troncos son de ese tipo de troncos con dientes, y la mayor parte de los troncos abrieron un ojo perezoso al captar los lejanos chapoteos corriente arriba, y de repente a la mayor parte de los troncos les salieron patas. Una docena de cuerpos escamosos se deslizaron hacia las aguas turbias, que se cerraron sobre ellos. De pronto, la superficie parecía llena de uves.

El Equipaje nadaba corriente abajo. El agua lo estaba animando un poco. Giraba ligeramente con la suave corriente.

Las uves convergieron hacia él.

El Equipaje se sacudió. Su tapa se abrió de golpe. Se hundió con un breve crujido desesperado.

Las aguas chocolatadas del Camis-et se cerraron de nuevo. Ya tenían mucha práctica.

Y la torre de la rechicería dominaba Al Khali como una gigantesca y hermosa seta, de esas que aparecen en los libros junto a simbolitos de calaveras y tibias cruzadas.

Los guardias del serifa habían luchado, pero ahora eran un montón de iguanas y sapos desconcertados alrededor de la base de la torre, y eso los afortunados: aún tenían brazos y piernas, o al menos una especie de brazos y piernas, y la mayor parte de sus órganos esenciales seguían dentro de ellos. La ciudad estaba bajo la ley margical impuesta por la rechicería.

Algunos de los edificios cercanos a la base de la torre ya empezaban a ser del brillante mármol blanco que, obviamente, gustaba tanto a los magos.

El trío miró por un agujero en los muros del palacio.

—Es impresionante —señaló Conina en tono crítico—. Tus magos son más poderosos de lo que pensaba.

—No son mis magos —gruñó Rincewind—. No sé de quién son. Y no me gusta: los magos que yo conocía no habrían sabido juntar dos ladrillos.

—No me entusiasma la idea de que los magos lo dirijan todo —intervino Nijel—. Por supuesto, como héroe, estoy filosóficamente en contra del concepto de magia. Llegará un momento... —Los ojos le brillaron, como si intentara recordar algo que había visto antes—. Llegará un momento en el que toda la magia desaparecerá de la faz de la tierra, y los hijos de... de... Bueno, seremos más prácticos –zanjó.

–Lo has leído en algún libro, ¿eh? –le reprochó Rincewind con amargura–. ¿Hablaba también de gestas?

–Tiene razón –señaló Conina–. No tengo nada contra los magos, pero tampoco es que sirvan de gran cosa. Son como un adorno. O lo eran hasta ahora.

Rincewind se quitó el sombrero con gesto brusco. Estaba ajado, manchado y cubierto de polvo de roca. La estrella estaba mellada, y de ella la purpurina se desprendía como polen, pero la palabra «Echicero» seguía visible bajo la porquería.

–¿Ves esto? –le espetó con el rostro congestionado–. ¿Lo ves? ¿Eh? ¿Qué te dice?

–¿Que tienes muy mala ortografía? –aventuró Nijel.

–¿Qué? ¡No! Dice que soy un mago, ¡eso es lo que dice! ¡Me he pasado veinte años tras el cayado, y estoy orgulloso de cada uno de ellos! ¡He apro..., he hecho docenas de exámenes! ¡Si todos los hechizos que he leído estuvieran uno encima de otro, habría... tendrías... verías un montón de hechizos!

–Sí, pero... –empezó Conina.

–¿Qué?

–Pero no se te dan muy bien, ¿verdad?

Rincewind la miró. Trató de imaginar algo que decir, y una pequeña zona receptora de su mente se abrió al mismo tiempo que una partícula de inspiración, tras seguir trabajosamente un camino y superar trillones de acontecimientos aleatorios, entraba aullando en la atmósfera y se estrellaba contra el punto exacto.

–El talento sólo define lo que haces –dijo–. No define lo que eres en lo más profundo de tu ser. Cuando sabes lo que eres, puedes hacer cualquier cosa.

Meditó un momento más.

–Por eso son tan poderosos los rechiceros –añadió–. Lo más importante es saber quién eres de verdad.

Hubo una pausa llena de filosofía.

–¿Rincewind? –dijo Conina amablemente.

–¿Mmm? –respondió él, tratando de averiguar cómo habían llegado aquellas palabras a su mente.

–Sé quién eres de verdad: un idiota. ¿Lo sabías tú?

–*No os mováis.*

Abrim, el visir, salió de entre las ruinas. Llevaba puesto el sombrero de archicanciller.

El desierto se freía bajo las llamas del sol. No se movía nada excepto el aire vibrante, caliente como un volcán y seco como una calavera.

El basilisco yacía jadeante a la abrasadora sombra de una roca, goteando corrosiva baba amarilla. Durante los últimos cinco minutos, había estado detectando el ligero trotecillo de cientos de patitas que se movían inseguras por las dunas: aquello parecía indicar que su cena se acercaba.

Los legendarios ojillos parpadearon. Desenroscó seis metros de cuerpo hambriento, y se deslizó por la arena como una cadena de muerte fluida.

El Equipaje se detuvo bruscamente y alzó la tapa en gesto amenazador. El basilisco siseó, pero un poco inseguro, porque era la primera vez que veía una caja con patas. Mucho menos había visto una caja con patas y montones de dientes de caimán clavados en la tapa. También llevaba adheridas tiras de piel escamosa, como si acabara de salir de una pelea en una fábrica de bolsos, y lo miraba de una manera que el basilisco no habría podido describir ni aunque supiera hablar.

Bueno, pensó el reptil, lo haremos a tu manera.

Clavó en el Equipaje una mirada semejante a un torno con punta de diamante, una mirada que perforaba los globos oculares del mirado e incendiaba el cerebro desde dentro, una mirada que desgarraba el frágil tejido de las cortinas del alma, una mirada que...

El basilisco comprendió que algo iba mal, muy mal. Una sensación completamente nueva e indeseable empezó a crecer en sus ojos en forma de plato. Comenzó como uno de esos molestos picores ubicados en los pocos centímetros de espalda adonde uno no llega para rascarse por mucho que se estire, y creció hasta convertirse en un segundo sol, rojo, ardiente, interno.

El basilisco empezaba a sentir la necesidad imperiosa e irresistible de parpadear...

Entonces, hizo una auténtica tontería.

Parpadeó.

–Está hablando a través del sombrero –dijo Rincewind.

–¿Eh? –se asombró Nijel, quien empezaba a darse cuenta de que el mundo del héroe bárbaro no era el lugar limpio y sencillo que había imaginado durante los días en que la tarea más emocionante era embolsar chirivías.

–Querrás decir que el sombrero habla a través de él –dijo Conina, al tiempo que retrocedía como suele hacer la gente en presencia del horror.

–¿Eh?

–*No os haré daño. Me habéis resultado útiles* –dijo Abrim, al tiempo que se adelantaba con las manos extendidas–. *Pero tenéis razón. Creyó que podía obtener poder si se me ponía. La cosa fue al contrario, claro. Una mente asombrosamente retorcida y perspicaz.*

–¿Te probaste su cabeza a ver si te sentaba bien? –preguntó Rincewind.

Se estremeció. Él se había puesto el sombrero. Obviamente, su mente no resultaba adecuada. Abrim sí que tenía una mente adecuada, y ahora sus ojos eran pozos incoloros, su piel estaba blanca y caminaba como si el cuerpo le colgara de la cabeza.

Nijel acababa de sacar su libro y pasaba las páginas febrilmente.

–¿Qué demonios haces? –preguntó Conina sin apartar los ojos de la figura espectral.

–Buscar en el índice de Monstruos Errantes –respondió Nijel–. ¿Crees que será un No Muerto? Espero que no, es muy difícil matarlos, hace falta ajo y...

–No lo encontrarás en el libro –dijo Rincewind lentamente–. Es... un sombrero vampiro.

–Aunque claro, puede tratarse de un Zombi –insistió el chico, recorriendo la página con el índice–. Aquí dice que hace falta pimienta negra y sal marina, pero...

–¡Se supone que hay que luchar contra los monstruos, no comérselos! –exclamó Conina.

–*Ésta es una mente que puedo usar* –dijo el sombrero–. *Ahora, me será posible contraatacar. Los arrasaré. En este mundo sólo hay sitio para un tipo de magia, y yo soy su encarnación. ¡Prepárate, rechicería!*

–¡Oh, no! –gimió Rincewind.

–*La magia ha aprendido mucho en los últimos veinte siglos. Es posible derrotar a este advenedizo. Vosotros tres me seguiréis.*

No era una petición. Ni siquiera era una orden. Era más bien una predicción. La voz del sombrero iba directamente a lo más profundo del cerebro sin molestarse en pasar por la consciencia, y las piernas de Rincewind empezaron a moverse sin el consentimiento de su dueño.

Los otros dos también echaron a andar, con los movimientos desmadejados que sugerían que se movían guiados por cuerdas invisibles.

–¿A qué viene el «oh, no»? –preguntó Conina–. ¿Es un «oh, no» genérico, o tiene algún motivo concreto?

–Si se presenta una ocasión, tenemos que huir –replicó Rincewind.

–¿A algún lugar en concreto?

–Probablemente eso no tenga importancia. De todos modos, estamos perdidos.

–¿Por qué? –preguntó Nijel.

–Bueno... –titubeó Rincewind–. ¿Has oído hablar de las Guerras Mágicas?

Había muchas cosas en el Disco que debían su origen a las Guerras Mágicas. La madera de peral sabio era una de ellas.

El árbol original era, con toda probabilidad, perfectamente normal, y se pasaba sus días bebiendo agua subterránea y comiendo rayos de sol en un estado de agradable inconsciencia. Entonces, la magia estalló a su alrededor y le retorció los genes hasta darle un estado de perspicacia aguda.

También le dio un mal genio considerable, pero el peral sabio se lo tomó bastante bien.

En el pasado, cuando el nivel de magia residual en el Disco era joven y elevado, y aprovechaba cualquier oportunidad para abrirse camino hacia el mundo, todos los magos eran tan poderosos como rechiceros, y construían sus torres en la cima de cada colina disponible. Pero si hay algo que un mago poderoso no soporta es a otro mago poderoso. Su conocimiento instintivo de la diplomacia lo lleva a lanzarle hechizos hasta que se pone al rojo, y luego maldecirlo hasta que se pone negro.

Eso sólo puede significar una cosa. Bueno, dos cosas. Vaaaale, tres cosas.

Declaración. Bélica. Taumatúrgica.

Y por supuesto no hubo alianzas, ni bandos, ni tratos, ni piedad, ni tregua. Los cielos se retorcieron, los mares hirvieron. El zumbar y aullar de las bolas de fuego convirtieron la noche en día, pero tampoco pasó nada, porque las nubes de humo negro convirtieron el día en noche. El paisaje se alzó y cayó como un soufflé de cocinero novato, y el tejido mismo del espacio fue atado en nudos multidimensionales y golpeado contra una piedra plana a la orilla del río del Tiempo. Por ejemplo, uno de los hechizos más populares de la época era el Compresor Temporal de Pelepe, que en cierta ocasión provocó la creación, evolución, auge y extinción de una raza de reptiles gigantes, todo eso en cinco minutos: de ellos sólo quedaron los huesos en la tierra, para despistar a las futuras generaciones. Los árboles nadaban, los peces caminaban, las montañas iban a comprar tabaco, y la mutabilidad de la existencia llegaba hasta tal punto que lo primero que hacía una persona cautelosa al despertarse por la mañana era contarse los brazos y las piernas.

En realidad, ése era el problema. Todos los magos estaban muy igualados, y además vivían en altas torres bien protegidas con hechizos, por lo cual la mayor parte de las armas mágicas rebotaban e iban a caer sobre la gente corriente, que sólo intentaba ganarse la vida con el sudor de lo que por el momento era su frente, y llevaba una existencia honrada, aunque bastante corta.

Aun así, la lucha se recrudeció, poniendo en peligro la estructura del universo del orden, debilitando los muros de la realidad y amenazando con derribar todo el edificio del tiempo y el espacio en las simas de las Dimensiones Mazmorra...

Según cierta historia, los dioses intervinieron, pero por lo general los dioses no suelen tomar partido en los asuntos humanos a no ser que estén aburridos. Según otra (y ésta era la que contaban los magos, la que escribían en sus libros), los hechiceros mismos se reunieron para solucionar sus diferencias de manera amistosa por el bien de la humanidad. Era una versión aceptada, pese a ser tan probable como un salvavidas de plomo.

La verdad no se podría resumir en una sola página. En la bañera de la historia, la verdad es tan difícil de aferrar como una pastilla de jabón, y aún más difícil de encontrar...

–¿Y qué pasó? –preguntó Conina.

–No importa –suspiró Rincewind–. El caso es que todo va a empezar de nuevo. Lo presiento. Tengo instinto para estas cosas. Hay demasiada magia que fluye hacia el mundo. Va a haber una guerra horrible. Sucederá de todo. Y esta vez, el Disco es demasiado viejo para soportarlo. Todo está demasiado gastado. La perdición, la oscuridad y la destrucción se ciernen sobre nosotros. El Apocrilipsis está cerca.

–La Muerte camina por la tierra –aportó Nijel, servicial.

–¿Qué? –le espetó Rincewind, furioso por la interrupción.

–He dicho que la Muerte camina por la tierra.

–Eso no me importaría, sería capaz de irme a vivir a un barco –suspiró Rincewind–. Lo malo es que también caminará por el agua, por el aire y por donde le dé la gana.

–No era más que una metáfora –le dijo Conina.

–Eso lo dirás tú. Yo la conozco.

–¿Qué aspecto tiene? –se interesó Nijel.

–Pues verás...

–¿Sí?

–No necesita los servicios de una peluquera.

Ahora el sol era como una vela clavada en el cielo, y la única diferencia entre la arena y las cenizas al rojo era el color.

El Equipaje caminaba errabundo por las dunas ardientes. En su tapa había algunos rastros de baba amarilla que se secaban rápidamente.

El pequeño baúl era vigilado desde la cima de un pináculo de piedra, de la forma y temperatura de un ladrillo refractario, por una quimera.* Las quimeras pertenecen a una especie muy escasa, y ésta en concreto no iba a hacer nada para solucionar el asunto.

Calculó sus posibilidades cuidadosamente, luego se dio impulso con las garras, plegó las alas cuerudas y se lanzó hacia su víctima.

La técnica de la quimera era volar en círculos bajos, lentos, sobre su presa, cociéndola un poco con su aliento de fuego, para luego despedazarla con sus dientes y merendársela. Consiguió sin problemas lo del fuego, pero en el momento en que según su experiencia tendría que encontrarse frente a una víctima aterrada, tropezó con un Equipaje muy chamuscado y muy furioso.

Lo único incandescente del Equipaje era su rabia. Se había pasado varias horas con dolor de cabeza, y tenía la sensación de que todo el mundo se empeñaba en atacarlo. Estaba más que harto.

Cuando hubo convertido a la desdichada quimera en un charquito grasiento sobre la arena, se detuvo un instante, al parecer considerando su futuro. Empezaba a parecerle obvio que no pertenecer a nadie era mucho peor de lo que había pensado. Tenía un vago

* Podemos encontrar una descripción de la quimera en el famoso bestiario de Escobonieblo, *Anima Innaturale:* «Tiene las piernas de una sirena, el cabello de una tortuga, los dientes de un caracol y las alas de una serpiente. Por supuesto, sólo tengo mi palabra al respecto, ya que la bestia tiene el aliento de un horno y el temperamento de un globo de goma en un huracán».

recuerdo de un armario y un maletero al que podía llamar hogar.

Se volvió muy despacio, haciendo frecuentes pausas para abrir la tapa. Si hubiera tenido nariz, parecería como si estuviera olfateando el aire. Por fin, tomó una decisión.

El sombrero y su portador también caminaban con decisión por entre los restos de lo que había sido el legendario palacio, al pie de la torre de la rechicería, seguido por sus involuntarios compañeros.

En la base de la torre había puertas. A diferencia de las de la Universidad Invisible, siempre abiertas de par en par, éstas estaban cerradas. Y parecían brillar.

–*Vosotros tres tenéis el privilegio de estar aquí* –dijo el sombrero a través de la boca de Abrim–. *Es el momento en que la magia dejará de huir y empezará a contraatacar.* –Lanzó una mirada a Rincewind–. *No lo olvidaréis durante el resto de vuestras vidas.*

–Hasta la hora de comer, ¿no? –suspiró Rincewind.

–*Observad bien.*

Abrim extendió las manos.

–Si tenemos oportunidad, huiremos, ¿de acuerdo? –susurró Rincewind a Nijel.

–¿Adónde?

–De dónde. La palabra importante es «de».

–No confío en este hombre –dijo Nijel–. Trato de no juzgar a partir de una primera impresión, pero tengo la sensación de que no se propone nada bueno.

–¡Hizo que te arrojaran al pozo de la serpiente!

–Quizá debí captar la indirecta.

El visir empezó a murmurar algo. Ni siquiera Rincewind, entre cuyos escasos talentos se contaba un don para los idiomas, reconoció aquél en concreto, pero parecía el tipo de lenguaje diseñado para hablarlo en voz baja, con palabras que se enroscaban como guadañas a la altura del tobillo, oscuras, rojas y despiadadas. Trazaban complicados signos en el aire y luego se dirigían suavemente hacia las puertas de la torre.

Allí donde tocaban el mármol blanco, lo volvían negro y quebradizo.

Cuando los restos cayeron al suelo, un mago se adelantó y miró a Abrim de arriba abajo.

Rincewind estaba acostumbrado a las ropas de los magos, pero las de aquél eran realmente impresionantes: llevaba una túnica con tantos pliegues que no cabía duda de que la había diseñado un arquitecto. El sombrero, a juego, parecía una tarta de boda abrazando a un árbol de Navidad.

El rostro en sí, que asomaba por el pequeño hueco restante entre el barroco cuello y la recargada ala del sombrero, resultaba algo decepcionante. En algún momento pensó que un fino bigote mejoraría su aspecto. Había sido un error.

–¡Esa puerta era nuestra! –gritó–. ¡Te arrepentirás!

Abrim se cruzó de brazos.

Esto pareció enfurecer al otro mago. Alzó los brazos, consiguió sacar las manos de entre la maraña de encajes de las mangas, y lanzó una bola de fuego.

La bola golpeó a Abrim en el pecho y estalló, pero cuando los ojos deslumbrados de Rincewind dejaron de ver chispitas azules, vio que Abrim estaba ileso.

Su adversario se sacudió frenético las brasas de la ropa, y lanzó a Abrim una mirada asesina.

–No lo entiendes –rugió–. Te enfrentas a la rechicería. No puedes luchar contra la rechicería.

–*Puedo usar la rechicería* –replicó Abrim.

El mago bufó y lanzó un rayo ígneo, que fue a estrellarse inofensivamente a varios centímetros de la temible sonrisa de Abrim.

El rostro del otro mago reflejó todo el asombro de

que fue capaz. Probó de nuevo, esta vez con cables de magia al rojo azul que brotaban de la nada hacia el corazón de Abrim. Abrim se limitó a apartarlos de un manotazo.

–*La decisión es sencilla* –dijo–. *O te unes a mí, o mueres.*

En aquel momento, Rincewind oyó un chirrido regular junto a su oído. Tenía un tono desagradablemente metálico.

Se dio la vuelta, y tuvo esa desagradable sensación cosquilleante que notaba siempre que el Tiempo deceleraba a su alrededor.

La Muerte se interrumpió. Estaba pasando una piedra de afilar por el borde de su guadaña. Le saludó, de profesional a profesional.

Se llevó un dedo huesudo a los labios, o mejor dicho al lugar donde habrían estado sus labios si hubiera tenido labios.

Todos los magos pueden ver a la Muerte, pero eso no quiere decir que lo deseen. Rincewind oyó un «pop», y el espectro desapareció.

Abrim y el mago rival estaban rodeados por un aura de magia aleatoria, que evidentemente no surtía efecto alguno sobre el primero. Rincewind volvió al mundo de los vivos justo a tiempo para ver cómo el visir agarraba al mago por el espantoso cuello de la túnica.

–*No puedes derrotarme* –dijo con la voz del sombrero–. *Me he pasado dos mil años controlando el poder para que sirviera a mis objetivos. Puedo extraer poder de tu poder. Ríndete a mí o ni siquiera tendrás tiempo para lamentarlo.*

El mago se debatió y, por desgracia, permitió que el orgullo se impusiera a la cautela.

–¡Jamás! –exclamó.

–*Muere* –sugirió Abrim.

Rincewind había visto muchas cosas extrañas en su

vida, la mayor parte de ellas de mala gana, pero nunca había visto a alguien directamente asesinado por la magia.

Los magos no suelen matar a la gente corriente porque: a) rara vez se dan cuenta de que existen, b) no se considera deportivo y c) además, entonces quién se encargaría de cocinar, sembrar y todo eso. Y matar a un hermano mago usando la magia era casi imposible, considerando las capas de hechizos protectores con las que cualquier taumaturgo precavido se rodeaba constantemente.* Lo primero que un joven hechicero aprende en la Universidad Invisible (aparte de cuál es su taquilla y por dónde se va al lavabo), es que tiene que protegerse constantemente.

Algunos piensan que es pura paranoia. Nada de eso. Un paranoico cree que todo el mundo se la tiene jurada. Un mago lo sabe.

El pequeño mago iba protegido por el equivalente psíquico a un metro de acero templado, y su armadura se fundía como la mantequilla al fuego. Cuando se evaporó del todo...

Si existen palabras para describir lo que le sucedió después al mago, están encerradas en algún horrible diccionario de sinónimos, en la biblioteca de la Universidad Invisible. Quizá sería mejor dejarlo a la imaginación, pero cualquiera capaz de imaginar la clase de forma que Rincewind vio retorcerse de dolor unos segundos antes de desaparecer piadosamente debería ser candidato a la famosa chaqueta de lona blanca con mangas largas opcionales.

–Perezcan así todos los enemigos –dijo Abrim.

Alzó la vista hacia las alturas de la torre.

* Pero claro, los magos se suelen matar unos a otros por medios vulgares, no mágicos. Está permitido, y morir asesinado se suele considerar «causa natural» para un mago.

–¡*Lanzo un desafío!* –exclamó–. *Y los que no se enfrenten a mí deberán seguirme, según manda la Sabiduría.*

Hubo una pausa larga, densa, causada por un gran grupo de gente escuchando con todas sus fuerzas. Al final, desde la cima de la torre, una voz insegura preguntó:

–¿Cuándo ha dicho eso la Sabiduría?

–*Soy la encarnación de la Sabiduría.*

Hubo algunos susurros lejanos, y luego se volvió a oír la misma voz.

–La Sabiduría ha muerto. La rechicería está por encima de to...

La frase acabó en un grito, porque Abrim alzó la mano izquierda y lanzó un rayo de luz verde dirigido con toda puntería hacia el orador.

En aquel momento, Rincewind se dio cuenta de que podía mover los miembros voluntariamente. El sombrero había perdido todo interés en él por el momento. Miró de reojo a Conina. Al momento se pusieron de acuerdo sin decir palabra, agarraron a Nijel uno por cada brazo, se dieron la vuelta y echaron a correr. No se detuvieron hasta no haber puesto varios muros de distancia entre ellos y la torre. Rincewind corrió esperando a cada zancada que algo le golpeara en la nuca. Probablemente el mundo.

Los tres aterrizaron entre los cascotes y se quedaron allí, jadeando.

–No era necesario que lo hicierais –protestó Nijel–. Estaba a punto de lanzarme contra él. ¿Cómo voy a...?

Hubo una explosión tras ellos, y ráfagas de fuego multicolor pasaron sobre sus cabezas, arrancando chispas del cemento. Luego, oyeron un sonido que parecía el de un gigantesco corcho al salir de una botella pequeñita, y una carcajada nada divertida. El suelo tembló.

–¿Qué está pasando? –preguntó Conina.

–Una guerra mágica –respondió Rincewind.

—¿Eso es bueno?

—No.

—¡Pero tú querrás que triunfe la magia! —intervino Nijel.

Rincewind se encogió de hombros y se encogió todo lo posible cuando algo muy grande pasó sobre ellos.

—Nunca he visto una pelea de magos —dijo Nijel.

Se levantó y empezó a trepar por los cascotes, y gritó cuando Conina lo agarró por una pierna.

—No creo que sea buena idea —le dijo—. ¿Rincewind?

El mago sacudió la cabeza, sombrío, y cogió un guijarro. Lo tiró por encima de las ruinas del muro, donde se transformó en una tetera azul que se hizo añicos contra el suelo.

—Los hechizos reaccionan al estar próximos unos a otros —dijo—. Nadie sabe qué puede suceder.

—¿Estamos a salvo detrás de este muro? —dijo Conina.

Rincewind se animó un poco.

—¿Sí?

—Te lo estaba preguntando.

—Ah. No. No creo. No es más que piedra vulgar. Lanzas el hechizo adecuado, y a hacer gárgaras.

—¿Gárgaras?

—Exacto.

—¿Seguimos corriendo?

—Vale la pena intentarlo.

Corrieron hacia otro de los pocos muros que quedaban en pie segundos antes de que una bola de fuego amarillo aterrizara en el lugar donde se habían encontrado hacía unos momentos y convirtiera el suelo en algo terrible. Alrededor de la torre, el aire era un tornado chisporroteante.

—Necesitamos un plan —dijo Nijel.

—Podemos probar a seguir corriendo —asintió Rincewind.

—¡Con eso no se resuelve nada!

—Se resuelven muchas cosas.

—¿Hasta dónde tenemos que ir para estar a salvo? —preguntó Conina.

Rincewind se arriesgó a echar un vistazo al otro lado del muro.

—Interesante cuestión filosófica —dijo—. He ido muy lejos, y nunca he estado a salvo.

Conina suspiró y contempló un montón de cascotes cercanos. Los miró de nuevo. Allí había algo extraño, pero no sabía muy bien qué.

—Podría lanzarme contra ellos —sugirió vagamente Nijel.

Contempló con ansiedad la espalda de Conina.

—No serviría de nada —replicó Rincewind—. Contra la magia, nada sirve de nada. Excepto la magia más fuerte. Y lo único que derrota a la magia más fuerte es magia aún más fuerte. Y así hasta que todo...

—¿A hacer gárgaras? —sugirió Nijel.

—No es la primera vez que sucede. Las cosas seguirán así miles de años hasta que no...

—¿Sabéis qué tiene de extraño ese montón de piedras? —interrumpió Conina.

Rincewind miró hacia donde le señalaba. Los ojos se le saltaron de las órbitas.

—¿Aparte de las piernas, quieres decir?

Tardaron algunos segundos en desenterrar al serifa. Seguía aferrado a su botella de vino, que ya estaba casi vacía, y parpadeó unos segundos al reconocerlos vagamente.

—Una cosecha muy fuerte —dijo tras unos instantes—. Sentí como si el palacio se me cayera encima.

—Es lo que sucedió —señaló Rincewind.

—Ah. Eso debió de ser. —Creosoto consiguió enfocar la vista en Conina tras varios intentos, y retrocedió—. Vaya —dijo—. Otra vez la joven. Impresionante.

–Con perdón... –empezó Nijel.

–Tu pelo –dijo el serifa, meciéndose suavemente–, es como... como un rebaño de cabras que pastan en la ladera del monte Gebra.

–Un momento...

–Tus pechos son como... como... –El serifa retrocedió un instante, y lanzó una breve mirada apenada a la botella vacía–. Son como melones enjoyados en los legendarios jardines del amanecer.

Conina abrió los ojos de par en par.

–¿Sí?

–No –suspiró el serifa–, lo dudo. Reconozco un melón enjoyado en cuanto lo veo. Como cervatos blancos en los prados junto al río son tus muslos, como...

–Me parece que... –empezó Nijel tras aclararse la garganta.

Creosoto le miró.

–¿Mmm? –interrogó.

–En el lugar de donde vengo –insistió Nijel–, no decimos esas cosas a las damas.

Conina suspiró cuando Nijel se situó ante ella con gesto protector. Era verdad, desde luego, pensó la chica.

–De hecho –siguió el chico, adelantando la mandíbula tanto como le fue posible (y aun así siguió pareciendo una espinilla)–, estoy...

–Abierto a debate –intervino rápidamente Rincewind–. Eh... mira, tenemos que salir de aquí. ¿No conocerás por casualidad alguna manera?

–Es que aquí hay habitaciones a cientos –suspiró el serifa–. Hace años que no salgo. –Dejó escapar un hipido–. Décadas. Eones. La verdad es que nunca he salido. –El rostro se le iluminó con la inspiración–. El ave del Tiempo sólo tiene que... eh... echar a volar...

–Es una gesta –murmuró Rincewind.

Creosoto le miró de reojo.

–La verdad es que Abrim es quien se encarga de las cosas del gobierno, ya sabes. Es un trabajo muy duro.

–Pues en este momento, no lo hace muy bien –señaló Rincewind.

–Y tenemos que salir de aquí –insistió Conina, que seguía dando vueltas a la frase sobre las cabras.

–Y yo tengo mi gesta –dijo Nijel mirando a Rincewind.

Creosoto le palmeó el brazo.

–Eso está muy bien –asintió–. Todos los chicos deberían tener un hobby.

–¿Sabes por casualidad si tienes establos o...? –preguntó Rincewind.

–Cientos –replicó Creosoto–. Poseo algunos de los mejores... de los más bellos... bueno, tengo algunos caballos. –Frunció el ceño–. O eso me han dicho.

–Pero no tienes ni idea de dónde están, claro.

–No, me temo que no –admitió el serifa.

Una descarga de magia aleatoria convirtió un muro cercano en merengue de arenisca.

–Creo que habríamos estado mejor en el pozo de la serpiente –dijo Rincewind, apartándose.

Creosoto lanzó otra mirada triste a la botella de vino vacía.

–Sé dónde hay una alfombra mágica –sugirió.

–¡No! –exclamó Rincewind, alzando las manos en gesto protector–. ¡Ni hablar! ¡Ni aunque...!

–Perteneció a mi abuelo.

–¿Una auténtica alfombra mágica? –se interesó Nijel.

–Escucha –intervino Rincewind, apremiante–. Sólo con oír eso me entra vértigo.

–Bueno, bastante auténtica. –El serifa eructó suavemente–. Con un estampado muy bonito. –Volvió a lanzar un suspiro mientras miraba la botella–. De un color azul precioso –añadió.

–¿Y sabes dónde está, por casualidad? –preguntó

Conina muy despacio, como si se acercara disimuladamente a un animal salvaje que pudiera huir en cualquier
momento.

–En la sala del tesoro. Y allí sí que sé ir. Soy extremadamente rico, ¿sabéis? O eso me dicen. –Bajó la voz
y trató de guiñar un ojo a Conina. Al final acabó por
hacerlo con los dos ojos a la vez–. Si quieres vamos allí
y me cuentas un cuento... –añadió al tiempo que empezaba a sudar.

Rincewind trató de gritar entre los dientes apretados.

El sudor le bajaba por los tobillos.

–¡No pienso montar en una alfombra mágica!
–siseó–. ¡Me dan miedo los suelos!

–Querrás decir las alturas –replicó Conina.

–¡Sé muy bien lo que quiero decir! ¡Lo que te
matan son los suelos!

La batalla de Al Khali era una nube negra en cuyas profundidades se oían formas extrañas y se veían sonidos
curiosos. Los disparos perdidos recorrían la ciudad.
Allí donde daban, las cosas eran... diferentes.

Por ejemplo, buena parte del «zueco» se había convertido en un bosque impenetrable de setas amarillas
gigantescas. Nadie sabía qué efecto había surtido sobre
los habitantes, aunque lo más probable era que no se
hubieran dado cuenta.

El templo de Offler, el Dios Cocodrilo, patrón de la
ciudad, era ahora una cosa con aspecto de melaza, cons-
truida en cinco dimensiones. Pero esto no representaba
ningún problema, ya que en aquellos momentos la
devoraba una horda de hormigas gigantes.

Por otra parte, no quedaba mucha gente para valorar esta manifestación contra las alteraciones cívicas
incontroladas, porque la mayor parte de los habitantes

amantes de la vida habían escapado. Huían en una marea constante por los campos fértiles. Algunos se habían dirigido a los botes, pero este método de fuga dejó de ser popular cuando el puerto se transformó en un cenagal donde, sin razón aparente, un par de elefantitos rosa construían un nido.

En el pánico de las calles, el Equipaje chapoteaba lentamente por una de las zanjas de desagüe bordeadas de hierbajos. Lo precedía una ondulante manada de caimanes, ratas y tortugas, que se apartaban de su camino como podían, escapando por las orillas: los impulsaba algún instinto animal, tan vago como certero.

La tapa del Equipaje mostraba una expresión de sombría determinación. No pedía gran cosa al mundo, excepto la extinción total de toda forma de vida, pero lo que en aquel momento necesitaba más que ninguna otra cosa era a su propietario.

Les resultó sencillo ver que era la sala del tesoro, dado lo increíblemente vacía que estaba. De las puertas colgaban ganchos desiertos. Los barrotes de los nichos estaban destrozados. Había cofres abiertos por todas partes, cosa que hizo sentir un pinchazo de culpabilidad a Rincewind, quien se preguntó durante cosa de dos segundos dónde estaría el Equipaje.

Hubo un silencio respetuoso, como siempre que acaba de desaparecer una gran suma de dinero. Nijel vagó por la sala, sondeando algunos de los cofres en busca de cajones secretos, según se explicaba en el capítulo once.

Conina se agachó y recogió una pequeña moneda de cobre.

—Es horrible —dijo al final Rincewind—. Una sala del tesoro sin tesoro.

El serifa sonrió.

—No es para preocuparse —dijo.

—¡Pero si te han robado todo el dinero! —exclamó Conina.

—Supongo que habrán sido los criados. Qué poco leales.

Rincewind le miró, extrañado.

—¿No te preocupa?

—No mucho. La verdad es que nunca he gastado nada, y siempre he querido saber cómo era ser pobre.

—Pues vas a tener ocasión de averiguarlo.

—¿Hace falta entrenarse?

—No, sale espontáneamente —replicó Rincewind—. Se aprende sobre la marcha.

Hubo una explosión lejana, y parte del techo se convirtió en gelatina.

—Eh, perdón... —carraspeó Nijel—. Esa alfombra...

—Sí —asintió Conina—, la alfombra...

Creosoto les dirigió una sonrisa benevolente.

—Ah, sí. La alfombra. Presiona la nariz de la estatua que tienes detrás, oh rosado melocotón del amanecer en el desierto, tú cuyas nalgas son como piedras preciosas.

Conina se sonrojó y llevó a cabo el pequeño sacrilegio sobre la gran estatua verde de Offler, el Dios Cocodrilo.

No sucedió nada. Los compartimentos secretos suelen fallar a menudo.

—Mmm... prueba con la mano izquierda.

Conina giró la mano de la estatua. Nada. Creosoto se rascó la cabeza.

—Quizá fuera la mano derecha...

—Yo en tu lugar haría memoria —replicó Conina, cuando esto tampoco funcionó—. Hay pocos trozos más que yo quiera tocar.

—¿Qué es eso de ahí? —preguntó Rincewind.

—Si no es la cola, te enterarás —dijo ella al tiempo que le asestaba una patada.

Resonó un chirrido metálico distante, como el de una sartén agonizante. La estatua se estremeció. Se oyeron después varios golpes pesados en algún lugar dentro del muro, y Offler, el Dios Cocodrilo, se deslizó pausadamente hacia un lado. Tras él quedó un túnel.

–Mi abuelo hizo construir este lugar para nuestro tesoro más interesante –dijo Creosoto–. Era muy... –Buscó la palabra–. Muy ingenioso.

–Si creéis que voy a meterme ahí... –empezó Rincewind.

–Aparta a un lado –intervino Nijel–. Yo iré delante.

–Puede haber trampas... –titubeó Conina.

Lanzó una mirada al serifa.

–Es lo más probable, oh gacela del edén –respondió–. No venía aquí desde que tenía seis años. Había algunas losas en las que no se podía pisar.

–No te preocupes por eso –dijo Nijel, escudriñando la penumbra del túnel–. No hay trampa que yo no intuya.

–Tienes experiencia con estas cosas, ¿eh? –ironizó Rincewind con amargura.

–Bueno, me sé el capítulo catorce de memoria. Y tenía ilustraciones –dijo Nijel mientras entraba en las sombras.

Aguardaron varios minutos en lo que habría sido un espantoso silencio de no ser por los gruñidos sordos y los ocasionales tropezones que se oían en el túnel. Al final, la voz de Nijel los llamó desde el fondo.

–No hay absolutamente nada –dijo–. Lo he probado todo. Firme como la roca. Si había trampas, están desconectadas o algo así.

Rincewind y Conina intercambiaron miradas.

–No sabe lo más importante de las trampas –suspiró la chica–. Cuando tenía cinco años, mi padre me hizo atravesar un pasadizo lleno de ellas, sólo para enseñarme...

–Pero Nijel ha pasado, ¿no? –señaló Rincewind.

Oyeron un ruido como el de un dedo húmedo frotado contra un cristal, pero amplificado un billón de veces, y el suelo se estremeció.

–De cualquier manera, no tenemos mucho donde elegir –añadió.

Se metió en el túnel, y los demás lo siguieron. Muchos de los conocidos de Rincewind habían llegado a considerarlo una especie de canario minero* con dos patas, y daban por hecho que si el mago estaba de pie y no huía es que al menos había algo de esperanza.

–Es divertido –dijo Creosoto–, estoy robando mi propio tesoro. Si me atrapo con las manos en la masa, me haré arrojar al pozo de las serpientes.

–Pero puedes pedirte piedad –replicó Conina, examinando con ojos paranoicos los muros polvorientos.

–Oh, no. Creo que debo darme una lección, para servir de ejemplo.

Un «clic» sonó sobre ellos. Una losa pequeña se deslizó hacia un lado y un oxidado garfio de metal descendió lentamente, a trompicones. Otra barra salió crujiendo de la pared y tocó a Rincewind en un hombro. Cuando se dio la vuelta, el primer garfio le pegó un papelito amarillo en la espalda, y se replegó de nuevo hacia el techo.

–¿Qué me ha hecho? ¿Qué me ha hecho? –gritó Rincewind mientras trataba de quitárselo.

–Dice «Dame una patada bien fuerte» –leyó Conina.

Una sección de la pared se deslizó junto al mago petrificado. Una gran bota, situada al final de una complicada serie de palancas metálicas, le dio una patadita desganada antes de romperse en pedazos.

Los tres la contemplaron en silencio.

* Bueno, vale, ya nos entendemos.

–Nos enfrentamos a una mente retorcida –dijo al final Conina.

Rincewind se apresuró a quitarse el papelito y lo dejó caer. Conina lo empujó a un lado y echó a andar por el pasadizo con cautelosa decisión: cuando una mano metálica se extendió hacia ella gracias a su muelle y se agitó amistosamente, ella no la estrechó, sino que siguió su recorrido hasta una maraña de cables y electrodos corroídos en una gran jarra de cristal.

–¿Tu abuelo tenía sentido del humor? –preguntó.

–Oh, sí. Siempre se estaba riendo –asintió Creosoto.

–Bien.

La chica tocó suavemente una losa que a Rincewind no le pareció diferente de las demás. Con un sonido de muelle oxidado, un plumero brotó de la pared y se sacudió a la altura del sobaco.

–Creo que me habría gustado el viejo serifa –dijo Conina, aunque tenía los dientes apretados–. Pero no le habría estrechado la mano. Ayúdame a subir, mago.

–¿Perdón?

Conina señaló con irritación una puerta entreabierta, a cierta altura.

–Quiero echar un vistazo por ahí –dijo–. Sólo tienes que juntar las manos para que apoye un pie, ¿entendido? ¿Cómo te las arreglas para ser tan inútil?

–Porque ser útil sólo me ha servido para meterme en líos –murmuró Rincewind, tratando de no sentir la carne cálida que se frotaba contra su nariz.

La oyó trastear con la puerta.

–Lo que pensaba –asintió Conina.

–¿Qué hay? ¿Lanzas afiladas dispuestas a caer sobre nosotros?

–No.

–¿Una serie de cuchillas que nos cortarán...?

–Es un cubo –se limitó a decir Conina, al tiempo que le daba un empujoncito.

–¿De qué, de veneno corrosivo...?

–De blanquete. De blanquete seco.

Conina saltó al suelo.

–Así era mi abuelo. Con él nunca te aburrías.

–Pues empiezo a estar harta –replicó Conina con firmeza. Señaló hacia el otro extremo del túnel–. Venid los dos.

Estaban a poco menos de un metro del final cuando Rincewind sintió un movimiento en el aire por encima de él. Conina le pegó un empujón en la rabadilla y lo lanzó hacia la habitación. El mago rodó por el suelo, y algo le arañó el pie mientras un rugido lo ensordecía.

Todo el techo, un gigantesco bloque de piedra de metro y medio de espesor, acababa de desplomarse en el túnel.

Rincewind reptó por entre las nubes de polvo y, con un dedo tembloroso, recorrió las letras grabadas en un lado de la piedra.

–«A ver si os reís de esto» –dijo.

Se sentó.

–Así era mi abuelo –dijo Creosoto alegremente–. Siempre...

Interceptó la mirada de Conina, que tenía el peso de una tubería de plomo, y tuvo suficiente sentido común como para callarse.

Nijel salió de entre la nube de polvo, tosiendo.

–Vaya, ¿qué ha pasado? –preguntó–. ¿Estáis todos bien? Cuando pasé yo, no sucedió nada.

Rincewind buscó una respuesta, pero no encontró ninguna mejor que «¿De verdad?».

La luz entraba en la habitación a través de diminutas ventanas, cubiertas de barrotes, situadas cerca del techo. No había ninguna salida excepto atravesar los varios cientos de toneladas de roca que bloqueaban el túnel. O, por decirlo de otra manera, que era como lo decía Rincewind, no cabía duda de que estaban atrapados. Se relajó un poco.

Al menos, la alfombra mágica era inconfundible. Estaba enrollada, sobre una losa elevada en el centro de la sala. Junto a ella había una lamparita de aceite y (Rincewind estiró el cuello para ver mejor) un pequeño anillo de oro. Dejó escapar un gemido. Una débil aura octarina pendía sobre las tres cosas, indicando que eran mágicas.

Cuando Conina desenrolló la alfombra, varios objetos de pequeño tamaño cayeron al suelo, entre ellos un arenque de latón, una oreja de madera, varias lentejuelas cuadradas y un cubo de plomo que contenía una burbuja de jabón.

—¿Qué demonios es eso? —preguntó Nijel.

—Bueno —respondió Rincewind—, antes de que intentaran comerse la alfombra, debían de ser polillas.

—Vaya.

—Eso es lo que la gente nunca entiende —dijo Rincewind débilmente—. Pensáis que la magia es algo que se puede coger y usar, como... como...

—¿Una chirivía? —sugirió Nijel.

—¿Una botella de vino? —aventuró el serifa.

—Algo por el estilo —replicó Rincewind con cautela. Siguió hablando—: Pero la verdad es... es...

—¿Muy diferente?

—¿Más parecida a una botella de vino? —preguntó el serifa esperanzado.

—La magia usa a la gente —se apresuró a decir Rincewind—. Te afecta a ti tanto como tú la afectas a ella, más o menos. No se puede trastear con cosas mágicas sin que te afecten. Me pareció oportuno avisaros.

—Como una botella de vino —asintió Creosoto—. Una botella de vino que...

—... que te bebe. Así que, para empezar, deja esa lámpara y ese anillo, y por lo que más quieras, no se te ocurra frotar nada.

–Mi abuelo amasó la fortuna familiar con estos objetos –dijo el serifa–. Su malvado tío lo encerró en una cueva, ¿sabíais? Tuvo que apañárselas con lo que tenía a mano. Lo único que poseía era una alfombra mágica, una lámpara mágica, un anillo mágico y un puñado de joyas surtidas.

–Tuvo que empezar desde cero, ¿eh? –ironizó Rincewind.

Conina extendió la alfombra en el suelo. Tenía un complicado estampado de dragones amarillos sobre fondo azul. Eran dragones muy complejos, con largas barbas, orejas y alas, que parecían a punto de moverse, capturados en el momento de la transición de un estado a otro. Sugerían que el telar donde había nacido la alfombra tenía más dimensiones aparte de las tres habituales, pero lo peor era que si la mirabas fijamente mucho rato el dibujo acababa siendo de dragones azules sobre fondo amarillo, y uno tenía la sensación de que no debía persistir en tal actitud si no quería que el cerebro se le saliera por las orejas.

Rincewind apartó la vista, no sin cierta dificultad, cuando otra explosión distante hizo temblar el edificio.

–¿Cómo funciona? –preguntó.

Creosoto se encogió de hombros.

–Nunca la he utilizado –respondió–. Supongo que basta con decir «arriba» y «abajo», y cosas por el estilo.

–¿Qué te parece «atraviesa la pared»? –sugirió el mago.

Los tres alzaron la vista para contemplar los altos, oscuros y, por encima de todo, sólidos muros de la habitación.

–Podemos probar a sentarnos sobre ella y decir «arriba» –sugirió Nijel–. Y luego, antes de chocar con el techo, podemos decir «alto». –Meditó un instante antes de añadir–: Si es que es ésa la palabra.

–O «abajo» –dijo Rincewind–. O «desciende», o «baja», o «al suelo».

–O «en picado» –sugirió Conina, sombría.

–Aunque claro –aventuró Nijel–, con toda la magia suelta que flota por ahí, podrías usar un poco.

–Eh... bueno...

–En tu sombrero pone «Echicero» –señaló Creosoto.

–Cualquiera puede escribirse cosas en el sombrero –replicó Conina–. No te creas todo lo que lees.

–Esperad un minuto –se enfadó Rincewind.

Esperaron un minuto.

Esperaron incluso diecisiete segundos más.

–No es tan fácil como pensáis –suspiró al final.

–¿Qué os había dicho? –se burló Conina–. Venga, vamos a excavar la roca con las uñas.

Rincewind la hizo callar con un gesto, se quitó el sombrero, sacudió el polvo de la estrella, se volvió a poner el sombrero, ajustó el ángulo del ala, se arremangó, flexionó los dedos y empezó a gimotear.

A falta de otra cosa mejor que hacer, se apoyó contra la piedra.

Estaba vibrando. No eran sacudidas, no: parecía una palpitación procedente del interior de la pared.

Era un temblor muy semejante al que había sentido en la Universidad, justo antes de la llegada del rechicero. Era obvio que algo ponía muy nerviosa a la piedra.

Recorrió el muro con las manos y apoyó la oreja contra otra losa, más pequeña y cortada para encajar en un ángulo de la pared. No era una losa distinguida, sino una piedra vulgar que realizaba pacientemente su labor en pro de la pared como un todo. También temblaba.

–¡Shhh! –ordenó Conina.

–No oigo nada –dijo Nijel en voz alta.

Nijel era una de esas personas que, cuando alguien dice «no mires ahora», vuelven inmediatamente la cabeza como un búho. Son esas mismas personas que, cuando les señalas una flor poco corriente que tienen al lado, se vuelven torpemente y la pisan. Si se pierden en un desierto, para encontrarlas sólo hace falta poner en la arena algo pequeño y frágil, como un jarrón que ha pertenecido a tu familia durante generaciones, y esperar a que lo rompan.

En fin.

–¡De eso se trata! ¿Qué ha pasado con la guerra?

Una cascada de arenilla cayó del techo sobre el sombrero de Rincewind.

–Algo está actuando sobre las piedras –dijo éste con tranquilidad–. Intentan liberarse.

–Pues tenemos muchas encima –observó Creosoto.

Sobre ellos se oyó un ruido atroz, y entró un haz de luz solar. Para sorpresa de Rincewind, no iba acompañado por una muerte repentina por aplastamiento. Resonó otro crujido silíceo, y el agujero creció. Las piedras estaban cayendo. Hacia arriba.

–Creo que es el momento de probar la alfombra.

Junto al serifa, la pared empezó a sacudirse como un perro y se apartó a un lado, no sin antes asestar varios golpes a Rincewind.

Los cuatro aterrizaron sobre la alfombra azul y dorada en medio de una tormenta de rocas volantes.

–Tenemos que salir de aquí –dijo Nijel para no perder su reputación de observador perspicaz.

–Agarraos –ordenó Rincewind–. Diré...

–Ni hablar –le interrumpió Conina, de rodillas junto a él–. Yo diré lo que haya que decir. No me fío de ti.

–Pero si...

–Silencio. –Conina dio unas palmaditas a la alfombra–. Alfombra... elévate –ordenó.

Hubo una pausa.

–Arriba.

–Quizá no comprenda el idioma –señaló Nijel.

–Asciende. Levita. Vuelta.

–O a lo mejor sólo responde a una voz concreta...

–Cállate.

–No me parece la palabra adecuada para hacerla volar. Prueba con «funciona».

–O con «Remóntate» –sugirió Creosoto.

Varias toneladas de piedras pasaron a pocos centímetros de su cabeza.

–¡Arranca, maldita! –gritó Conina–. ¡Arrrgh!

Un trozo de muro le arañó el hombro. Se frotó la zona dolorida con irritación, y se volvió hacia Rincewind, quien se había sentado con las rodillas bajo la barbilla y tenía el sombrero calado hasta los ojos.

–¿Por qué no funciona? –preguntó la chica.

–Porque no dices las palabras adecuadas –replicó.

–¿Es que no comprende el idioma?

–El idioma no tiene nada que ver con esto. Te estás olvidando de algo fundamental.

–¿El qué? ¡Habla!

–¿Qué más? –indicó Rincewind, alzando la nariz.

–¡Oye, no es momento de pensar en tu dignidad!

–Sigue intentándolo, por mí...

–¡Hazla volar!

Rincewind se caló aún más el sombrero.

–¿Por favor? –suspiró Conina.

El sombrero se alzó un poco.

–Vamos a morir aplastados –dijo Nijel.

–Anda, por favor –aportó Creosoto.

El sombrero se alzó aún más.

–¿Estáis seguros? –preguntó Rincewind.

–¡Sí!

El mago se aclaró la garganta.

–Abajo –ordenó.

La alfombra se elevó y quedó suspendida, expectante, a un metro por encima del suelo.

–¿Cómo has...? –se asombró Conina.

–Los magos poseen conocimientos arcanos –la interrumpió Nijel–. Seguramente ha sido eso. La alfombra debe de tener una gesta o algo así, para hacer exactamente lo contrario de lo que le dicen. ¿Puedes hacer que suba más?

–Sí, pero no pienso intentarlo.

La alfombra se deslizó lentamente hacia adelante y, como suele suceder en estas ocasiones, un trozo de muro se desplomó exactamente en el lugar donde había estado.

Un momento más tarde se encontraban al aire libre, y la tormenta de piedra quedaba tras ellos.

El palacio se estaba derrumbando, y los pedazos ascendían por el aire como una erupción volcánica pero al revés. La torre rechicera había desaparecido por completo, pero las piedras se deslizaban hacia el lugar donde se había erguido y...

–¡Están construyendo otra torre! –exclamó Nijel.

–Y con mi palacio –dijo Creosoto.

–El sombrero ha ganado –explicó Rincewind–. Por eso construye su propia torre. Es una especie de reacción. Los magos siempre se construyen torres, como esos... ¿cómo se llaman esas cosas que hay en el fondo de los ríos?

–Ranas.

–Piedras.

–Gángsters fracasados.

–Me refería a los fríganos. Cuando un mago empieza una pelea, lo primero que hace es construirse una torre.

–Es muy grande –señaló Nijel.

Rincewind asintió, sombrío.

–¿Adónde vamos? –quiso saber Conina.

Rincewind se encogió de hombros.

–Lejos.

El muro exterior del palacio acababa de pasar bajo

ellos. Mientras lo sobrevolaban, empezó a temblar, y los ladrillos volaron hacia la tormenta de rocas flotantes que flotaba en torno a la nueva torre.

–Muy bien –suspiró Conina al final–, me rindo, ¿cómo conseguiste que la alfombra volara? ¿De verdad hace lo contrario de lo que le ordenas?

–No. Sencillamente, centré mi atención en ciertos detalles fundamentales de su ubicación espacial.

–Me he perdido –admitió la chica.

–¿Quieres que te lo explique sin jerga de mago?

–Sí.

–La habías extendido del revés.

Conina se quedó callada un rato.

–Tengo que reconocer que es muy cómoda –dijo eventualmente–. Es la primera vez que vuelo en una alfombra.

–Es la primera vez que manejo una –señaló Rincewind.

–Lo haces muy bien.

–Gracias.

–Dijiste que te daban miedo las alturas.

–Me aterrorizan.

–Pues no se te nota.

–Porque no estoy pensando en ello.

Rincewind volvió la cabeza y contempló la torre que quedaba tras ellos. Había crecido bastante durante el último minuto, en su cúspide florecía un ramo de torreones y parapetos. Sobre ellos planeaba una nube de baldosas, que iban encajando entre ellas. Era imposiblemente alta... Las piedras de la base habrían quedado aplastadas por la magia que crepitaba por ellas.

Bien, allí acababa la hechicería organizada. Dos mil años de magia tranquila acababan de irse a hacer gárgaras, las torres se alzaban de nuevo y, con toda la nueva magia pura que flotaba al azar, algo iba a resultar gravemente dañado. El universo, probablemente. El exceso de magia podía retorcer el tiempo y el espacio y eso no era una buena noticia para las personas acostumbradas a ciertas comodidades, como por ejemplo el que los efectos vayan precedidos de las causas.

Y, por supuesto, Rincewind no podía explicárselo a sus compañeros. No se daban cuenta de lo que sucedía. Concretamente, no se daban cuenta de que estaban perdidos. Se encontraban bajo la engañosa sensación de que era posible hacer algo. Estaban decididos a hacer que el mundo funcionara a su gusto o a morir en el intento, y lo malo de morir en un intento es que mueres en el intento.

Lo principal de la organización de la antigua Universidad era que mantenía una especie de paz entre los magos, que por lo general se llevan tan bien entre ellos como gatos en un saco. Ahora se habían acabado los guantes de seda, y cualquiera que intentara intervenir se llevaría buenos arañazos. Aquella magia no era la magia antigua, suave, bastante idiota, a la que estaba acostumbrado el Disco. Era una guerra mágica, al rojo blanco y cada vez más cruel.

A Rincewind no se le daba muy bien la precognición. La verdad es que apenas veía el presente. Pero sabía con una certeza terrible que, en algún momento del futuro próximo (unos treinta segundos o algo así), alguien diría: «Seguro que podemos hacer algo, ¿no?»

–Parece que no hay muchas estrellas –señaló Nijel–. Quizá les dé miedo salir.

Rincewind alzó la vista. Había un brillo plateado en el aire.

–Es la magia que llena la atmósfera –dijo–. Está saturada.

Veintisiete, veintiocho, vein...

–Seguro que podemos... –empezó Conina.

–No –replicó simplemente Rincewind, con una cierta satisfacción–. Los magos seguirán luchando hasta que uno resulte vencedor. Y nadie puede hacer nada.

–Me vendría bien beber algo –dijo Creosoto–. ¿No podemos parar en algún sitio donde haya un bar para que lo compre?

–¿Con qué? –preguntó Nijel–. ¿No te acuerdas de que ahora eres pobre?

–No me importa ser pobre –suspiró el serifa–. Lo que me preocupa es la sobriedad.

Conina dio un suave codazo a Rincewind en las costillas.

–¿Estás dirigiendo este trasto? –preguntó.

–No.

–Entonces, ¿adónde va?

Nijel miró hacia abajo.

–Parece que en dirección eje, rumbo al Mar Circular.

–Alguien tiene que dirigir la alfombra.

Hola, dijo una voz amistosa en la cabeza de Rincewind.

No serás mi conciencia otra vez, ¿verdad?, pensó Rincewind.

Me encuentro muy mal.

Vaya, cuánto lo siento, pero no es culpa mía. Soy una víctima de las circunstancias. No tengo por qué cargar con la responsabilidad.

No, pero podrías hacer algo.

¿Por ejemplo?

Por ejemplo, destruir al rechicero. Todo esto se derrumbaría.

Es absolutamente imposible.

Pero al menos podrías morir en el intento. Eso sería mejor que dejar que estallara una guerra mágica.

–¿Te quieres callar de una vez? –dijo Rincewind.

–¿Qué? –respondió Conina.

–¿Eh?

Miró hacia abajo, contemplando el estampado azul y amarillo sobre el que iba sentado.

–¡Tú estás guiando esto a través de mí! ¿Verdad? ¡Es trampa!

–¿De qué hablas?

–Perdona, me lo decía a mí mismo.

–Creo que será mejor que aterricemos.

Planearon hacia una zona de la playa donde el desierto llegaba hasta el mar. Bajo una luz normal, habría sido de un blanco deslumbrante, con una arena compuesta por billones de fragmentos de concha, pero en aquel momento presentaba un color rojo sangre. Los restos de naufragios, tallados por las olas y decolorados por el sol, se amontonaban en el rompeolas como los esqueletos de gigantescos peces, o como el arreglo floral más grande del universo. Nada se movía, aparte de las olas. Había unas cuantas rocas, pero estaban calientes como ladrillos refractarios, y no daban cobijo a ningún molusco o alga.

Hasta el mar parecía árido. Si algún protoanfibio había llegado a una playa como aquélla, se había rendido para volver al agua y contar a sus parientes que se olvidaran de las patas, que no valía la pena. El aire parecía apropiado para cocer patatas al vapor.

Pese a eso, Nijel insistió en que encendieran una hoguera.

–Es más acogedor –dijo–. Además, puede que haya monstruos.

Conina echó un vistazo a las olas aceitosas que llegaban a la playa en lo que parecían intentos desganados por abandonar el mar.

–¿Ahí?

–Nunca se sabe.

Rincewind paseó por la orilla, cogiendo guijarros y arrojándolos al mar. Un par de ellos le fueron devueltos.

Tras un rato, Conina encendió una hoguera, y la madera reseca y saturada de sal se cubrió de llamas azules y verdes que lanzaban al aire una lluvia de chispas. El mago se sentó entre las sombras agitadas, apoyó la espalda contra un montón de madera blanqueada, envuelto en una nube de oscuridad tan impenetrable que hasta Creosoto dejó de quejarse de sed.

Conina despertó después de medianoche. La luna creciente se elevaba sobre el horizonte, y una neblina fría, gélida, cubría la arena. Creosoto roncaba. Nijel, que estaba teóricamente de guardia, dormía como un leño.

Conina se quedó tendida, completamente quieta, mientras todos sus sentidos buscaban lo que la había despertado.

Por fin lo oyó de nuevo. Era un tintineo ligero, apenas audible por encima del murmullo ahogado del mar.

Se levantó, o mejor dicho se deslizó hasta adquirir una posición vertical como si tuviera menos huesos que una medusa, y cogió la espada de Nijel de entre los dedos del chico, que ni se enteró. Luego, se movió por la niebla sin apenas perturbarla.

El fuego se hundió aún más en su lecho de cenizas. Tras un rato, Conina regresó y despertó a los otros dos.

–¿Qué pasa?

–Creo que deberíais ver esto –siseó–. Puede que sea importante.

–No he cerrado los ojos ni un momento –protestó Nijel.

–No importa. Vamos.

Creosoto recorrió el improvisado campamento con la mirada.

–¿Dónde está el mago?

–Ahora verás. Y no hagáis ningún ruido. Puede ser peligroso.

La siguieron, metidos hasta las rodillas en vapores marinos.

–¿Por qué es peligroso...? –preguntó Nijel.

–¡Shhh! ¿Lo habéis oído?

Nijel prestó atención.

–¿Como un zumbido...?

–Mirad...

Rincewind caminaba torpemente playa arriba, transportando una gran piedra redonda entre ambas manos. Pasó junto a ellos sin decirles palabra, con la vista clavada en algún punto a lo lejos.

Lo siguieron por la fría playa hasta llegar a una zona desnuda entre las dunas. Allí se detuvo y, todavía moviéndose con la elegancia de un jamelgo, dejó caer la piedra.

Había un amplio círculo de piedras. Pocas de ellas se mantenían encima de sus compañeras.

Los tres se acuclillaron y miraron.

–¿Está dormido? –preguntó Creosoto.

Conina asintió.

–¿Qué intenta hacer?

–Creo que está tratando de construir una torre.

Rincewind regresó junto al anillo de piedras y, con sumo cuidado, colocó otra roca en el aire. Cayó al suelo.

–No se le da muy bien –señaló Nijel.

–Es muy triste –suspiró Creosoto.

–Quizá deberíamos despertarlo –dijo Conina–. Pero he oído que, si despiertas a un sonámbulo, se le caen las piernas o algo así. ¿Qué opináis?

–En el caso de un mago, es arriesgado –dijo Nijel.

Trataron de acomodarse sobre la fría arena.

–Es patético, ¿no? –señaló Creosoto–. No parece un mago de verdad.

Conina y Nijel trataron de no mirarse. Por fin, el chico carraspeó.

–Quizá no te hayas dado cuenta, pero no soy exactamente un héroe bárbaro.

Contemplaron un rato la ajetreada figura de Rincewind. Le tocó el turno a Conina.

–En realidad, la peluquería tampoco es mi ocupación principal.

Los dos contemplaron fijamente al sonámbulo, inmersos en sus propios pensamientos, sonrojados por la vergüenza mutua.

Creosoto se aclaró la garganta.

–Si eso os hace sentiros mejor, a veces pienso que mi poesía deja mucho que desear.

Con todo cuidado, Rincewind trató de colocar una gran roca sobre un guijarrito. Se le cayó, pero pareció satisfecho con el resultado.

–Desde el punto de vista de un poeta –empezó Conina–, ¿qué dirías de esta situación?

Creosoto se removió, inquieto.

–Que la vida es de lo más raro –dijo.

–Muy adecuado.

Nijel se tumbó de espaldas y contempló las lejanas estrellas. De pronto, se incorporó.

–¿Habéis visto eso?

–¿El qué?

–Una especie de rayo, como...

El horizonte eje explotó como una silenciosa flor de colores, que se expandió rápidamente adoptando todos los tonos del espectro convencional antes de resplandecer con brillo octarino. Se clavó en sus órbitas oculares antes de desvanecerse.

Tras un rato, oyeron un trueno lejano.

–Debe de ser alguna arma mágica –dijo Conina sin dejar de parpadear.

Una ráfaga de viento cálido levantó la niebla junto a ellos.

–Voy a despertarlo aunque luego tengamos que cargar con él –dijo Nijel.

Tocó el hombro de Rincewind en el momento en que algo pasaba sobre ellos, muy arriba, emitiendo un sonido como el de una bandada de gansos en óxido nitroso. Desapareció en el desierto, tras ellos. Les llegó un ruido que habría hecho rechinar hasta una dentadura postiza, y vieron un rayo de luz verde.

–Yo lo despertaré –dijo Conina–. Coged la alfombra.

Pasó sobre el anillo de rocas y cogió al mago dormido suavemente por un brazo. Habría sido una manera perfecta de despertar a un sonámbulo si Rincewind no hubiera dejado caer la roca que llevaba en su propio pie.

Abrió los ojos.

–¿Dónde estoy? –dijo.

–En la playa. Estabas... eh... soñando.

Rincewind parpadeó y miró la niebla, el cielo, el círculo de piedras, a Conina, otra vez el círculo de piedras y por último el cielo de nuevo.

–¿Qué ha estado pasando?

–Una especie de fuegos artificiales mágicos.

–Oh. Así que ha comenzado.

Se apartó del círculo, inseguro, tambaleándose de una manera que sugirió a Conina que quizá no estaba del todo despierto, y se acercó a los restos de la hoguera. Dio unos pasos, y pareció recordar algo.

Se miró el pie.

–Ay –dijo.

Casi había llegado junto al fuego cuando la explosión del último hechizo los alcanzó. Iba dirigido contra la torre de Al Khali, a treinta kilómetros de distancia, y la primera oleada era difusa. Apenas afectaba a la naturaleza de las cosas mientras recorría las dunas. El fuego ardió con llamas rojas y verdes durante un segundo, una de las sandalias de Nijel se transformó en un tejón airado, y una paloma salió volando del turbante del serifa.

Pasó de largo por encima del mar.

–¿Qué ha sido eso? –preguntó Nijel.

Dio una patada al tejón, que le olisqueaba el pie.

–¿Mmm? –preguntó Rincewind.

–¡Eso!

–Ah, eso. Nada, la resaca de un hechizo. Seguramente dio en la torre de Al Khali.

–Debe de haber sido muy fuerte para afectarnos, con lo lejos que estamos.

–Probablemente.

–Ey, eso era mi palacio –dijo Creosoto débilmente–. Ya sé que no era gran cosa, pero era lo único que tenía.

–Lo siento.

–¡Seguro que había gente en la ciudad!

–Probablemente estarán bien –dijo Rincewind.

–Menos mal.

–Sean lo que sean ahora.

–¿Qué?

Conina lo agarró por un brazo.

–No le grites. No es él mismo.

–Ah –asintió Creosoto–, toda una mejora.

–Oye, eso no es justo –protestó Nijel–. Él fue quien me sacó del pozo de la serpiente, y además sabe muchos...

–Sí, a los magos se les da muy bien sacarte de apuros en los que te han metido los magos –dijo Creosoto–. Y luego esperan que les des las gracias.

–Oh, yo pienso...

–Un acontecimiento digno de mención.

El paso de otro hechizo por el atormentado cielo los iluminó durante un instante.

–¡Mirad eso! –estalló el serifa–. Estoy seguro de que tiene buenas intenciones. Como todos ellos. Probablemente piensan que el Disco sería un lugar mucho mejor si ellos mandaran. Créeme, no hay nada peor que alguien que intenta hacer un favor al mundo. ¡Magos! ¡Bah! A ver, dime una sola cosa buena que haya hecho un mago.

–Eso es un poco cruel –dijo Conina, pero en un tono de voz que sugería que podía dejarse convencer al respecto.

–Pues a mí me dan asco –murmuró Creosoto, que empezaba a sentirse agudamente sobrio, y no le gustaba en absoluto.

–Creo que todos nos encontraremos mejor si dormimos un poco más –intervino Nijel, diplomático–. A la luz del día las cosas siempre tienen mejor aspecto. Bueno, casi siempre.

–Y además tengo un sabor de boca horrible –gimió el serifa, decidido a aferrarse a sus últimos restos de ira.

Conina volvió junto al fuego, y se dio cuenta de que había un hueco en el paisaje. Tenía la forma de Rincewind.

–¡Se ha ido!

La verdad era que Rincewind se encontraba a un kilómetro sobre el mar oscuro, sentado en la alfombra como un buda furioso. Su mente era un cocido de rabia, humillación y furia, con un toque de dignidad ultrajada.

Jamás había pedido gran cosa. Había seguido en la magia pese a que no se le daba nada bien, siempre había intentado hacer las cosas lo mejor posible, y ahora el mundo entero conspiraba contra él. Bueno, ya les enseñaría. No sabía qué iba a enseñar, ni a quién, pero eso no eran más que detalles.

Se tocó el sombrero para infundirse confianza, aunque eso le costara las últimas lentejuelas.

El Equipaje tenía sus propios problemas.

La zona en torno a la torre de Al Khali, bajo el despiadado bombardeo mágico, se alejaba ya más allá del horizonte de la realidad donde el espacio, el tiempo y la materia perdían sus identidades individuales y empezaban a intercambiarse las ropas. Era casi indescriptible.

Aquí va un intento:

Su aspecto era el sonido de un piano poco después de que lo tiren por un pozo. Sabía a amarillo, y su tacto era dulzón. Olía a eclipse de luna. Por supuesto, justo al lado de la torre las cosas sí que eran extrañas de verdad.

Esperar que algo desprotegido sobreviviera allí sería como esperar nieve de una supernova. Por fortuna, el Equipaje no lo sabía, y se deslizaba por el caos con la tapa y las bisagras llenas de magia cristalizada. Estaba de un humor de mil diablos, pero eso tampoco tenía nada de extraño.

Dentro de la torre hacía calor. No había suelos interiores, sólo largas series de galerías que discurrían por las paredes. Estaban llenas de magos, y el espacio central lo ocupaba una columna de luz octarina que crepitaba a medida que enfocaban su poder hacia ella. Junto a la base estaba Abrim. Las gemas octarinas del sombrero brillaban tanto que más bien parecían agujeros que daban a un universo diferente.

El visir tenía las manos extendidas, los dedos separados, los ojos cerrados. Su boca era una fina línea de concentración mientras equilibraba energías. Por lo general, un mago sólo puede controlar poder dentro de los límites de sus capacidades físicas, pero Abrim estaba aprendiendo deprisa.

Conviértete en el estrechamiento de un reloj de arena, en el fiel de la balanza, en el pan del perrito caliente.

Hazlo bien, y *eres* el poder, el poder es parte de ti y te permite...

¿Hemos mencionado ya que sus pies estaban a varios centímetros por encima del suelo? Sus pies estaban a varios centímetros por encima del suelo.

Abrim estaba reuniendo la potencia necesaria para

un hechizo que se remontaría hasta el cielo y rodearía la torre de Ankh de un millar de demonios aullantes, pero en aquel momento resonó un monstruoso golpe en la puerta.

Hay un mantra que se suele decir en estas ocasiones. No importa si el suelo es de lona, de piel en una yurta, de diez centímetros de roble sólido o de baldosas de mármol con una lámpara encima de horribles fragmentos de cristal coloreado y una orquesta tocando una selección de veinte melodías populares que ningún amante de la música querría escuchar ni después de cinco años de privación sensorial.

Un mago se volvió hacia otro y le dijo:

–¿Quién puede ser a estas horas de la noche?

Otra serie de golpes resonó en la madera.

–Ahí fuera no puede quedar nadie vivo –replicó el otro mago.

Estaba algo nervioso, porque si se eliminaba la posibilidad de que fuera alguien vivo, siempre quedaba la sospecha de que se tratara de alguien muerto.

Los siguientes golpes hicieron temblar las bisagras.

–Será mejor que alguien vaya a abrir –dijo el primer mago.

–Muchas gracias.

–Ah. Oh. Bueno.

Descendió sin demasiada prisa.

–Iré a ver quién es, nada más –dijo.

–Estupendo.

La figura que se dirigió, titubeante, hacia la puerta, era extraña. Una túnica vulgar no era protección suficiente en el fuerte campo de energía de la torre, y sobre el terciopelo y el brocado el mago llevaba un grueso mono lleno de signos cabalísticos. Se había colocado un visor de cristal ahumado ante el sombrero puntiagudo, y los enormes guantes le habrían servido para jugar de *catcher* en un partido de béisbol a velocidades supersónicas. Los relámpagos actínicos y las pulsaciones procedentes de la gran obra en la sala principal proyectaron sombras en torno a él mientras abría las cerraduras.

Se subió un poquito el visor y entreabrió la puerta.

–No necesitamos ningún... –empezó.

Debería haber elegido mejor sus palabras, ya que fueron su epitafio.

Pasó algo de tiempo antes de que su colega advirtiera que la ausencia empezaba a ser demasiado larga y bajara a buscarlo. La puerta había quedado abierta de par en par, el infierno mágico del exterior rugía contra la red de hechizos que lo mantenía a raya. Oyó un ruidito tras él. Se dio media vuelta.

–¿Qué...?

Fue una sílaba realmente patética para poner fin a su vida.

Por encima del Mar Circular, Rincewind empezaba a sentirse como un idiota.

A todo el mundo le pasa, tarde o temprano.

Por ejemplo, en un bar alguien te da un empujón; te vuelves rápidamente con una sarta de insultos preparada, y poco a poco te das cuenta de que lo que tienes delante es la hebilla del cinturón de un hombre que más que nacer fue esculpido en granito.

O un cochecito choca contra el tuyo por detrás; sales dispuesto a sacudir un puñetazo al otro conductor, quien, como va haciéndose evidente a medida que despliega más y más su cuerpo, debía de ir en buena parte en el asiento de atrás.

O guías a tus compañeros amotinados hacia el camarote del capitán, golpeas la puerta, él se asoma con un machete en cada mano y le dices: «Nos hemos apoderado del barco, rata de cloaca, ¡todos los muchachos están conmigo!», y él pregunta: «¿Qué muchachos?», y de pronto sientes un gran vacío a tu espalda y dices: «Eh...»

En otras palabras, es esa conocida sensación que experimenta todo aquel que se ha dejado llevar por las oleadas de furia y descubre que ahora ya no puede nadar de vuelta a la orilla.

Rincewind seguía furioso, humillado y todo lo demás, pero las emociones se habían amortiguado un poco, y había recuperado parte de su personalidad normal. No le hacía ninguna gracia encontrarse sobre unas hebras de lana azul y amarilla, demasiado por encima de las olas fosforescentes.

Había puesto rumbo a Ankh-Morpork. Ahora intentaba recordar por qué.

Por supuesto, allí era donde había empezado todo. Quizá fuera la presencia de la Universidad, que estaba tan llena de magia que yacía como una bala de cañón sobre la cada vez más delicada realidad del universo. Ankh era donde empezaban las cosas, y a menudo también donde terminaban.

Y por encima de todo era su hogar, por malo que fuera, y lo estaba llamando.

Ya se ha mencionado que Rincewind debía de tener buena parte de sangre de roedor en sus venas, y en los momentos de tensión sentía la irresistible necesidad de huir hacia su agujero.

Dejó que la alfombra fuera a la deriva en las corrientes de aire durante un rato mientras el amanecer, que según Creosoto probablemente tendría dedos rosados, dibujaba un círculo de fuego en torno a la periferia del Disco. Extendía su luz perezosa sobre un mundo sutilmente diferente.

Rincewind parpadeó. Era una luz extraña. No, ahora que lo pensaba, no era extraña, sino EXTRAÑA, o sea, extrañísima. Era como contemplar el mundo a través de la neblina producida por el calor, pero esta neblina tenía una especie de vida propia. Danzaba y se estiraba, y parecía insinuar que no era una simple ilusión óptica, sino que se trataba de la mismísima realidad harta de recibir malos tratos.

Las ondulaciones se acrecentaban en dirección a Ankh-Morpork, donde los relámpagos y los surtidores de aire atormentado indicaban que la lucha no había cesado. Una columna similar pendía sobre Al Khali, y fue en aquel momento cuando Rincewind se dio cuenta de que no era la única.

¿No había también una torre en Quirm, donde el Mar Circular se abría al gran Océano Periférico? Y había aún más...

Las cosas iban de mal en peor. La magia llevaba las de perder. Adiós a la Universidad, a los Niveles, a las Órdenes. En lo más profundo de su ser, todo mago sabía que la unidad natural de la magia era un mago. Las torres se multiplicarían, la pelea proseguiría hasta que sólo quedara una en pie, y probablemente después los magos seguirían luchando hasta que sólo quedara un mago en pie.

Que seguramente se enfrentaría a sí mismo.

Toda la estructura que equilibraba la magia se estaba derrumbando. A Rincewind le dolía en lo más profundo. Nunca se le había dado bien la magia, pero no se trataba de eso. Sabía cuál era su lugar. Estaba en la parte más baja, sí, pero sabía cuál era. Podía alzar la vista y ver el funcionamiento de la delicada maquinaria.

No tenía nada, pero aun eso ya era algo, y ahora se lo habían quitado.

Rincewind hizo maniobrar a la alfombra hasta que tuvo frente a él el brillo lejano que era Ankh-Morpork, una mota brillante a la primera luz del amanecer, y una parte de su mente no hacía otra cosa que preguntarse por qué era tan deslumbrante. También parecía haber una luna llena, y hasta Rincewind, cuyos conocimientos de filosofía natural no podían ser más vagos, estaba seguro de que el día anterior sólo había habido una.

Bueno, tampoco importaba. Ya estaba harto. No quería seguir intentando comprender nada. Se iba a casa.

Pero los magos no pueden ir nunca a casa.

Es uno de los dichos más antiguos sobre los magos, y está lleno de sentido, aunque no se sabe muy bien por qué. Los magos no pueden tener esposa, pero sí padres, y la mayoría vuelve a su pueblo natal la Noche de la Vigilia de los Puertos o el Jueves de Pastel, les gusta cantar, recordar y ver cómo los críos huyen de ellos por las calles.

Se parece bastante al otro dicho que nunca han entendido, ese de que no se puede cruzar el mismo río dos veces. Ciertos experimentos llevados a cabo con un mago de piernas largas y un río estrechito indicaron que se puede cruzar el mismo río de treinta a treinta y cinco veces en un minuto.

A los magos no les gusta mucho la filosofía. Por lo que a ellos respecta, se puede aplaudir con una sola mano, lo que pasa es que se hace la mitad de ruido.

Pero, en este caso concreto, Rincewind no podía irse a casa porque ya no tenía casa. Había una ciudad a orillas del río Ankh, pero no era la que había conocido: era blanca, limpia, y no olía como un retrete lleno de arenques muertos.

Aterrizó en lo que en el pasado había sido la Plaza de las Lunas Rotas, y la conmoción fue terrible. Había fuentes. Allí había habido fuentes antes, claro, pero el agua era más semejante a puré que a otra cosa. Ahora las losas eran blancas como la leche y tenían incrustaciones brillantes. Y, aunque el sol sobresalía por encima del horizonte como medio huevo frito, no había nadie por allí. Por lo general, Ankh era una ciudad permanentemente atestada, y el color del cielo no era más que un detalle de fondo.

El humo se alzaba de la ciudad en altas columnas aceitosas, y sobre la Universidad el aire parecía hervir. Era el único movimiento, aparte del de las fuentes.

Rincewind siempre había estado orgulloso del hecho de sentirse solo incluso en la abarrotada ciudad, pero las cosas eran mucho peores cuando se tenía la conciencia clara de *estar* solo.

Enrolló la alfombra, se la cargó al hombro y echó a andar por las calles desiertas en dirección a la Universidad.

El viento abría y cerraba las puertas. La mayor parte del edificio estaba destrozada por los hechizos perdidos. La torre de rechicería, demasiado alta como para ser real, parecía intacta. No se podía decir lo mismo de la vieja Torre del Arte. La mitad de la magia dirigida contra la torre contigua parecía haber rebotado para estrellarse contra ella. Se había fundido en buena parte. Algunas zonas brillaban, otras estaban cristalizadas, algunas incluso se habían salido del marco normal de las tres dimensiones. Daba pena ver a la pobre piedra tan atormentada. De hecho a la torre le había pasado de todo menos un derribo. Estaba tan maltratada que ni la gravedad se seguía ensañando con ella.

Rincewind suspiró y pasó junto a la base de la torre, en dirección a la biblioteca.

En dirección a donde había estado la biblioteca.

La mayor parte de las paredes seguían en pie, pero buena parte del techo se había derrumbado, y el hollín lo ennegrecía todo.

Rincewind se quedó mirando el lugar.

Luego, dejó caer la alfombra y echó a correr, tropezando y resbalando entre los cascotes que casi bloqueaban la entrada. Las piedras seguían cálidas. Aquí y allá, entre los restos, algunas estanterías humeaban.

Cualquier espectador habría visto a Rincewind correr por entre los montones de piedras, rebuscando entre ellas, apartando los muebles chamuscados y moviendo los fragmentos de techo caído con una fuerza que tampoco podría calificarse de sobrehumana, para qué engañarnos.

Lo hubiera visto detenerse en un par de ocasiones para recuperar el aliento, y luego volver a lanzarse a la búsqueda, cortándose las manos con fragmentos de cristal medio fundido procedentes de la cúpula. Quizá hubiera oído los sollozos.

Por fin, sus dedos inquisitivos dieron con algo cálido y blando.

El frenético mago apartó a un lado una viga chamuscada, rebuscó entre un montón de losas rotas y miró hacia abajo.

Allí, medio aplastado por la viga, ennegrecido por el fuego, había un racimo de plátanos pasados.

Cogió uno con sumo cuidado, se sentó y lo miró largo rato.

Luego, se lo comió.

—No debimos permitir que se marchara —dijo Conina.

—¿Cómo podríamos haberlo impedido, oh bella de ojos de cervatillo?

—¡Pero puede hacer alguna estupidez!

—Me parece muy probable —asintió Creosoto.

—Mientras nosotros hacemos cosas inteligentes, como quedarnos sentados en una playa ardiente sin nada para comer o beber, ¿verdad?

—Podrías contarme un cuento —sugirió Creosoto, temblando un poco.

—Cállate.

El serifa se pasó la lengua por los labios.

—¿Ni siquiera una anécdota rápida? —gimió.

Conina dejó escapar un suspiro.

–En la vida hay más cosas aparte de la narrativa, ¿sabes?

–Lo siento. En ese tema, pierdo el control.

Ahora, a la luz del sol, la playa de fragmentos de conchas brillaba como una llanura salina. El mar no tenía mejor aspecto de día. Se movía como una delgada lámina de aceite.

En todas las direcciones, la playa se extendía formando una larguísima llanura, con la escasa animación de las dunas en las que sólo crecían hierbajos que se alimentaban de la humedad ambiental. No había rastro alguno de sombra.

–Así están las cosas –decidió Conina–: esto es una playa, y eso significa que tarde o temprano llegaremos hasta un río, de manera que sólo tenemos que ir caminando en una sola dirección.

–Pero no sabemos en cuál, deliciosa nieve en las laderas del Monte Eritor.

Nijel suspiró y rebuscó en su bolsa.

–Ejem –carraspeó–. Disculpad. ¿Servirá de algo esto? Lo robé. Lo siento.

Mostró la lámpara que habían encontrado en la sala del tesoro.

–Es mágica, ¿no? –añadió esperanzado–. He oído historias sobre lámparas mágicas, ¿no vale la pena probar?

Creosoto sacudió la cabeza.

–¡Pero si dijiste que tu abuelo la utilizó para labrar su fortuna! –exclamó Conina.

–Usó una lámpara –la corrigió el serifa–. No esta lámpara. No, la lámpara original era un trasto viejo, y un día llegó un comerciante de esos que cambian lámparas nuevas por viejas, y mi abuela le dio la nuestra a cambio de ésta. La familia la ha conservado como recuerdo de aquella mujer. No funciona, claro.

–¿Lo habéis intentado?

–No, pero no nos la habrían dado si sirviera de algo, ¿no crees?

–Frótala un poco –sugirió Conina–. No tenemos nada que perder.

–Yo en tu lugar no lo haría –advirtió Creosoto.

Nijel sostuvo la lámpara ante él. Tenía unas líneas extraordinariamente esbeltas, como si alguien la hubiera diseñado para ir muy deprisa.

La frotó.

Los efectos fueron curiosamente vulgares. Sonó un «pop» desganado, hubo una nubecilla de humo cerca de los pies de Nijel. A varios metros del humo, en la playa, apareció una línea. Se extendió rápidamente para dibujar un cuadrado en la arena, que luego desapareció.

Una figura apareció bruscamente en la playa, tropezó y dejó escapar un gemido.

Llevaba un turbante, un bronceado de los caros, un pequeño medallón de oro, pantalones cortos superajustados y zapatillas deportivas con las puntas un poco curvas.

–Las cosas claras –dijo–. ¿Dónde estoy?

Conina fue la primera en recuperarse.

–Esto es una playa.

–Ya lo veo –replicó el genio–. Pregunto en qué lámpara estoy. Y en qué mundo.

–¿No lo sabes?

La criatura tomó la lámpara de manos de Nijel.

–Oh, en este trasto –asintió–. Me tocan dos semanas en agosto.

–¿Tienes muchas lámparas? –preguntó el chico.

–Y la verdad es que empiezo a estar un poco harto de ellas, me he encasillado –asintió el genio–. De hecho estoy pensando en entrar en el tema de los anillos. Los anillos tienen futuro, hay mucho movimiento. Perdonad, muchachos, ¿qué puedo hacer por vosotros?

La última frase la formuló en ese tono de voz especial que la gente utiliza para autoparodiarse, pensando erróneamente que así parecerán menos engreídos.

–Queremos... –empezó Conina.

–Quiero algo de beber –le espetó Creosoto–. Y se supone que tenías que decir que mis deseos son órdenes para ti.

–Ya nadie dice esas tonterías –respondió el genio, haciendo aparecer un vaso en el aire.

Obsequió a Creosoto con una luminosa sonrisa que duró una centésima de segundo.

–Queremos que nos lleves al otro lado del mar, a Ankh-Morpork –dijo Conina con firmeza.

El genio la miró con cara de no comprender nada. Luego, hizo aparecer un grueso volumen* y lo consultó.

–Buena idea –dijo al final–. ¿Qué tal si comemos el jueves?

–¿Qué?

–Ahora estoy un poco energético.

–¿Un poco...?

–Estupendo –dijo el mago con sinceridad. Se miró la muñeca–. Vaya, se me ha hecho tarde.

Desapareció.

Los tres contemplaron la lámpara en silencio pensativo. Fue Nijel quien lo rompió.

–¿Qué se ha hecho de los tipos gordos con pantalones bombachos y el Escucho Y Obedezco Oh Amo?

Creosoto bufó. Acababa de beberse el contenido del

---

* Se trataba de la Guía Mitolín, una valiosísima ayuda para todos los que se dedican a lo arcano y lo oculto. Contiene listas de cosas que no existen y, de una manera muy significativa, tampoco tienen importancia. Algunas de sus páginas sólo se pueden leer después de medianoche, o con ayuda de luces extrañas e improbables. Incluye descripciones de constelaciones subterráneas y de vinos que aún no han fermentado. Para el ocultista especializado que se puede permitir la edición cara encuadernada en piel de serpiente, se adjunta incluso un mapa del metro de Londres en el que aparecen las tres estaciones que no se atreven a incluir en los diagramas públicos.

vaso. Era agua con gas, y sabía a neumáticos calientes.

–¡No pienso soportarlo! –se enfureció Conina.

Cogió la lámpara y la frotó como si lamentara no tener un estropajo en la mano.

El genio reapareció en un lugar diferente, que seguía estando a varios metros de la débil explosión y la obligatoria nube de humo.

Ahora sostenía algo curvo y brillante cerca de su oreja, y escuchaba con atención. Miró el rostro furioso de Conina y se las arregló para sugerir, con un simple arqueo de cejas y un rápido movimiento de la mano libre, que en aquel momento estaba ocupado con asuntos molestos, cosa que por desgracia le impedía dedicarle su atención inmediatamente, pero que en cuanto se librara de su inoportuno interlocutor la chica podía contar con que sus deseos, sin duda unos deseos inteligentes y sensatos, serían órdenes para él.

–Aplastaré la lámpara –dijo Conina con tranquilidad.

El genio le dedicó su sonrisa y habló apresuradamente a la cosa que sostenía entre la mandíbula y el hombro.

–Estupendo –dijo–. Muy bien. Es un acuerdo, no lo dudes. Haz que tu gente llame a la mía. Nos mantendremos en contacto, ¿eh? Adiós. –Bajó el instrumento–. Hijo de puta –dijo vagamente.

–Lo digo en serio, aplastaré la lámpara –insistió Conina.

–¿Qué lámpara es? –se apresuró a preguntar el genio.

–¿Cuántas tienes? –quiso saber Nijel–. Pensaba que los genios sólo tenían una.

El genio le explicó que, de hecho, tenía bastantes lámparas. Había una pequeña pero bien situada donde vivía durante los días laborables, otra bastante especial en el campo, una lámpara rural muy bien restaurada en una tranquila zona vinícola cerca de Quirm, y acababa de establecer una cadena de lámparas en los muelles de

Ankh-Morpork, con un gran potencial, sólo había que esperar a que se corriera la voz, eran ideales para el equivalente ocultista a un edificio de oficinas con restaurante en la planta baja.

Lo escucharon asombrados, como peces que se hubieran metido inadvertidamente en una conferencia sobre técnicas de vuelo.

–¿Quién es tu gente a la que la otra gente tiene que llamar? –preguntó Nijel, que estaba impresionado, aunque no sabía muy bien por qué.

–En realidad, aún no tengo a nadie –respondió el genio con una sonrisa–. Pero todo se andará.

–Callaos de una vez –ordenó Conina–. Y tú, llévanos a Ankh-Morpork.

–Yo en tu lugar lo haría –aconsejó Creosoto–. Cuando la boca de esta joven parece un buzón, es mejor obedecer.

El genio titubeó.

–No estoy muy ducho en transportes –informó.

–Aprende –sugirió Conina.

Se estaba pasando la lámpara de una mano a la otra.

–La teleportación es muy difícil –insistió el genio, desesperado–. ¿Por qué no se come...?

–Se acabó –le cortó Conina–. Sólo necesito un par de piedras grandes, planas...

–De acuerdo, de acuerdo. Agarraos de las manos. Haré lo que pueda, pero creo que cometéis un gran error...

Los astrofilósofos de Krull consiguieron una vez demostrar con pruebas fehacientes que todos los lugares son un solo lugar, y que la distancia entre ellos es una simple ilusión. Fueron noticias un tanto embarazosas para los filósofos razonables, porque esta teoría no explicaba, entre otras cosas, la existencia de los carteles indicadores. Tras años de discusiones, pusieron el asunto en manos de Ly Lata Locco, discutiblemente el mejor filósofo del Disco,* quien tras mucho pensar proclamó que, aun siendo verdad que todos los lugares eran un solo lugar, se trataba de un lugar *muy* grande.

Y así se restauró el orden psíquico. Pero la distancia es un fenómeno subjetivo, y las criaturas nacidas de la magia pueden ajustarlo a sus necesidades.

Aunque eso no significa que se les dé bien.

Rincewind, deprimido, se sentó entre las ruinas ennegrecidas de la biblioteca, tratando de averiguar qué era lo que iba mal.

Bueno, de entrada, todo. Era impensable que hubieran quemado la biblioteca. Era la mayor acumulación de magia del Disco, el fundamento de la hechicería. Cada hechizo inventado estaba escrito allí, en alguna parte. Quemarlos era... era... era...

No había cenizas. Muchas cenizas de madera, sí, montones de cadenas, piedras ennegrecidas y caos. Pero miles de libros no arden así como así. Tendrían que haber quedado trozos de cubiertas y montones de cenizas esponjosas. Y no había nada de eso.

Rincewind removió los cascotes con un pie.

Sólo había una puerta para entrar en la biblioteca. Luego estaban las bodegas (aún se veía la escalera que llevaba a ellas, llena de restos del incendio), pero allí no había manera de esconder todos los libros. Tampoco era posible teleportarlos, eran impermeables a ese tipo de magia: cualquiera que intentara algo semejante acabaría con los sesos fuera del sombrero.

Por encima de él resonó una explosión. Una especie de fuego anaranjado brotó en la zona media de la torre de rechicería, ascendió rápidamente y salió disparado hacia Quirm.

* Él discutía con cualquiera que dijese que no lo era.

Rincewind se incorporó en su asiento de piedra y alzó la vista hacia la Torre del Arte. Tuvo la clara sensación de que ésta le devolvía la mirada. No había ninguna ventana, pero por un momento le pareció ver un movimiento arriba, entre los torreones semiderruidos.

Se preguntó qué antigüedad tenía la torre. Era más vieja que la Universidad, desde luego. Más vieja que la ciudad, que había crecido en torno a ella como los guijarros en torno a una montaña. Más vieja quizá que la geografía. Hubo un tiempo en que los continentes eran diferentes, o eso tenía entendido Rincewind, pero luego se removieron para acomodarse mejor, como cachorritos en una cesta. Quizá la torre estuviera allí desde antes del nacimiento del Disco, pero a Rincewind no le gustaba pensarlo, porque sugería preguntas desagradables sobre quién la construyó y para qué.

Consultó con su conciencia.

Ésta le contestó: me he quedado sin opciones, haz lo que te dé la gana.

Se levantó y se sacudió polvo y cenizas de la túnica, perdiendo de paso buena parte de las lentejuelas. Se quitó el sombrero, trató de enderezar la punta y volvió a ponérselo.

Luego, inseguro, se dirigió hacia la Torre del Arte.

Había una puertecita muy antigua en la base. No le sorprendió en absoluto que se abriera ante él.

–Extraño lugar –dijo Nijel–. Las paredes son curvas.

–¿Dónde estamos? –preguntó Conina.

–¿Hay alcohol por aquí? –se interesó Creosoto–. Probablemente no –añadió.

–¿Y por qué se balancea? –insistió Conina–. Nunca había estado en un lugar con paredes metálicas. –Olisqueó el aire–. ¿No oléis a aceite? –añadió con tono de sospecha.

El genio reapareció, aunque esta vez sin humo y sin erráticos efectos de trampilla. Era obvio que intentaba mantenerse tan lejos de Conina como le era posible sin que se le tachase de maleducado.

–¿Estáis todos bien?

–¿Esto es Ankh? –preguntó la chica–. Cuando te pedimos que nos llevaras allí, esperábamos que nos dejases en algún lugar con puertas.

–Vamos de camino.

–¿En qué?

La manera de titubear del genio hizo que Nijel se precipitara de cabeza a una conclusión. Miró la lámpara que tenía en las manos.

La sacudió un poquito. El suelo tembló.

–Oh, no –gimió–. Es físicamente imposible.

–¿Estamos dentro de la lámpara? –se asombró Conina.

La habitación tembló de nuevo cuando Nijel trató de mirar por la canilla.

–No te preocupes por eso –dijo el genio–. Mejor aún, no pienses si es posible o no.

Les explicó (aunque quizá «explicar» sea un verbo demasiado optimista, y en este caso significa realmente que «intentó explicar» pero sólo lo consiguió hasta cierto punto) que era perfectamente posible viajar por el mundo en una pequeña lámpara transportada por uno de los miembros del grupo, que la lámpara se movía porque la llevaba una de las personas que iban en ella, que la causa de esto era: a) la naturaleza fractal de la realidad, según la cual todo se podía imaginar dentro de otra cosa, b) una nueva visión de las relaciones públicas. El truco consistía en desconcertar a las leyes de la física para que no tomaran cartas en el asunto hasta que el viaje no terminara.

–Dadas las circunstancias, lo mejor es no pensar en ello, ¿comprendido? –concluyó el genio.

—Es como no pensar en rinocerontes rosa —respondió Nijel.

Dejó escapar una risita avergonzada al ver que todos le miraban.

—Es una especie de juego —explicó—. Tenías que evitar pensar en rinocerontes rosa. —Carraspeó—. Bueno, no he dicho que fuera un buen juego.

Volvió a guiñar el ojo para mirar por la canilla.

—No lo parece —dijo Conina.

—Bueno —intervino el genio, animado—, ¿alguien quiere café? ¿Hace una partidita rápida de Gesta Trivial?*

—¿Beber? —se interesó Creosoto.

—¿Vino blanco?

—Vaya porquería.

El genio pareció sorprendido.

—Pero el tinto no va con...

—O cualquier combinado —se apresuró a pedir Creosoto—. Pero sin sombrillita. —De pronto, el serifa comprendió que aquélla no era manera de hablar a un genio. Se rehízo un poco—. Sin sombrillita, por las Cinco Lunas de Nasreem. Y sin trocitos de fruta, ni aceitunas, ni pajitas, ni guindas, te lo ordeno por los Siete Satélites de Sarudin.

—No suelo poner esas tonterías, soy un profesional —bufó el genio.

—Esto es bastante inhóspito —señaló Conina—, ¿por qué no lo amueblas?

—Hay una cosa que no entiendo —dijo Nijel—. Si todos estamos en la lámpara que tengo en las manos, entonces el yo que hay dentro de la lámpara tiene en las manos una lámpara más pequeña, y en esa lámpara...

* Un juego muy popular entre dioses, semidioses, demonios y otras criaturas sobrenaturales, a las que les encantan las preguntas del tipo «¿De Qué Va Todo Esto?» y «¿Cómo Acabará?».

El genio le hizo señales frenéticas.

–¡No hables de eso, por lo que más quieras! –le suplicó.

El rostro ingenuo de Nijel reflejó estupor.

–Sí, pero... –insistió–. No sé, ¿hay muchos yoes, o qué?

–Todo es cíclico, pero deja de llamar la atención sobre el tema, ¿eh?... ¡Oh, mierda!

Resonó un desagradable crujido cuando el universo cayó en la cuenta.

El interior de la torre era oscuro, un corazón sólido de negrura antigua que llevaba allí desde el amanecer de los tiempos y estaba muy molesto por la intrusión de luz diurna que rodeaba a Rincewind.

Sintió que el aire se movía y la puerta se cerraba tras él. La oscuridad recuperó el control, llenando el espacio ocupado por la luz con tanta precisión que no se habría visto la juntura ni aunque hubiera habido luz todavía.

El interior de la torre olía a antigüedad, con una ligera sospecha de excrementos de cuervo.

Hacía falta mucho valor para estar allí de pie en la oscuridad. Rincewind no tenía tanto, ni mucho menos, pero aun así se quedó.

Algo se movió alrededor de sus pies, y Rincewind permaneció muy quieto. Si no se movió fue sólo por miedo a dirigirse hacia algo aún peor.

Entonces, una mano semejante a un viejo guante de cuero rozó la suya con suavidad.

–Oook –dijo una voz.

Rincewind alzó la vista.

La oscuridad se rindió, sólo por esta vez, ante un rayo de luz. Y el mago vio.

La torre estaba llena de libros. Se amontonaban en

cada peldaño de la destartalada escalera de caracol que se alzaba en el interior. Los habían colocado en columnas hasta el techo, aunque algo sugería que la frase exacta era «se habían colocado». Estaban en cada rincón, en cada cornisa. Observándolo, probablemente.

Lo observaban de una manera intencionada que no tenía nada que ver con los seis sentidos habituales. A los libros se les da muy bien transmitir intenciones, no necesariamente las suyas, claro, y Rincewind se dio cuenta de que intentaban decirle algo.

Hubo otro relámpago de luz. Comprendió que era la magia de la torre del rechicero, que entraba por el lejano agujero que llevaba al tejado.

Al menos le permitió identificar a Galletas, que le olisqueaba el pie derecho. Fue un alivio. Ahora, si pudiera poner nombre al suave sonido repetitivo junto a su oreja izquierda...

Otro relámpago oportuno lo sorprendió mientras miraba directamente los ojitos amarillos del patricio, que arañaba con paciencia un costado de su tarro de cristal. Eran unos arañazos suaves, sin objetivo, como si el pequeño lagarto no tuviera interés especial en salir, sino que tratara de averiguar vagamente cuánto se tardaba en erosionar el cristal.

Rincewind bajó la vista hacia la mole en forma de pera que era el bibliotecario.

—Hay miles —susurró. Las hileras de libros absorbieron y silenciaron su voz—. ¿Cómo los metiste aquí?

—Ooook oook.

—¿Ellos?

—Oook —repitió el bibliotecario, al tiempo que batía los codos pelados como si fueran alas.

—¿Volando?

—Oook.

—No sabía que pudieran.

–Oook –asintió el bibliotecario.

–Debió de ser impresionante. Algún día me gustaría verlo.

–Oook.

No todos los libros lo habían conseguido. La mayor parte de los grimorios llegaron a su destino, pero un tratado sobre hierbas en siete volúmenes había perdido su índice entre las llamas, y más de una trilogía lloraba la pérdida de algún tomo. Bastantes libros tenían chamuscaduras en las cubiertas. Otros habían perdido las cubiertas, y arrastraban penosamente sus páginas desnudas.

Una cerilla se encendió, y el papel se removió incómodo por todas las paredes. Pero era sólo el bibliotecario, que estaba encendiendo una vela. Había colocado una mesa junto a la pared. Estaba llena de instrumentos arcanos, botes de diversos pegamentos y una prensa de encuadernador, que ya se ocupaba de un maltratado volumen. Unas débiles líneas de fuego mágico reptaban sobre él.

El simio puso la vela en manos de Rincewind, cogió un escalpelo y unas pinzas, y se inclinó sobre el tembloroso libro. Rincewind palideció.

–Oye, ¿te importa si me marcho? –dijo–. Me marea la visión del pegamento.

El bibliotecario sacudió la cabeza y señaló la bandeja de instrumentos con un pulgar preocupado.

–Oook –ordenó.

Rincewind asintió de mala gana y, obediente, le tendió unas tijeras largas. Apretó los dientes cuando un par de páginas rotas cayeron al suelo.

–¿Qué le haces? –se atrevió a preguntar.

–Oook.

–¿Una apendicectomía? Oh.

El simio volvió a señalar con el pulgar, sin alzar la vista. Rincewind buscó la aguja y el hilo en la bandeja y se los alcanzó. Se hizo un silencio roto sólo por el escalofriante sonido del hilo al atravesar el papel. Por último, el bibliotecario se irguió.

–Oook.

Rincewind cogió su pañuelo y secó la frente del simio.

–Oook.

–De nada. ¿Se... se pondrá bien?

El bibliotecario asintió. Hubo un ligero suspiro de alivio, casi inaudible, por parte de los libros que los rodeaban.

Rincewind se sentó. Los libros estaban asustados. En realidad, estaban aterrados. La presencia del rechicero hacía que sintieran escalofríos en los lomos, y su atención le pesaba como una prensa.

–Claro, claro –murmuró–. Pero ¿qué puedo hacer yo?

–Oook.

El bibliotecario dirigió a Rincewind una mirada que habría sido una de esas miradas inquisitivas por encima de las gafas de media luna si hubiera llevado gafas de media luna. Cogió otro libro roto.

–Ya sabes que no se me da bien la magia.

–Oook.

–La rechicería que hay ahora es una cosa terrible. De verdad, es la versión original, procedente del amanecer de los tiempos. O de la hora del desayuno como mucho.

–Oook.

–Tarde o temprano lo destruirá todo, ¿no?

–Oook.

–Es hora de que alguien ponga fin a esta rechicería, ¿verdad?

–Oook.

–Lo malo es que no puedo ser yo, claro. Vine aquí pensando que podía hacer algo, pero esa torre... ¡es tan grande...! ¡Debe de estar a prueba de toda magia! Si los magos realmente poderosos no pueden hacer nada, ¿de qué sirvo yo?

—Oook —asintió el bibliotecario, cogiendo un lomo desgarrado.

—Así que esta vez otro tendrá que salvar el mundo. No es lo mío.

El simio asintió, extendió su mano y cogió el sombrero de Rincewind.

—¡Oye!

El bibliotecario hizo caso omiso de sus protestas y sacó unas tenazas.

—Oye, si no te importa, es mi sombrero *¡noteatrevasahacerle...!*

Dio un salto hacia adelante y fue recompensado con un golpe en la sien que le habría dejado atónito si hubiera tenido tiempo para pensar en ello. El bibliotecario andaba por ahí con su cara de globo bonachón, pero bajo su piel dos tallas más grande de lo necesario había una estructura de huesos y músculos capaces de propulsar unos nudillos encallecidos a través de un grueso tablón de roble. Chocar con un brazo del bibliotecario era como tropezar con un lingote de hierro peludo.

Galletas empezó a saltar, lanzando ladridos excitados.

Rincewind dejó escapar un ronco aullido intraducible de ira, tropezó con una pared, cogió una piedra caída, la blandió como si fuera un mazo y se detuvo en seco.

El bibliotecario estaba acuclillado en el centro del suelo, con las tenazas rozando (pero sin cortar) el sombrero. Y sonreía a Rincewind.

Durante algunos segundos, permanecieron quietos como un cuadro vivo. Luego el simio dejó caer las tenazas, sacudió unas imaginarias motas de polvo del sombrero, enderezó la punta y lo colocó sobre la cabeza de Rincewind.

Unos momentos de asombro más tarde, Rincewind se dio cuenta de que tenía en la mano, con el brazo extendido, una piedra muy grande y pesada. Consiguió dejarla caer a un lado, aunque la piedra tardó un poco en recuperarse de la sorpresa y tuvo buen cuidado de caer sobre su pie.

–Muy bien –asintió al tiempo que se apoyaba contra la pared y se frotaba los codos–. Y se supone que todo eso me dice algo, ¿no? Una lección moral, que Rincewind se enfrente a su verdadero yo, que averigüe por qué está dispuesto a luchar, ¿eh? Bueno, pues ha sido un truco barato. Y te diré algo, si crees que ha funcionado... –Se agarró el ala del sombrero–. Si crees que ha funcionado. Si crees que ha. Pues no. Para que te enteres. Mira. Si crees.

Su voz se fue perdiendo. Al final, se encogió de hombros.

–De acuerdo. Ya que estamos en ello, ¿qué puedo hacer de verdad?

El bibliotecario respondió con un amplio gesto que indicaba, con tanta claridad como si hubiera dicho «oook», que Rincewind era un mago con sombrero, una biblioteca de libros de magia y una torre. Era el instrumental básico necesario para cualquier practicante de la magia. Un simio, un terrier enano con halitosis y un lagarto en un tarro de cristal eran añadidos opcionales.

Rincewind sintió una ligera presión en el pie. Galletas, con su acostumbrada lentitud, había cerrado sus encías desdentadas en la punta de la bota y la estaba chupando con todas sus fuerzas.

Agarró al perrito por el pellejo del cuello y por el muñón peludo que a falta de una palabra mejor había que llamar cola, y lo levantó con suavidad.

–Muy bien –suspiró–. Será mejor que me cuentes lo que ha estado pasando.

Desde las Montañas Carraca, que dominaban la helada Llanura Sto en el centro de la cual Ankh-Morpork se extendía como un montón de ultramarinos dispersos, la vista era impresionante. Los disparos errados y rebotes de la batalla mágica se extendían en todas direcciones, formando una nube en forma de cuenco de aire atormentado, en el centro del cual extrañas luces brillaban y chisporroteaban.

Los caminos que salían de allí estaban atestados de gente que huía, y todas las tabernas y posadas se encontraban abarrotadas. Bueno, casi todas.

Al parecer, nadie tenía intención de detenerse en un agradable bar entre los árboles, junto a la carretera de Quirm. No era que diera miedo entrar. Sencillamente, por el momento, nadie lo veía.

Hubo un estremecimiento en el aire a cosa de un kilómetro, y tres figuras surgieron de la nada en un matorral de espliego.

Se quedaron tendidos en posición supina, entre las aromáticas ramas rotas, hasta que recuperaron la cordura. Creosoto fue el primero en hablar.

—¿Dónde creéis que estamos?

—Huele como un cajón de ropa interior —dijo Conina.

—No como el mío —replicó Nijel con firmeza. Se incorporó lentamente y añadió—: ¿Ha visto alguien la lámpara?

—Olvídala. Lo más probable es que la haya vendido para ampliar su cadena de bares —respondió Conina.

Nijel rebuscó entre las ramas de espliego hasta que sus manos dieron con algo pequeño y metálico.

—¡La tengo! —declaró.

—¡No la frotes! —exclamaron los otros dos al unísono.

Aun así, llegaron demasiado tarde, pero tampoco importó demasiado, porque lo único que sucedió cuando Nijel le hizo una caricia cautelosa fue que unas letras rojas de humo aparecieron en el aire.

–«Hola –leyó Nijel en voz alta–. No cuelgue la lámpara, queremos contarlo entre nuestros clientes. Por favor, deje su deseo cuando suene la señal y, en breve plazo, será una orden para nosotros. Entretanto, le deseamos una agradable eternidad.» La verdad, creo que se dedica demasiado al negocio.

Conina no dijo nada. Estaba mirando hacia el otro lado de las llanuras, en dirección a la hirviente tormenta de magia. De cuando en cuando, parte de ella se desprendía y se remontaba en dirección a alguna torre lejana. Pese al creciente calor del día, la chica se estremeció.

–Tenemos que bajar allí lo antes posible –dijo–, es muy importante.

–¿Por qué? –quiso saber Creosoto.

Un vaso de vino no había bastado para devolverle su habitual naturaleza tranquila.

Conina abrió la boca y, por raro que resultara en ella, volvió a cerrarla. No había manera de explicar que hasta el último gen de su cuerpo tiraba de ella hacia el centro del caos. Las imágenes de espadas y bolas de acero pegadas a cadenas seguían invadiendo los salones de peluquería de su consciencia.

Nijel, por el contrario, no sentía tal tendencia. Todo lo que le impulsaba era la imaginación, y ya había tenido suficiente como para poner a flote una fragata de guerra de tamaño medio. Miró en dirección a la ciudad con lo que habría sido una expresión decidida, de no ser por su carencia de barbilla.

Creosoto comprendió que lo superaban en número.

–¿Tendrán algo para beber ahí abajo? –preguntó.

–Seguro –respondió Nijel.

–No está mal para empezar –concedió el serifa–. De acuerdo, guíanos, oh bella de pechos como peras, hija de...

–Y sin poesía.

Consiguieron desenmarañarse del arbusto y descendieron por la colina hasta llegar al camino que, no muy lejos, pasaba por la taberna antes mencionada, que Creosoto se empeñaba en denominar «caravanera».

Titubearon antes de entrar. No parecía un lugar muy acogedor. Pero Conina, que por naturaleza y educación tenía tendencia a rondar por la parte trasera de los edificios, encontró cuatro caballos en el patio.

Los examinaron.

–Pero eso es robar –dijo Nijel lentamente.

Conina abrió la boca para asentir.

–¿Por qué no? –fueron las palabras que se le escaparon.

Se encogió de hombros, resignada.

–Quizá deberíamos dejar algo de dinero –sugirió el chico.

–A mí no me mires –respondió Creosoto.

–O escribir una nota y dejarla por debajo de la puerta, o algo así, ¿no crees?

A modo de respuesta, Conina montó en el caballo más grande, que por su aspecto había pertenecido a un soldado. Tenía armas colgando por todas partes.

Creosoto, intranquilo, se montó en el segundo, un bayo algo escuálido. Dejó escapar un suspiro.

–Tiene esa cara de buzón –dijo–. Yo que tú le haría caso.

Nijel contempló los otros dos caballos con gesto de desconfianza. Uno de ellos era muy grande y extremadamente blanco, no de ese blanco que logran muchos caballos, sino de un blanco translúcido, marfileño, que el subconsciente del chico intentaba describir como «de mortaja». Además, daba la impresión de ser mucho más inteligente que él.

Eligió el otro. Era un poco flaco, pero dócil, y consiguió subir tras sólo dos intentos.

Se pusieron en marcha.

El sonido de los cascos apenas logró penetrar la penumbra interior de la taberna. El posadero se movía como en sueños. Sabía que tenía clientes, incluso había hablado con ellos, los veía sentados en torno a una mesa junto a la chimenea, pero si alguien le pedía que describiera con *quién* había hablado o *qué* había visto, no lo conseguiría. La razón es que al cerebro humano se le da muy bien cerrar la puerta a todo lo que no quiere saber. En aquel momento, su cerebro habría podido cerrar la caja fuerte de un banco.

¡Y las bebidas...! De la mayor parte de ellas no había oído hablar en su vida, pero no dejaban de aparecer en los estantes, sobre los barriles de cerveza. Lo malo era que, cada vez que intentaba pensar sobre ellas, se distraía al instante...

En torno a la mesa, las figuras alzaron la vista de sus cartas.

Una de ellas levantó la mano. Estaba al final de un brazo y tenía cinco dedos, indicó la mente del posadero. Tenía que ser una mano.

Otra de las cosas que su cerebro no podía pasar por alto eran las voces. Aquélla en concreto resonaba como si alguien golpeara una roca con una lámina de plomo enrollada.

CAMARERO.

El hombre dejó escapar un gemido. Las lanzas térmicas de espanto estaban fundiendo la puerta de acero de su mente.

OTRA RONDA DE LO MISMO, A VER QUÉ TENÍAMOS...

–Yo, un *bloody mary*.

Aquella voz hacía que una sencilla petición de una bebida pareciera una declaración de hostilidades.

AH, SÍ, Y...

–*Yo tenía un ponche de huevo* –pidió Peste.

UN PONCHE DE HUEVO.

–*Con una cereza.*

BIEN –mintió la pesada voz–. Y PARA MÍ UNA COPI-TA DE OPORTO. –Miró hacia el otro lado de la mesa, en dirección al cuarto miembro del grupo, y suspiró–. MÁS VALE QUE PIDAMOS TAMBIÉN OTRA RACIÓN DE CACAHUETES.

A unos trescientos metros camino abajo, los ladrones de caballos intentaban acostumbrarse a una nueva experiencia.

–Desde luego, no hay baches –consiguió decir Nijel al final.

–Y el paisaje es... encantador –asintió Creosoto, aunque el viento se llevó su voz.

–Pero me pregunto si estaremos haciendo lo correcto...

–Nos movemos, ¿no? –replicó Conina–. No seas cobarde.

–Bueno, es que mirar los cúmulos desde arriba...

–Cállate.

–Lo siento.

–Además, son estratos. Cúmuloestratos, como mucho.

–Eso –asintió Nijel, deprimido.

–¿Cambia eso algo? –preguntó Creosoto, que iba tumbado sobre el cuello de su caballo y tenía los ojos cerrados.

–Unos trescientos metros.

–Oh.

–Quizá sean doscientos –concedió Conina.

–Ah.

La torre de rechicería tembló. El humo coloreado recorría las salas abovedadas y los pasillos deslumbrantes. En la gran habitación de la cúspide, donde el aire era espeso, aceitoso y sabía a lata quemada, muchos magos se habían desmayado por el esfuerzo mental de la batalla. Pero quedaban suficientes. Estaban sentados en un amplio círculo, concentrados.

Resultaba posible ver la vibración del aire mientras la rechicería pura brotaba del cayado en las manos de Coin y se enfocaba hacia el centro del octograma.

Formas extrañas aparecían durante un breve instante antes de desaparecer. El tejido de la realidad estaba sufriendo importantes tirones.

Cardante se estremeció y apartó la vista, por si acaso veía algo de lo que no pudiera hacer caso omiso.

Los magos supervivientes tenían un simulacro del Disco en el aire, ante ellos. Mientras Cardante lo miraba de nuevo, la pequeña luz roja sobre la ciudad de Quirm centelleó y se apagó.

El aire crepitó.

–Se acabó Quirm.

Cardante asintió, sombrío. Quirm había sido una de sus ciudades favoritas, junto al Océano Periférico...

Recordaba vagamente que lo habían llevado allí una vez, cuando era pequeño. Durante un momento triste, rememoró el pasado. Había geranios silvestres que llenaban las empinadas calles de guijarros con su fragancia...

–Crecían en las paredes –dijo en voz baja–. Rosados. Eran rosados.

Los otros dos magos le lanzaron miradas de extrañeza. Uno o dos de ellos, con mentes particularmente paranoides incluso para ser magos, contemplaron los muros con gesto de desconfianza.

–¿Te encuentras bien? –preguntó uno de ellos.

–¿Eh? –se sobresaltó Cardante–. Oh. Sí, lo siento. A kilómetros de aquí.

Se volvió para mirar a Coin, que estaba sentado fuera del círculo con el cayado sobre las rodillas. El niño parecía dormido. Quizá lo estuviera. Pero Cardante sabía, en lo más profundo del pozo atormentado que era su corazón, que el cayado no dormía. Lo estaba mirando, sondeaba su mente.

El cayado lo sabía. Incluso sabía lo de los geranios rosados.

–No quería que las cosas fueran así –dijo suavemente–. Lo único que pedíamos era un poco de respeto.

–¿Seguro que te encuentras bien?

Cardante asintió vagamente. Mientras sus colegas recuperaban la concentración, los miró de reojo.

Sin saber cómo, todos sus viejos amigos habían desaparecido. Bueno, no eran amigos. Un mago nunca tiene amigos, al menos amigos magos. Necesitaba una palabra diferente. Ah, sí, eso. Enemigos. Pero enemigos de verdad, de los de toda la vida. Caballeros. La crema y nata de su profesión. No como aquellos tipos que le rodeaban, que todos parecían haberse subido al barco después de la llegada del rechicero.

El aceite no es lo único que flota hacia arriba, reflexionó con amargura.

Concentró su atención en Al Khali, sondeando mentalmente, con la seguridad de que los magos de allí estarían haciendo lo mismo en busca de algún punto débil.

¿Soy yo un punto débil?, pensó. Peltre intentó decirme algo. Era sobre el cayado. Un hombre debe apoyarse en su cayado, y no al revés..., dirige al chico, lo guía..., ojalá hubiera escuchado a Peltre..., esto está mal, soy un punto débil...

Lo intentó de nuevo, cabalgó sobre las oleadas de poder, permitiendo que llevaran su mente hacia la torre enemiga. Hasta Abrim estaba utilizando rechicería, y Cardante se permitió modular la ola, insinuándose más allá de las defensas erigidas contra él.

La imagen del interior de la torre de Al Khali apareció, se enfocó...

... *el Equipaje trotaba por los brillantes pasillos.*

Ahora estaba furioso de verdad. Lo habían despertado de su hibernación, lo habían despreciado, había sufrido el breve ataque de toda una variedad de seres mitológicos (ahora extintos), tenía una jaqueca terrible y ahora, al entrar en la Sala Principal, detectaba la presencia del sombrero. El horrible sombrero, la causa de todo lo que le estaba pasando. Avanzó, lleno de rabia...

Cardante, que sondeaba la resistencia de la mente de Abrim, sintió que la concentración del visir se tambaleaba. Por un momento, vio a través de los ojos del enemigo, vio el baúl alargado que trotaba hacia él. Abrim intentó cambiar el objetivo de su concentración, y en aquel momento, tan capaz de controlarse como un gato cuando ve algo pequeño y chirriante corriendo por el suelo, Cardante atacó.

No mucho. No hizo falta gran cosa. La mente de Abrim intentaba equilibrarse y canalizar fuerzas terribles, y apenas necesitó una ligera presión para hacerla tambalearse.

Abrim extendió las manos para volar el Equipaje, dejó escapar el inicio de un grito, y su cuerpo implosionó.

Los magos que lo rodeaban lo vieron encogerse hasta límites imposibles en una fracción de segundo, y luego desaparecer, dejando una imagen negra en sus retinas...

Los más inteligentes echaron a correr...

... y la magia que habían estado controlando se desbordó y fluyó libremente en una ola incontrolada que hizo pedazos el sombrero, invadió los niveles más bajos de la torre y buena parte de lo que quedaba de ciudad.

Había tantos magos de Ankh concentrados en aquella sala que el eco simpático los derribó por toda la habitación. Cardante acabó tendido de espaldas, con el sombrero sobre los ojos.

Lo izaron en volandas, le sacudieron el polvo y lo llevaron ante Coin y su cayado entre hurras y aplausos. Pero él no parecía prestar atención.

Miró al chico sin verlo y, lentamente, se llevó las manos a las orejas.

–¿No los oyes? –dijo.

Los magos se quedaron en silencio. Cardante seguía teniendo poder, y su tono de voz había domesticado a un trueno.

Los ojos de Coin brillaron.

–No oigo nada –dijo.

Cardante se volvió hacia los otros magos.

–¿Vosotros tampoco los oís?

Todos sacudieron la cabeza.

–¿El qué, hermano? –preguntó uno de ellos.

Cardante sonrió. Era una sonrisa amplia, enloquecida. Hasta Coin retrocedió.

–Pronto los oiréis –dijo–. Habéis creado un faro para que se orienten. Todos los oiréis. Pero no los oiréis mucho tiempo.

Apartó a un lado a los magos más jóvenes, que lo sostenían, y avanzó hacia Coin.

–Estás vertiendo rechicería en el mundo, y hay cosas que vienen con ella –dijo–. En el pasado algunos magos les abrieron camino, ¡pero tú les has asfaltado una avenida!

Dio un salto hacia el frente y le quitó el cayado negro de entre las manos. Lo blandió en el aire para destrozarlo contra la pared.

Cardante se quedó rígido cuando el cayado contraatacó. En aquel momento, su piel empezó a llenarse de ampollas...

La mayor parte de los magos consiguieron apartar la vista. Unos pocos (hay gente para todo), observaron con fascinación.

Coin también lo observó. Sus ojos se abrieron de par en par. Se llevó una mano a la boca. Trató de retroceder. No pudo.

—Son cúmulos.

—Maravilloso —dijo Nijel con voz débil.

EL PESO NO TIENE NADA QUE VER. MI CORCEL HA
TRANSPORTADO EJÉRCITOS. MI CORCEL HA TRANSPOR-
TADO CIUDADES. SÍ, HA TRANSPORTADO TODAS LAS
COSAS, CADA UNA EN SU DEBIDO TIEMPO —dijo la Muer-
te—. PERO NO PIENSO LLEVAROS A LOS TRES.

—¿Por qué no?

ES CUESTIÓN DE IMAGEN.

—Pues sí que vamos a dar una buena imagen si no
nos llevas —bufó Guerra—. El Jinete y los Tres Peatones
del Apocrilipsis.

—*Podríais pedirles que nos esperasen* —sugirió Peste,
cuya voz sonaba como si goteara por el fondo de un
ataúd.

TENGO MUCHO TRABAJO POR DELANTE —dijo la
Muerte. Hizo chirriar los dientes—. ESTOY SEGURO DE
QUE OS LAS ARREGLARÉIS, COMO SIEMPRE.

Guerra contempló el caballo que se alejaba.

—A veces me pone histérico. ¿Por qué tiene que
decir siempre la última palabra?

—*La fuerza de la costumbre.*

Volvieron a entrar en la taberna. No dijeron nada
durante un rato.

—¿Dónde está Hambre? —preguntó Guerra al final.

—*Ha ido a buscar la cocina.*

—Oh.

Guerra dio pataditas al suelo con la bota blindada, y
pensó en la distancia que los separaba de Ankh. Hacía
un calor endiablado aquella tarde. El Apocrilipsis
podía esperar.

—¿Qué tal si nos tomamos la última? —sugirió.

—¿*Tú crees?* —dudó Peste—. *Me parece que nos esperan. Y a mí no me gusta dejar plantada a la gente.*

–Tenemos tiempo para tomarnos una rapidita, seguro –insistió Guerra–. Los relojes de las tabernas nunca van bien. Tenemos tiempo. Todo el tiempo del mundo.

Cardante se derrumbó de bruces en el brillante suelo blanco. El cayado se le escapó de las manos y se enderezó él solo.

Coin tanteó el cuerpo inerte con un pie.

–Se lo advertí –dijo–. Le advertí de lo que pasaría si volvía a tocarlo. ¿A quién se refería?

Hubo un momento de tosecillas y una considerable inspección de uñas.

–¿Qué quiso decir? –insistió Coin.

Ovin Casiapenas, licenciado en Sabiduría, volvió a encontrarse con que los magos que lo rodeaban se apartaban como la niebla matutina con el sol. Sin moverse, parecía haber dado un paso al frente. Los ojos le giraron en las órbitas como animales atrapados.

–Eh... –empezó. Movió las manos vagamente–. Bueno, el mundo, o sea, la realidad donde vivimos, de hecho, es, en cierto modo, una hoja de goma.

Titubeó, consciente de que aquella frase no aparecería en ningún libro de citas célebres.

–Por tanto –se apresuró a seguir–, se distorsiona, no, mejor dicho, se da de sí cuando hay magia en cualquier grado, y si pones demasiado potencial mágico en un solo punto, claro, en un punto concreto, empujas a la realidad, ya sabes, hacia abajo, aunque por supuesto no hay que entenderlo de manera literal, porque de ninguna manera trato de sugerir que exista una dimensión física, y algunos afirman que una presión excesiva de magia puede, por poner un ejemplo, romper la realidad en el punto más frágil y ofrecer, quizá, un camino de entrada a los habitantes del plano inferior, que los deslenguados denominan Dimensión Mazmorra, quienes, quizá por la diferencia de niveles de energía, se ven atraídos por el brillo de este mundo. De nuestro mundo.

Hubo la típica pausa larga que solía seguir a los discursos de Casiapenas, mientras todos intentaban insertar comas mentalmente y unificar las frases fragmentadas.

Los labios de Coin se movieron en silencio.

–¿Quieres decir que la magia atrae a esas criaturas? –preguntó al final.

Ahora su voz era diferente. Le faltaba la agresividad anterior. El cayado gravitaba sobre el cuerpo inerte de Cardante, y rotaba muy despacio. Los ojos de todos los magos estaban clavados en él.

–Eso parece –asintió Casiapenas–. Los que se dedican al estudio de tales fenómenos dicen que su presencia viene precedida por unos murmullos continuados en tono grave.

Coin le miró, inseguro.

–Dice que zumban –aportó uno de los magos.

El niño se arrodilló y examinó atentamente a Cardante.

–Está muy quieto –señaló con cautela–. ¿Le sucede algo malo?

–Puede ser –respondió Casiapenas con no menos cautela–. Está muerto.

–Ojalá no lo estuviera.

–Sospecho que él opina lo mismo.

–Pero puedo ayudarle.

Extendió las manos y el cayado voló hacia ellas. Si hubiera tenido un rostro, estaría sonriendo con presunción.

Cuando Coin habló de nuevo, su voz volvía a tener el tono lejano de quien habla desde una cámara de acero.

–Si el fracaso no tuviera castigo, el éxito no sería una recompensa –dijo.

–Lo siento, me he perdido –respondió Casiapenas.

Coin giró sobre sus talones y volvió a su silla.

–No tenemos nada que temer –dijo, aunque casi parecía más una orden–. ¿Qué más dan esas Dimensiones Mazmorra? Si nos molestan, ¡acabamos con ellas! ¡Un auténtico mago no tiene miedo a nada! ¡A nada!

Se puso en pie de nuevo y avanzó a zancadas hacia el pequeño Disco. La imagen era perfecta hasta en el menor detalle, incluso había una sombra de Gran A'Tuin nadando lentamente por las profundidades interestelares, a varios centímetros por encima del suelo.

Coin hizo un gesto desdeñoso con la mano.

–Nuestro mundo viene de la magia –dijo–. ¡Nada en él puede alzarse contra nosotros!

Casiapenas pensó que se esperaba alguna respuesta por su parte.

–Nadie, nadie –asintió–. A excepción de los dioses, claro está.

Se hizo un silencio de muerte.

–¿Los dioses? –preguntó Coin con tranquilidad.

–Sí, claro. Los dioses. Nunca desafiamos a los dioses. Ellos se ocupan de sus asuntos y nosotros de los nuestros. No tendría sentido...

–¿Quién manda en el Disco? ¿Los magos o los dioses?

Casiapenas pensó a toda velocidad.

–Oh, los magos. Claro. Pero bueno, como si dijéramos supeditados a los dioses.

Cuando uno mete la bota en arenas movedizas es bastante desagradable. Pero no tan desagradable como meter también la otra bota y darse cuenta de cómo ambas desaparecen absorbidas por la tierra. Casiapenas se acababa de lanzar con todo su peso.

–La magia es más bien...

–Entonces, ¿no somos tan poderosos como los dioses? –dijo Coin.

Algunos de los magos, al fondo del grupo, empezaron a removerse inquietos.

–Bueno. Sí y no –respondió Casiapenas, metido ya hasta las rodillas.

La verdad era que los magos se ponían bastante nerviosos cuando se trataba de cosas relacionadas con los dioses. Los dioses que moraban en Cori Celesti nunca habían especificado sus opiniones sobre la magia ceremonial, por ejemplo. Lo malo era que, cuando algo no les gustaba, no se limitaban a lanzar una indirecta, así que el sentido común les dictaba que era muy poco inteligente obligar a los dioses a tomar una decisión.

–Parece que no estamos muy seguros –siguió Coin.

–Mi consejo es... –empezó Casiapenas.

Coin hizo un movimiento con la mano. Los muros desaparecieron. Los magos estaban en la cima de la torre de rechicería, y todos volvieron la vista a la vez hacia el lejano pináculo de Cori Celesti, hogar de los dioses.

–Cuando ya se ha derrotado a todo el mundo, sólo queda combatir a los dioses –dijo Coin–. ¿Los habéis visto alguna vez?

Hubo un coro de negativas titubeantes.

–Os los mostraré.

–¿Te cabe otra, muchacho? –preguntó Guerra.

–*Deberíamos marcharnos ya* –tartamudeó Peste, sin mucha convicción.

–Oh, vamos...

–*Bueno, una a medias. Y luego nos vamos, pero en serio*.

Guerra le dio una palmada en la espalda y miró a Hambre.

–Y pidamos también otras quince bolsas de cacahuetes –añadió.

–Oook –concluyó el bibliotecario.

–Ah –asintió Rincewind–. Así que el problema es el cayado.

–Oook.

–¿No ha intentado quitárselo nadie?

–Oook.

–¿Y qué ha pasado?

–*Eeek.*

Rincewind gimió.

El bibliotecario había apagado su vela porque la mera presencia de la llama ponía nerviosos a los libros, pero ahora que Rincewind se había acostumbrado a la oscuridad se daba cuenta de que al fin y al cabo la torre no estaba tan oscura. El suave brillo octarino procedente de los volúmenes llenaba el interior con algo que, sin ser exactamente luz, era una negrura en la que se podía ver. De cuando en cuando, se oía el crujido de las páginas resecas.

–Así que, en resumidas cuentas, nuestra magia no .puede derrotarlo, ¿verdad?

El bibliotecario lanzó un oook de asentimiento desconsolado, y siguió girando lentamente sobre su trasero.

–Entonces esto no tiene sentido. No sé si te habrás dado cuenta de que, en cuestiones de magia, no soy lo que se dice un superdotado. O sea, que si entablamos un duelo, la cosa se desarrollará en dos partes: primero diré «Hola, soy Rincewind», y segundo él me volará en pedazos.

–Oook.

–Y ahora tú me dices que no puedo contar más que con mis propios medios.

–Oook.

–Muchas gracias.

Gracias a su propio brillo, Rincewind examinó los libros que se habían amontonado junto a las paredes de la antigua torre.

Suspiró y se dirigió hacia la puerta, aunque aminoró considerablemente la marcha a medida que se acercaba a ella.

–Bueno, ya me voy –dijo.

–Oook.

–A enfrentarme a quién sabe qué peligros espantosos –añadió–. A dar mi vida por la humanidad...

–Eeek.

–Bueno, por los bípedos...

–Guau.

–... y por los cuadrúpedos, de acuerdo. –Lanzó una mirada al tarro del patricio–. Y por los lagartos. ¿Puedo marcharme ya?

El cielo estaba despejado, pero un vendaval soplaba cuando Rincewind echó a andar hacia la torre de rechicería. Sus altas puertas blancas estaban tan cerradas que casi no se veía el perfil en la lechosa superficie de la piedra.

Las golpeó, pero no sucedió nada. Las puertas parecían absorber el sonido.

–Perfecto –murmuró para sus adentros.

Entonces, se acordó de la alfombra. Estaba donde la había dejado, otro síntoma de que Ankh cambiaba por momentos. En los días de ladrones antes de la llegada del rechicero, nada se quedaba mucho tiempo allí donde lo dejabas. Al menos, nada que se pueda poner por escrito.

La desenrolló sobre los guijarros de manera que los dragones dorados destacaran sobre el fondo azul, a menos, claro, que los dragones azules estuvieran volando sobre un cielo dorado.

Se sentó.

Se levantó.

Se sentó de nuevo, se arremangó la túnica y, con

cierto esfuerzo, se quitó un calcetín. Luego volvió a ponerse la bota y recorrió los alrededores hasta dar con medio ladrillo, enterrado entre los cascotes. Lo insertó en el calcetín y lo blandió de manera tentativa.

Rincewind se había criado en Morpork. Cuando un morporkiano pelea, le gusta tener una diferencia numérica de veinte contra uno, pero si no puede contar con eso, un ladrillo en un calcetín y un callejón donde acechar eran mejores que dos espadas mágicas.

Volvió a sentarse.

–Arriba.

La alfombra no respondió. Rincewind examinó el estampado, incluso levantó una esquina de la alfombra para averiguar si se veía mejor por el otro lado.

–Muy bien –suspiró–. Abajo. Muy, muy despacio. Abajo.

–Mosquitos –tartamudeó Guerra–. Eran mosquitos.

–El casco que llevaba golpeó la barra con un golpe retumbante. Volvió a alzar la cabeza–. Mosquitos.

–Nonono –insistió Hambre, alzando un flaco dedo inseguro–. Era otro bisho... billo... animal pequeño. Hormigas. O gusanos. ¿Ciempiés? Algo así. Pero no eran mosquitos.

–*Cucarashas* –aportó Peste al tiempo que se caía suavemente de su asiento.

–Bueeeno –dijo Guerra sin hacerle caso–. Empecemos otra vez. Desde el principio.

Marcó el ritmo golpeando el vaso con los nudillos.

–Estaba... el animalito sin identificar... sentado cantando debajo del agua...

–*Tatatashán...* –murmuró Peste desde el suelo.

Guerra sacudió la cabeza.

–No es lo mismo. Sin él no es lo mismo. Tiene mejor oído.

—*Tatatashán* —repitió Peste.

—Oh, cállate —replicó Guerra, buscando la botella con mano insegura.

El vendaval soplaba también en la cima de la torre, era un viento caliente, desagradable, que susurraba con voces extrañas y frotaba la piel como un papel de lija.

En el centro de ella Coin sostenía el cayado por encima de su cabeza. Un polvillo fino flotaba en el aire, y los magos veían las líneas de fuerza mágica que brotaban de él.

Se curvaron para formar una inmensa burbuja que se expandió hasta ser más grande que la ciudad. Y dentro de ella aparecieron formas. Eran formas cambiantes, indistintas, vibrantes, tan horribles como visiones en un espejo distorsionado, sin más sustancia real que los anillos de humo o las imágenes formadas por las nubes, pero a todos les resultaron temiblemente familiares.

Por un momento, apareció el perfil colmilludo de Offler. Durante un instante divisaron con claridad a Io el Ciego, jefe de los dioses, con sus ojos orbitando en torno a él.

Coin murmuró algo entre dientes, y la burbuja empezó a contraerse. Se agitaba mientras las cosas encerradas en ella trataban de salir, pero no podían evitar que su espacio se redujera más y más.

Ahora era más grande que los terrenos de la Universidad.

Ahora era más alto que la torre.

Ahora tenía la altura de dos hombres y un color grisáceo.

Ahora era como una perla iridiscente, del tamaño de... bueno, del tamaño de una perla grande.

El vendaval cesó para ser sustituido por una calma pesada, silenciosa. El aire mismo gemía por la tensión.

La mayor parte de los magos estaban tendidos de bruces en el suelo, presionados por las fuerzas que habían invadido el aire y absorbido todo el sonido como un universo de plumas, pero todos oían los latidos de su corazón, tan fuertes como para derribar la torre.

–Miradme –ordenó Coin.

Todos volvieron la vista hacia arriba. No había manera de desobedecer.

Tenía en una mano la brillante esfera. En la otra sostenía el cayado, de cuyos extremos brotaba humo.

–Los dioses –proclamó–, aprisionados en un pensamiento. Y quizá nunca fueron más que un sueño. –Su voz se tornó más antigua, más profunda–. Magos de la Universidad Invisible, ¿no os he dado acaso dominio absoluto?

Tras ellos, la alfombra se elevó lentamente junto a la torre, mientras Rincewind intentaba conservar el equilibrio por todos los medios. En sus ojos se reflejaba el horror natural en cualquiera que se encuentre sobre varias hebras de hilo y muchos cientos de metros de aire.

Coin lo vio reflejado en las miradas atónitas de los magos reunidos. Se volvió cuidadosamente y miró al mago tembloroso.

–¿Quién eres? –preguntó.

–He venido –respondió Rincewind casi sin tartamudear– a desafiar al rechicero. ¿Cuál de ellos es...?

Examinó a los magos postrados, sopesando el ladrillo en una mano.

Casiapenas se arriesgó a alzar la vista, e hizo frenéticos movimientos con las cejas. Ni en sus mejores momentos era Rincewind lo que se dice un experto en interpretar la comunicación no verbal. Aquél no era uno de sus mejores momentos.

–¿Con un calcetín? –dijo Coin–. ¿Para qué sirve un calcetín?

El brazo con el que sostenía el cayado se alzó. Coin se lo miró, no sin cierto asombro.

–No, espera –dijo–. Quiero hablar con este hombre.

Miró a Rincewind, que se tambaleaba bajo los efectos del insomnio, el pavor y la resaca de la sobredosis de adrenalina.

–¿Es mágico? –preguntó con curiosidad el chico–. ¿Es quizá un calcetín de un archicanciller? ¿Un calcetín con poderes?

Rincewind lo miró.

–No, me parece que no –respondió–. Lo compré en una tienda, creo recordar. Mmm. Y tengo otro.

–Pero ¿no lleva algo pesado en la punta?

–Mmm. Sí. Medio ladrillo.

–¿Tiene mucho poder?

–Eh... pues sirve de pisapapeles. Si tuvieras otro y los pegaras, podrías hacer un ladrillo.

Rincewind hablaba lentamente. Estaba asimilando la situación mediante una desagradable ósmosis, y veía cómo el cayado giraba ominosamente en la mano del chico.

–Vaya. Así que es un vulgar ladrillo dentro de un vulgar calcetín. Y en conjunto forman un arma.

–Mmm. Sí.

–¿Cómo funciona?

–Mmm. Lo haces girar. Y luego golpeas algo. Aunque a veces te golpeas tú solo.

–¿Y luego destruye media ciudad? –quiso saber Coin.

Rincewind miró los ojos dorados del chico, y luego clavó la vista en su calcetín. Se lo había quitado y puesto varias veces al año, durante muchos años. Tenía zurcidos que había llegado a conocer y a am... bueno, a conocer. Algunos de los zurcidos incluso tenían allí su propia familia de zurciditos. Había muchas descripciones posibles para el calcetín, pero «destructor de ciudades» no estaba entre ellas.

–La verdad es que no –dijo por fin–. Puede matar a la gente, pero no afecta a los edificios.

La mente de Rincewind estaba funcionando a la velocidad de la deriva continental. Parte de ella le decía que se estaba enfrentando al rechicero, pero estaba en conflicto directo con las otras partes. Rincewind había oído muchas historias sobre el poder del rechicero, sobre el cayado del rechicero, sobre la maldad del rechicero, etcétera. Lo único que nadie le había mencionado era la edad del rechicero.

Miró el cayado.

–¿Y eso, qué hace? –preguntó.

Debes matar a este hombre, dijo el cayado.

Los magos, que se habían puesto en pie cautelosamente, se dejaron caer de bruces otra vez.

La voz del sombrero ya había sido bastante mala, pero la del cayado era metálica y precisa; no parecía estar dando un consejo, sino explicando cómo debía ser el futuro. Y era imposible pasarla por alto.

Coin levantó un brazo, y titubeó.

–¿Por qué? –preguntó.

No me desobedezcas.

–No tienes que hacerle caso –se apresuró a señalar Rincewind–. No es más que un objeto.

–No entiendo por qué tengo que hacerle daño –insistió Coin–. Parece inofensivo. Como un conejito furioso.

Nos desafía.

–¿Yo? Qué va –replicó Rincewind escondiendo la mano del calcetín tras la espalda, al tiempo que fingía no haber oído lo del conejito.

–¿Por qué tengo que hacer todo lo que me dices? –gritó Coin al cayado–. Siempre te estoy obedeciendo, y eso no sirve de nada a la gente.

La gente debe temerte. ¿Es que no has aprendido nada de lo que te he enseñado?

–Pero es que es tan gracioso... Tiene un calcetín.

Gritó, y su brazo se retorció de manera extraña. A Rincewind se le pusieron los pelos de punta.

Harás lo que se te ordene.

–No.

Ya sabes lo que les pasa a los niños malos.

Se oyó un chisporroteo, y el aire se impregnó del olor a carne quemada. Coin cayó de rodillas.

–Eh, un momento... –empezó Rincewind.

Coin abrió los ojos. Aún eran dorados, pero tenían chispitas marrones.

Rincewind blandió el calcetín en un amplio arco que conectó con la parte central del cayado. Tras la breve explosión de polvo de ladrillo y lana quemada, todos vieron que el chico ya no lo tenía en la mano. Los magos se dispersaron apresuradamente cuando cayó rodando al suelo.

Llegó hasta la baranda, rebotó hacia arriba y salió disparado por el borde.

Pero, en vez de caer, se quedó firme en el aire, giró sobre sí mismo y embistió contra ellos dejando un rastro de chispas octarinas y zumbando como una sierra eléctrica.

Rincewind escuchó al niño conmocionado con su cuerpo, dejó caer el destrozado calcetín y sacudió el sombrero salvajemente mientras el cayado se precipitaba hacia él. Le acertó en una sien con un golpe tal que casi le soldó los dientes y lo derribó como si fuera un arbolillo enclenque.

El cayado giró de nuevo en el aire. Ahora brillaba al rojo vivo. Cogió impulso para un ataque definitivo.

Rincewind logró incorporarse sobre los codos y contempló, entre horrorizado y fascinado, cómo rasgaba el aire gélido... aunque no lograba entender por qué había de pronto tantos copos de nieve.

El tiempo se deceleró hasta detenerse, como un fonógrafo al que hubieran dado poca cuerda.

Rincewind alzó la vista hacia la alta figura vestida de negro que había aparecido a un par de metros.

Por supuesto, era la Muerte.

Giró sus brillantes órbitas oculares hacia Rincewind.

BUENAS TARDES –dijo con una voz como el derrumbamiento de abismos submarinos.

Se volvió como si hubiera zanjado todos los asuntos pendientes por el momento, contempló el horizonte unos instantes y empezó a dar golpecitos ociosos con un pie. Sonaban como si los diera con un saco de maracas.

–Eh... –empezó Rincewind.

La Muerte pareció acordarse de él.

¿DISCULPA? –dijo educadamente.

–Siempre me había preguntado cómo sería –dijo Rincewind.

La Muerte se sacó un reloj de arena de entre los misteriosos pliegues de su túnica de ébano, y lo consultó.

¿SÍ? –inquirió vagamente.

–Supongo que no tengo derecho a quejarme –siguió con tono virtuoso–. He tenido una buena vida. Bueno, una vida pasable. –Titubeó–. La verdad es que no ha sido nada buena. La mayor parte de la gente diría que ha sido una vida asquerosa. –Meditó un momento más–. Yo mismo lo diría –añadió, casi para sí mismo.

PERO ¿DE QUÉ ESTÁS HABLANDO?

Rincewind se quedó desconcertado.

–¿No apareces tú cada vez que un mago está a punto de morir?

POR SUPUESTO. Y LA VERDAD ES QUE TUS AMIGOS ME ESTÁN DANDO UN DÍA..., VAYA DÍA.

–¿Cómo te las arreglas para estar en tantos lugares a la vez?

CON UNA BUENA ORGANIZACIÓN.

El tiempo regresó. El cayado, que había estado suspendido en el aire a pocos metros de Rincewind, reanudó su camino hacia él.

Y sonó un golpe metálico cuando Coin lo agarró en vuelo con una mano.

El cayado emitió un sonido como el de un millar de uñas rascando una superficie de cristal. Se agitó salvajemente de arriba abajo, sacudiendo el brazo que lo sostenía. Toda su longitud floreció con un maligno fuego verde.

Vaya. Así que en el último momento, me fallas.

Coin gimió, pero siguió agarrándolo hasta que el metal entre sus dedos pasó a ser rojo, luego blanco.

Extendió el brazo, y la energía humeante del cayado brotó con un rugido, arrancó chispas de sus cabellos, dio formas horripilantes a su túnica. El niño gritó, blandió el cayado y lo estrelló contra el parapeto, dejando una larga línea burbujeante en la piedra.

Luego, lo tiró. Se estrelló contra las piedras, rodó y se detuvo en el camino que le habían dejado precipitadamente los magos.

Coin cayó de rodillas, temblando.

—No me gusta matar a la gente —dijo—. Estoy seguro de que no está bien.

—No cambies nunca de opinión —recomendó Rincewind fervorosamente.

—¿Qué le pasa a la gente cuando se muere?

Rincewind alzó la vista hacia la Muerte.

—Ésa te toca responderla a ti.

NO PUEDE VERME NI OÍRME —señaló la Muerte—. NO PODRÁ HASTA QUE NO QUIERA.

Se oyó un leve tintineo. El cayado rodaba de nuevo hacia Coin, que lo miró horrorizado.

Recógeme.

—No tienes que hacerlo —dijo Rincewind.

No puedes resistirte a mí. No puedes derrotarte a ti mismo –le espetó el cayado.

Muy despacio, Coin extendió la mano y lo recogió.

Rincewind echó un vistazo a su calcetín. No era más que un jirón de lana quemada. Su breve carrera como arma de guerra lo había dejado más allá de la ayuda de cualquier aguja de zurcir.

Ahora, mátalo.

Rincewind contuvo el aliento. Los magos que miraban contuvieron el aliento. Hasta la Muerte, que no podía contener nada por mucho que lo intentase, agarró su guadaña con más fuerza.

–No –replicó Coin.

Ya sabes lo que les pasa a los niños malos.

Rincewind vio cómo el rostro del rechicero palidecía.

La voz del cayado cambió. Ahora, era sugerente.

Sin mí, ¿quién te dirá lo que debes hacer?

–Eso es cierto –dijo Coin lentamente.

Mira lo que has conseguido.

El niño contempló los rostros asustados que lo rodeaban.

–Ya lo veo.

Te he enseñado todo lo que sé.

–Empiezo a pensar que no sabes lo suficiente.

¡Ingrato! ¿Quién te dio tu destino?

–Tú. –El chico alzó la cabeza–. Me doy cuenta de que he cometido un error –añadió con tranquilidad.

Bien...

–¡No te lancé suficientemente lejos!

Coin se puso en pie ágilmente y blandió el cayado por encima de su cabeza. Se quedó inmóvil como una estatua, con la mano perdida en una esfera de luz que era del color del cobre fundido. La luz se tornó verde, pasó por todos los tonos del azul, se desvió hacia el violeta y luego se transformó en octarino puro.

Rincewind se protegió los ojos del brillo, y vio la mano de Coin, todavía entera, todavía aferrada, con perlas de metal fundido brillando entre sus dedos.

Retrocedió y tropezó con Casiapenas. El viejo mago estaba de pie, inmóvil, boquiabierto.

–¿Qué pasará? –preguntó Rincewind.

–Nunca lo vencerá –dijo Casiapenas con voz ronca–. Es suyo. Es tan fuerte como él. El niño tiene el poder, pero el cayado sabe cómo canalizarlo.

–¿Quieres decir que se cancelarán mutuamente?

–Eso espero.

La batalla quedaba oculta en su propio brillo infernal. En aquel momento, el suelo empezó a temblar.

–Están aprovechando todo lo mágico –señaló Casiapenas–. Más vale que nos vayamos de la torre.

–¿Por qué?

–Porque desaparecerá de un momento a otro.

Y así era, las losas blancas que rodeaban la zona resplandeciente ya empezaban a vibrar y a desaparecer dentro de ella.

Rincewind titubeó.

–¿No le vamos a ayudar?

Casiapenas le miró, luego contempló la iridiscencia. Abrió y cerró la boca un par de veces.

–Lo siento –dijo.

–Le hará falta una ayudita, ya has visto lo que puede hacer esa cosa...

–Lo siento.

–Él te ayudó a ti. –Rincewind se volvió contra los otros magos, que se alejaban apresuradamente–. Os ayudó a todos. Os dio lo que queríais, ¿no?

–Quizá nunca se lo perdonemos –replicó Casiapenas.

Rincewind gimió.

–¿Qué quedará cuando todo esto acabe? ¿Qué quedará?

Casiapenas bajó la vista.

–Lo siento –repitió.

La luz octarina era cada vez más brillante, empezaba a tornarse negra por los bordes. Pero no era esa negrura que es lo opuesto a la luz. Era la negrura granulosa, cambiante, que brilla más allá de la realidad y no tiene nada que hacer en una realidad decente. Y zumbaba.

Rincewind ejecutó un breve baile de inseguridad mientras sus pies, sus piernas, sus instintos y su increíblemente desarrollado sentido de la autoconservación sobrecargaban su sistema nervioso hasta el punto de fusión. Y así fue como su conciencia ganó la partida.

Saltó hacia el fuego y cogió el cayado.

Los magos huyeron. Algunos de ellos bajaron de la torre levitando.

Demostraron ser mucho más perspicaces que los que utilizaron las escaleras, porque, unos treinta segundos más tarde, la torre desapareció.

La nieve siguió cayendo en torno a la columna de negrura, que zumbaba.

Y los magos supervivientes que se atrevieron a alzar la vista vieron cómo del cielo descendía un pequeño objeto en llamas. Fue a estrellarse contra las piedras, donde humeó unos instantes antes de que la nieve lo apagara.

Poco más tarde no era más que un pequeño montículo.

Más tarde todavía, una figura recia recorrió el patio arrastrando los nudillos, rascó la nieve y desenterró el objeto.

Era, o más bien había sido, un sombrero. La vida no lo había tratado bien. Gran parte del ala ancha estaba quemada, la punta había desaparecido por completo y las letras plateadas resultaban casi ilegibles. Con las que quedaban se podía leer ECHIC.

El bibliotecario se volvió lentamente. Estaba solo, a excepción de la columna de ardiente negrura y los copos de nieve que caían con regularidad.

El asolado campus estaba desierto. Quedaban unos cuantos sombreros puntiagudos, pisoteados en una huida aterrada, pero ningún otro signo de que allí hubiera habido gente.

El valor no era una de las virtudes de los magos.

–¿*Guerra?*

–¿Mmmmnzzz?

–¿*No teníamos..., no teníamos que hacer algo?*

Peste tanteó en busca de su vaso.

–¿El qué?

–Deberíamos..., teníamos que hacer algo, lo sé –intervino Hambre.

–Es verdad. Una cita...

–El... –Peste contempló pensativo su bebida–. *El Nosequé.*

Contemplaron la barra del bar. El posadero había huido hacía rato. Había muchas botellas todavía sin abrir.

–El Quimbombo –dijo Hambre al final–. Eso era.

–*Naaa.*

–El Apos... el Apóstrofo –sugirió Guerra vagamente.

Los dos sacudieron las cabezas. Hubo una larga pausa.

–¿*Qué significa «apóstrofo»?* –preguntó Peste, contemplando fijamente su mundo interior.

–Astringente –respondió Guerra–. Me parece.

–*Entonces no era eso, ¿verdad?*

–Creo que no –reconoció Hambre.

Se hizo otro silencio largo, embarazoso.

–Será mejor que nos tomemos otra –suspiró Guerra, al tiempo que se levantaba como podía.

–*Buena idea.*

A unos setenta y cinco kilómetros de distancia y miles de metros de altura, Conina consiguió por fin controlar su caballo robado y hacerlo trotar suavemente por el aire, con un despliegue de la más determinada indiferencia que el Disco había visto jamás.

–¿Nieve? –se sorprendió.

Las nubes rugían en silencio desde el Eje. Eran gruesas y pesadas, y no deberían estar moviéndose tan deprisa. Las tempestades las seguían y cubrían el paisaje como una sábana espesa.

No era de ese tipo de nieve que cae dulcemente en lo más oscuro de la noche, dejando un paisaje que por la mañana será una deslumbrante postal de belleza etérea. Era de esa nieve que intenta dejar un mundo tan jodidamente frío como le sea posible.

–Un poco tardía –asintió Nijel.

Miró hacia abajo, y al momento cerró los ojos.

–Creosoto lo miraba todo, con asombrado deleite.

–¿Así es la nieve? –preguntó–. Había oído hablar de ella en los cuentos. Pero pensaba que nacía del suelo. Como los champiñones, o algo así.

–Esas nubes no son normales –replicó Conina.

–¿Os importa que bajemos ya? –preguntó Nijel débilmente–. Al menos cuando estábamos en marcha no daba tanto miedo...

Conina no le hizo caso.

–Prueba con la lámpara –ordenó–. Quiero saber qué pasa.

Nijel rebuscó en su bolsa y sacó la lámpara.

La voz del genio sonó bastante baja y lejana.

–Calma, un momento, calma... estoy intentando contactar con vosotros.

Luego oyeron una musiquita tintineante, la música que emitiría un chalet suizo si se pudiera tocar como un instrumento, antes de que una trampilla se dibujara en el aire y apareciera el genio. Éste miró a su alrededor, luego clavó la vista en ellos.

–Vaya –dijo.

–Algo sucede con el clima –dijo Conina–. ¿Qué es?

–¿Quieres decir que no lo sabéis?

–Si lo supiéramos, no preguntaríamos.

–Bueno, no soy quién para juzgar, pero esto parece el Apocrilipsis.

–¿Qué?

El genio se encogió de hombros.

–Los dioses han desaparecido, ¿no? –dijo–. Y según..., bueno, ya sabéis, las leyendas, eso significa...

–Los Gigantes del Hielo –susurró Nijel horrorizado.

–¡Más alto! –pidió Creosoto.

–Los Gigantes del Hielo –repitió Nijel, algo irritado–. Los dioses los mantienen prisioneros. En el Eje. Pero, cuando el mundo se acabe, se liberarán y cabalgarán sobre sus temibles glaciares, para recuperar sus antiguos dominios y aplastar las llamas de la civilización hasta que el mundo yazga desnudo y helado bajo unas estrellas gélidas y el Tiempo mismo se congele. O algo así.

–Pero aún no es el momento del Apocrilipsis –intervino Conina a la desesperada–. Es decir, antes tiene que alzarse un temible dominador, debe haber una guerra terrible, los cuatro jinetes oscuros tienen que cabalgar, luego las Dimensiones Mazmorra irrumpirán en el mundo...

Se interrumpió, con el rostro casi tan blanco como la nieve.

–Pues quedar enterrados bajo trescientos metros de hielo se parece demasiado a eso que describes –señaló el genio.

Cogió la lámpara de manos de Nijel.

–Lo siento mucho, pero es hora de liquidar mis existencias en esta realidad. A ver si volvemos a vernos. Bueno... ya me entendéis.

Desapareció hasta la cintura, y después, con un último grito («¡Siento lo de la comida!»), se esfumó por completo.

Los tres jinetes contemplaron la nieve proveniente del Eje.

–Puede que sean imaginaciones mías –dijo Creosoto–. Pero ¿no oís una especie de quejidos y gemidos?

–Cállate –le ordenó Conina.

Creosoto le dio unas palmaditas cariñosas en la mano.

–Anímate, mujer –dijo–. No es el fin del mundo. –Consideró un instante esta última afirmación–. Lo siento. Es una forma de hablar, ya me entiendes.

–¿Qué podemos hacer? –gimió la chica.

Nijel respiró hondo.

–Creo que debemos ir a explicarles el asunto.

Se volvieron hacia él con la expresión de rostro que se suele reservar para los mesías o para los idiotas redomados.

–Sí –insistió el chico con más confianza–. Tenemos que explicárselo.

–¿Explicárselo... a los Gigantes del Hielo? –susurró Conina.

–Sí.

–Perdona –insistió ella–, a ver si te he entendido bien. ¿Crees que deberíamos buscar a los aterradores Gigantes del Hielo y, en pocas palabras, decirles que había un montón de gente de cuerpo cálido que preferiría que no aplastaran el mundo bajo inmensas montañas de nieve, para que reconsideren el asunto? ¿Es eso lo que opinas?

–Sí. Exacto. Me has entendido perfectamente.

Conina y Creosoto intercambiaron miradas. Nijel siguió orgullosamente erguido en su silla, con una leve sonrisa en el rostro.

–¿Te está causando problemas tu cesta? –se interesó el serifa.

–Gesta –lo corrigió tranquilamente Nijel–. Y no, no me causa problemas. Lo que pasa es que tengo que hacer una hazaña antes de morir.

–Eso es lo malo –suspiró Creosoto–. Haces una hazaña, y luego mueres.

–¿Qué alternativa nos queda?

Los dos lo pensaron.

–No se me da muy bien explicar las cosas –suspiró Conina en un hilo de voz.

–A mí sí –respondió Nijel con firmeza–. Siempre tengo que dar explicaciones.

Las partículas dispersas de lo que había sido la mente de Rincewind se reunieron y vagaron por las capas de oscura inconsciencia, como un cadáver de tres días flotando hacia la superficie.

La mente sondeó los recuerdos más recientes, de la misma manera en que uno se rasca la costra de una herida.

Recordaba algo sobre un cayado, y un dolor tan intenso que parecía que le habían insertado un cincel entre cada célula del cuerpo y luego se los habían martilleado repetidamente.

Recordó que el cayado había huido, arrastrándolo tras él. Y luego, el momento aterrador en que la Muerte apareció, extendió la mano *a través* de él, y el cayado se retorció y cobró vida de repente.

SUPERUDITO EL ROJO, YA TE TENGO –había dicho la Muerte.

Y así estaban las cosas.

Por el tacto, Rincewind dedujo que estaba tendido en la arena. En una arena muy fría.

Se arriesgó a ver algo espantoso, y abrió los ojos.

Lo primero que vio fue su brazo izquierdo y, sorprendentemente, su mano. Era la mano mugrienta de siempre. Había esperado encontrarse con un muñón.

Parecía de noche. La playa, o lo que fuera, se extendía hacia una cadena de montañas lejanas bajo el cielo de la noche, glaseado con un millón de estrellas blancas.

Un poco más cerca de él había una tosca línea en la arena plateada. Alzó la cabeza un poco y vio las gotitas de metal fundido. Eran de octihierro, un metal tan intrínsecamente mágico que no había forja en el Disco capaz de calentarlo siquiera.

–Oh –dijo–. Así que hemos ganado.

Se desplomó de nuevo.

Tras un buen rato, alzó la mano derecha en un gesto automático y se tocó la parte superior de la cabeza. Luego se tocó los lados de la cabeza. Después, cada vez más ansioso, empezó a palpar la arena a su alrededor.

Consiguió comunicar su preocupación al resto de Rincewind, porque el mago se levantó.

–Oh, mierda –dijo.

Su sombrero no estaba por ninguna parte. Pero alcanzó a ver una pequeña forma blanca tendida inmóvil en la arena a cierta distancia, y más allá...

Una columna de luz diurna.

Zumbaba y se mecía en el aire, era un agujero tridimensional que daba a alguna parte. De cuando en cuando brotaban de ella ráfagas de nieve. La luz le permitió distinguir algunas siluetas que quizá fueran edificios, o paisajes retorcidos por alguna extraña curvatura. Pero no lo pudo ver con claridad, porque estaban rodeados de sombras altas.

La mente humana es asombrosa. Puede operar a varios niveles a la vez. Y, de hecho, mientras Rincewind desperdiciaba su intelecto gimiendo y buscando su sombrero, una parte interior de su cerebro observaba, valoraba, analizaba y comparaba.

Ahora esa zona reptó hacia su cerebelo, le dio un toquecito en el hombro, envió un mensaje a su mano y huyó a toda velocidad. El mensaje decía más o menos: Espero que, al recibo de la presente, me encuentre bien. La última ráfaga de magia fue demasiado para el atormentado tejido de la realidad. Se ha abierto un agujero. Estoy en las Dimensiones Mazmorra. Y las cosas que tengo delante son... las Cosas. Ha sido un placer conocerme.

La cosa más cercana a Rincewind medía por lo menos tres metros de altura. Parecía un caballo muerto al que hubieran reanimado al cabo de tres meses para presentarle a algunos amigos, al menos uno de los cuales tenía forma de pulpo.

No había advertido la presencia de Rincewind. Coin estaba demasiado ocupado concentrándose en la luz.

Rincewind se arrastró hacia el cuerpo inerte de Coin y lo sacudió con suavidad.

–¿Estás vivo? –preguntó–. Si no lo estás, preferiría que no me respondieras.

Coin se dio la vuelta y lo miró con ojos asombrados.

–Recuerdo... –dijo tras un momento.

–Mala suerte.

El niño tanteó la arena a su alrededor.

–Ya no está –explicó Rincewind en voz baja.

La mano se detuvo en su búsqueda.

El mago ayudó a Coin a sentarse. Éste contempló

inexpresivo la fría arena plateada, luego el cielo, después las Cosas lejanas, y por último a Rincewind.

–No sé qué hacer –dijo.

–No es para avergonzarse. Yo nunca he sabido qué hacer –replicó éste en un fallido intento de humor–. Me he pasado la vida desconcertado. –Titubeó–. Creo que a eso lo llaman ser «humano».

–¡Pero yo siempre he sabido qué hacer!

Rincewind abrió la boca para señalar que ya lo había notado, pero cambió de opinión.

–Ánimo –dijo en vez de eso–. Míralo por el lado bueno. Podría ser peor.

Coin echó otro vistazo a su alrededor.

–¿Cómo? –preguntó en un tono de voz algo más normal.

–Mmm...

–¿Dónde estamos?

–Pues es una especie de dimensión extraña. La magia se filtró hacia ella y nos arrastró.

–¿Y esas cosas?

Contemplaron las Cosas.

–Creo que son Cosas. Quieren pasar a través del agujero –dijo Rincewind–. No es fácil, por los niveles de energía y esas cosas. Recuerdo que nos dieron una charla sobre eso. Eh...

Coin asintió, y extendió una delgada mano blanca hacia la frente del mago.

–¿Te importa...? –empezó.

Rincewind se estremeció ante el toque.

–¿El qué?

¿Te importa si echo un vistazo dentro de tu cabeza?

–Aaaargh.

Esto es un caos, no me extraña que no encuentres nada.

–Eeergh.

Deberías aclararte un poco.

–Ooogh.

–Ah.

Rincewind sintió que la presencia se alejaba. Coin frunció el ceño.

–No podemos dejar que entren –anunció–. Tienen poderes horribles. Intentan agrandar el agujero, y pueden hacerlo. Esperan para entrar en nuestro mundo desde hace... –Frunció el ceño–. ¿Iones?

–Eones.

Coin abrió la otra mano, que había mantenido fuertemente apretada, y mostró a Rincewind la pequeña perla gris.

–¿Sabes qué es esto?

–Ni idea.

–Es... No me acuerdo. Pero debemos devolverla a su lugar.

–Muy bien. Usa la rechicería. Hazlos pedazos y luego nos vamos a casa.

–No. Se alimentan de magia, eso no haría más que empeorar las cosas. No puedo usar la magia.

–¿Estás seguro?

–Me temo que tu memoria era muy buena en ese tema.

–En ese caso, ¿qué hacemos?

–¡No lo sé!

Rincewind meditó un momento, y luego, con aire decidido, empezó a quitarse su otro calcetín.

–Aquí no hay medios ladrillos –dijo sin dirigirse a nadie en concreto–. Tendré que llenarlo de arena.

–¿Los vas a atacar con un calcetín lleno de arena?

–No. Voy a huir de ellos. El calcetín de arena es para cuando nos sigan.

La gente empezaba a volver a Al Khali, donde las ruinas de la torre no eran más que un montón de piedras humeantes. Unos cuantos valientes se dirigieron hacia ellas, argumentando que podría haber supervivientes a los que rescatar, o botín que saquear, o ambas cosas.

Y, entre los cascotes, se podría haber oído la siguiente conversación:

–¡Aquí abajo hay algo que se mueve!

–¿Bajo eso? ¡Por las dos barbas de Imtal, tú estás loco! ¡Debe de pesar una tonelada!

–¡Es ahí, hermanos! ¡Ayudadme!

Tras diversos jadeos y maldiciones, la discusión continuaría.

–¡Es una caja!

–¿Crees que contendrá un tesoro?

–¡Por las Siete Lunas de Nasreem, le están saliendo patas!

–Son *cinco* lunas...

–¿Adónde ha ido?

–No importa, no importa. Aclaremos esto. Según la leyenda, eran cinco lunas...

En Klatch se toman la mitología muy en serio. En lo que no creen es en la vida real.

Los tres jinetes advirtieron el cambio mientras descendían a través de las pesadas nubes en el extremo Eje de la Llanura Sto. Había un olor punzante en el aire.

–¿Lo notáis? –dijo Nijel a los otros jinetes arrugando la nariz–. Lo recuerdo de cuando era niño, me quedaba en la cama la primera mañana del invierno, se notaba en el aire...

Las nubes se abrieron bajo ellos, y allí, llenando las altas llanuras de extremo a extremo, estaban los rebaños de los Gigantes del Hielo.

Se extendían kilómetros y kilómetros en todas las direcciones, y el retumbar de su estampida llenaba el aire.

Los glaciares toros iban a la cabeza, levantando nubes de polvo en su enloquecida marcha. Tras ellos iba la gran masa de vacas y terneros, pisando por el lecho rocoso que sus líderes habían dejado al descubierto.

Se parecían tanto a los glaciares que el mundo creía conocer como un león sesteando a la sombra se parece a cien kilos de músculos bien coordinados saltando hacia ti con la boca abierta.

–... y... y... cuando ibas a la ventana...

La boca de Nijel, al faltarle información procedente del cerebro, se cerró.

–Venga –lo animó Conina–. Explícate. Será mejor que grites, claro.

Nijel miró hacia abajo.

–Me parece ver algunas figuras. Sobre las... las cosas que van a la cabeza –aportó Creosoto.

Nijel escudriñó a través de la nieve. Desde luego, había seres montados a lomos de los glaciares. Eran humanos, o humanoides, o al menos tenían brazos y piernas. Y no parecían muy grandes.

Al final resultó que era porque los glaciares sí que eran grandes, y las perspectivas no eran el fuerte de Nijel. Los caballos descendieron sobre el primer glaciar, y a medida que lo hacían resultó evidente que una de las razones de que a los Gigantes del Hielo se los llame Gigantes del Hielo es porque son... bueno, gigantes.

La otra es que son de hielo.

Una figura del tamaño de una casa grande cabalgaba en la cima de un toro, espoleándolo con una púa pegada a una larga pértiga. La figura tenía una superficie agrietada, de múltiples facetas, brillaba con todos los tonos del azul y el verde. Llevaba los rizos nevados sujetos por una fina cinta plateada, y sus ojos eran pequeños y negros, muy juntos, como trozos de carbón.*

Resonó un crujido desgarrado cuando los primeros glaciares chocaron contra un bosque. Los pájaros huyeron aterrados. La nieve y las astillas sacudieron el aire en torno a Nijel cuando galopó por el aire para situarse junto al gigante.

Carraspeó.

—Eh... perdona...

Por delante del hirviente remolino de tierra, nieve y madera destrozada, una manada de ciervos huía ciegamente, sin que al parecer sus cascos rozaran lo que quedaba de suelo.

Nijel hizo otra intentona.

—¡Eh! —llamó.

El gigante volvió la cabeza hacia él.

—¿Qué quiees? —dijo—. Apata, pesona caliente.

—Lo siento, pero... ¿crees que esto es necesario?

El gigante se volvió hacia él con gélido asombro. Dio la vuelta lentamente y contempló el resto de la manada, que parecía extenderse hasta el Eje. Clavó de nuevo la vista en Nijel.

—Sí —respondió—. Supongo que sí. Si no, ¿po qué lo hacemos?

—Es que hay un montón de gente que preferiría que no lo hicierais —explicó Nijel a la desesperada.

Una espiral de roca se alzó un instante ante el glaciar, se tambaleó unos instantes y luego desapareció.

—Hay niños, y animalitos... —añadió.

—Padeceán po causa del pogueso. Es hoa de que eclamemos el mundo —replicó el gigante—. Todo un

* Aunque ésta era la única semejanza que tenían con los ídolos construidos, por impulso de recuerdos antiguos, por los niños cuando nieva. Era más que improbable que este Gigante del Hielo fuera por la mañana un montón de hielo bulboso con una zanahoria por nariz.

mundo de hielo. Según la inevitabilidad de la histoia y el tiunfo de la temodinámica.

—Sí, pero nada os obliga a hacerlo.

—El caso es que queemos hacelo —dijo el gigante—. Los dioses se han machado, acabaemos con las cadenas de la supestición modena.

—Pues a mí eso de congelar todo el mundo no me parece muy progresista.

—A nosotos nos gusta.

—Sí, sí —replicó Nijel, con la voz maníaca de quien intenta ver un asunto desde todos los puntos de vista posibles y está seguro de que se dará con una solución si la gente de buena voluntad se reúne en torno a una mesa y discute las cosas racionalmente, como personas sensatas—. Pero ¿crees que es el momento adecuado? ¿Crees que el mundo está preparado para el triunfo del hielo?

—Más le vale —replicó el gigante.

Alzó su vara contra Nijel. No acertó al caballo, pero al chico le dio en todo el pecho y lo derribó de la silla, lanzándolo contra el glaciar. Nijel cayó girando, se estrelló contra la nieve, rodó por una de las heladas laderas entre restos de tierra y árboles.

Se puso en pie con gran esfuerzo, y escudriñó indefenso la gélida niebla. Otro glaciar se abalanzó hacia él.

Lo mismo hizo Conina. Se inclinó hacia adelante mientras su caballo cortaba la niebla, cogió a Nijel por los tirantes bárbaros de cuero y lo hizo montar ante ella.

Cuando se remontaron de nuevo, el chico lanzó un bufido.

—Menudo canalla —dijo—. Por un momento, pensé que íbamos a llegar a un acuerdo. Con algunas personas no se puede hablar.

La manada embistió contra otra colina, la dejó poco menos que plana, y la Llanura Sto, tachonada de ciudades, se extendió indefensa ante ella.

Rincewind se deslizó hacia la Cosa más cercana, agarrando a Coin con una mano y blandiendo el calcetín lleno de arena con la otra.

–¿Nada de magia, entonces? –dijo.

–Eso –asintió el chico.

–¿Pase lo que pase, no debes usar la magia?

–Exacto. Aquí, no. No tienen mucho poder mientras no usemos la magia. Pero una vez que salgan...

Dejó la frase inconclusa.

–Desagradable –asintió Rincewind.

–Terrible– lo corrigió Coin.

Rincewind suspiró. Le gustaría haber tenido aún su sombrero. Tendría que arreglárselas sin él.

–Muy bien –dijo–. Cuando grite, corre hacia la luz, ¿entiendes? Ni se te ocurra mirar hacia atrás, pase lo que pase.

–¿Pase lo que pase? –preguntó Coin, inseguro.

–Pase lo que pase. –Rincewind le dirigió una sonrisa valiente–. Sobre todo, oigas lo que oigas.

Se animó un poco al ver que la boca de Coin se transformaba en una «O» de terror.

–Y luego –continuó–, cuando vuelvas al otro lado...

–¿Qué quieres que haga?

Rincewind titubeó.

–No sé –dijo–. Lo que quieras. Tanta magia como te apetezca. Lo que sea con tal de que los detengas. Y... eh...

–¿Sí?

El mago lanzó una mirada a la Cosa, que aún contemplaba la luz.

–Si... ya sabes... si el mundo sale de ésta... bueno, si todo vuelve a la normalidad, más o menos, me gustaría que le dijeras a la gente que me quedé, más o menos. Quizá lo escriban en alguna parte, más o menos. O sea, tampoco quiero una estatua, ni nada de eso –añadió con modestia.

Pasaron unos momentos.

–Creo que deberías sonarte la nariz –añadió.

Coin lo hizo con el borde de su túnica, y luego estrechó solemnemente la mano de Rincewind.

–Si alguna vez... –empezó–. O sea, eres el primer..., ha sido un gran..., verás, yo nunca... –Su voz se apagó–. Sólo quería que lo supieras –consiguió añadir.

–Había otra cosa que quería decirte –empezó Rincewind, soltándole la mano. Se quedó con la mente en blanco un momento, luego añadió–: Oh, sí. Es muy importante que recuerdes quién eres de verdad. Es vital. No debes dejar que otros lo hagan por ti, ¿sabes? Porque siempre meten la pata.

–Trataré de recordarlo –le aseguró Coin.

–Es muy importante –repitió Rincewind, casi para sus adentros–. Ahora, lo mejor será que eches a correr.

Rincewind se acercó más a la Cosa. Aquélla en concreto tenía patas de pollo, pero por suerte la mayor parte del resto quedaba oculto bajo una cosa que parecían alas plegadas.

Le pareció que era el momento adecuado para unas cuantas últimas palabras. Lo que dijera en aquel momento sería muy importante. Quizá se lo recordara por esas palabras, quizá los niños las memorizaran, incluso era posible que las tallaran en granito.

En ese caso, más valía que no fueran palabras con letras muy complicadas de grabar, las eses por ejemplo siempre salían mal.

–Ojalá no estuviera aquí –murmuró.

Sopesó el calcetín, lo hizo girar un par de veces y golpeó a la Cosa en un lugar que esperaba fuera la rodilla.

La Cosa lanzó un chirrido agudo, se giró salvajemente batiendo las alas, lanzó un desviado picotazo a Rincewind con su cabeza de buitre, y recibió otro calcetinazo en un costado.

Rincewind se volvió a la desesperada mientras la Cosa se tambaleaba, y vio que Coin seguía de pie donde lo había dejado. Horrorizado, advirtió que el niño empezaba a caminar hacia él, con las manos alzadas instintivamente para lanzar el fuego mágico que, en aquel lugar, los condenaría a los dos.

–¡Corre ya, idiota! –gritó mientras la cosa se recuperaba y preparaba para el contraataque.

Sin saber cómo, dio con las palabras adecuadas.

–¡Ya sabes lo que les pasa a los niños malos!

Coin palideció, se dio media vuelta y echó a correr hacia la luz. Se movía despacio, luchando contra la ladera de entropía. La imagen distorsionada del mundo se volvió del revés, se elevó unos metros, luego se alejó unos centímetros...

Un tentáculo se enroscó a su pierna y lo derribó hacia adelante.

Al caer, una de sus manos tocó la nieve. Inmediatamente, se la agarró algo que parecía un cálido guante de piel, pero bajo el tacto suave había una garra de acero templado que tiró de él hacia adelante, arrastrando también a lo que fuera que lo había asido por la pierna.

La tenue luz se hizo a su alrededor, y de pronto se encontró sobre guijarros resbaladizos por el hielo.

El bibliotecario le soltó la mano y se irguió junto a Coin, esgrimiendo un trozo de viga de madera. El simio retrocedió en la oscuridad. El hombre, codo y muñeca de su mano derecha se desplegaron en una perfecta aplicación de la ley de palancas. Y, con un movimiento tan imparable con el amanecer de la inteligencia, descargó el golpe. Hubo un sonido pegajoso, un grito de dignidad ultrajada, y la ardiente presión en la pierna de Coin desapareció.

La oscura columna onduló. De ella salían graznidos y golpes, distorsionados por la distancia.

Coin se puso de pie como pudo y echó a correr de

vuelta a la oscuridad, pero esta vez el brazo del bibliotecario le bloqueó el paso.

–¡No podemos dejarlo ahí!

El simio se encogió de hombros.

De la oscuridad les llegó otro siniestro crujido, y luego un momento de silencio casi absoluto.

Pero sólo casi absoluto. A los dos les pareció oír, a lo lejos, pero claramente, el sonido de unos pies corriendo que se perdía a lo lejos.

Encontró su eco en el mundo exterior. El simio miró a su alrededor, y luego empujó a Coin apresuradamente a un lado, cuando algo cuadrado, destartalado y con cientos de patitas trotó por el patio y, sin pausa alguna, saltó a la oscuridad que desaparecía por momentos. Ésta parpadeó un último instante y se desvaneció.

Coin se liberó de la garra del bibliotecario y corrió al círculo, que ya se estaba volviendo blanco. Sus pies levantaron la arena fina.

–¡No ha salido!

–Oook –respondió el bibliotecario filosóficamente.

–Creí que saldría. Ya sabes, en el último momento.

–¿Oook?

Coin examinó los guijarros de cerca, como si con un esfuerzo de concentración pudiera cambiar lo que había visto.

–¿Está muerto?

–Oook –señaló el bibliotecario, dando a entender que Rincewind se encontraba en una zona donde las cosas como el tiempo y el espacio eran algo nebulosas, y que probablemente no servía de gran cosa especular sobre su estado actual en aquel momento, si es que se encontraba en un sitio donde la palabra «momento» tenía sentido, y por tanto quizá apareciera mañana, o vistas las circunstancias ayer, pero sobre todo que si había alguna posibilidad de sobrevivir, Rincewind sobreviviría.

–Oh –respondió Coin.

Vio cómo el bibliotecario se volvía a la Torre del Arte, y se sintió invadido por una desesperada soledad.

–¡Oye! –gritó.

–¿Oook?

–¿Qué hago ahora?

–¿Oook?

Coin señaló el desolado patio.

–Pues no sé, quizá pudiera hacer algo con todo esto –dijo con una voz en la que asomaba el terror–. ¿Crees que será buena idea? Es que yo puedo ayudar a la gente. Estoy seguro de que te gustaría volver a ser humano, ¿no?

La eterna sonrisa del bibliotecario se transformó en una mueca que dejaba al descubierto sus dientes.

–O quizá no –se apresuró a añadir Coin–, pero seguro que puedo hacer otras cosas, ¿no?

El bibliotecario lo miró un instante, luego clavó los ojos en la mano del chico. Coin se sobresaltó, sintiéndose algo culpable, y abrió los dedos.

El simio atrapó la brillante bolita plateada antes de que chocara contra el suelo, y se la acercó a un ojo. La olfateó, la sacudió suavemente y se la arrimó al oído.

Luego, alzó el brazo y la lanzó tan lejos como le fue posible.

–¿Qué...? –empezó Coin.

El bibliotecario lo empujó. El niño cayó de bruces al suelo, con el peso del simio sobre él, protegiéndolo.

La bolita alcanzó la cúspide de su arco y empezó a descender. Su perfecta trayectoria se vio interrumpida por el suelo. Hubo un sonido como el de una cuerda de arpa al romperse, se oyó el balbuceo de voces incomprensibles, una ráfaga de viento, y los dioses del Disco quedaron libres.

Estaban muy, muy furiosos.

–No podemos hacer nada, ¿verdad? –suspiró Creosoto.

–No –asintió Conina.

–El hielo va a ganar, ¿no?

–Sí –respondió Conina.

–No –respondió Nijel.

El chico temblaba de rabia, o quizá de frío, y estaba casi tan pálido como los glaciares que rugían bajo ellos. Conina suspiró.

–Bueno, ¿y cómo piensas...?

–Déjame en el suelo, a unos minutos por delante de ellos.

–No veo que vaya a servir de nada.

–No te he preguntado tu opinión –replicó Nijel con tranquilidad–. Limítate a hacerlo. Ponme un poco por delante para que tenga tiempo de prepararme.

–¿Qué vas a preparar?

Nijel no respondió.

–Te he preguntado... –insistió Conina.

–¡Cállate!

–No entiendo por qué...

–Mira –la interrumpió Nijel, con la paciencia que yace a pocos instantes del homicidio–. El hielo va a cubrir todo el mundo, ¿verdad? Todo el mundo morirá, ¿no? Excepto nosotros durante un rato más, hasta que los caballos quieran comer, o ir al lavabo o algo así. Y ese rato no nos sirve de nada, sólo a Creosoto, que a lo mejor puede componer un soneto o una cosa por el estilo sobre el frío que hace de repente. La historia de la humanidad se aproxima a su fin, y dadas las circunstancias preferiría dejar perfectamente claro que no quiero que nadie discuta mis decisiones, ¿comprendido?

Hizo una pausa para respirar. Temblaba como una goma tensa.

Conina titubeó. Abrió y cerró la boca varias veces,

como si estuviera considerando la posibilidad de argumentar en contra, pero al final se lo pensó mejor.

Encontraron un pequeño claro en un bosque de pinos, a unos dos kilómetros del frente de glaciares, aunque su rugido resultaba perfectamente audible y se divisaba una línea de vapor por encima de los árboles, por no mencionar que el suelo temblaba como un parche de tambor.

Nijel avanzó a zancadas hasta el centro del claro, y lanzó unos mandobles de práctica con la espada. Los demás lo miraron, pensativos.

–Si no os importa, me voy –susurró Creosoto a Conina–. En momentos como éste, la sobriedad pierde todos sus atractivos, y estoy seguro de que el fin del mundo tendrá mucho mejor aspecto visto a través del fondo de un vaso. Si os da igual, claro. ¿Crees en el paraíso, oh trasero de naranjo?

–No mucho, no.

–Oh –suspiró Creosoto–. En ese caso, me temo que no volveremos a vernos. Qué pena. Y todo esto por culpa de una gesta. Mmm... oye, si por alguna circunstancia improbable...

–Adiós –lo interrumpió Conina.

Creosoto asintió, deprimido. Espoleó a su caballo y desapareció sobre las copas de los árboles.

La nieve temblaba en las ramas en torno al claro. El retumbar de los glaciares que se aproximaban inundó el aire.

Nijel se sobresaltó cuando Conina le dio un toquecito en el hombro, y dejó caer la espada.

–¿Qué haces aquí? –le espetó, buscando desesperadamente la espada entre la nieve.

–Oye, no quiero ser cotilla, ni nada por el estilo –dijo Conina con suavidad–, pero... ¿qué pretendes, concretamente?

Ya divisaba un frente de nieve avanzando por el

bosque, y el ensordecedor sonido de los primeros glaciares le llenaba los oídos. Avanzando implacable sobre
los árboles llegaban los primeros bloques de hielo, tan
altos que se confundían con el azul del cielo.

–Nada –respondió Nijel–. Nada en absoluto. Tenemos que resistir, nada más. Para eso estamos aquí.

–¡Pero no servirá de nada!

–A mí sí me servirá. Y si vamos a morir de todos
modos, yo prefiero morir así. Heroicamente.

–¿Es heroico morir así? –preguntó Conina.

–Para mí, sí. Y cuando se trata de morir, sólo cuenta
una opinión.

–Oh.

Un par de ciervos galoparon por el claro, hicieron
caso omiso de los humanos en su pánico ciego, y se alejaron a toda velocidad.

–No tienes que quedarte –dijo Nijel–. Es por esto
de mi gesta, ya sabes.

Conina se examinó los dorsos de las manos.

–Creo que debo quedarme –dijo al final–. ¿Sabes?
Pensaba que, si llegábamos a conocernos mejor...

–¿En qué estabas pensando, en el señor y la señora
Liebrecoja?

La chica abrió los ojos de par en par.

–Bueno... –empezó.

–¿Y cuál de los dos pensabas ser?

El primer glaciar irrumpió en el claro, con la cúspide inmersa en una nube de su propia creación.

Exactamente al mismo tiempo, los árboles del otro
lado se inclinaron ante un viento cálido que soplaba
desde la Periferia. Venía cargado de voces, voces petu-
lantes, engreídas... y desgarró las nubes como una barra
de acero al rojo desgarra el agua.

Conina y Nijel se lanzaron de bruces al suelo, y la
nieve se transformó bajo ellos en un lodo cálido. Algo
semejante a una tormenta estalló sobre ellos, llena de

gritos y de lo que al principio les parecieron aullidos, aunque al considerarlos más tarde recordaban más a discusiones furiosas. Duraron largo rato, y luego se alejaron hacia el Eje.

El agua cálida chorreó por el chaleco de Nijel. Se levantó con cautela, y luego dio un codazo a Conina.

Juntos, salieron de entre el fango y ascendieron a la cima de la ladera, treparon sobre los troncos caídos y contemplaron el paisaje.

Los glaciares se retiraban bajo una nube de relámpagos. Tras ellos, todo estaba lleno de lagos y charcas entrelazados.

—¿Hemos sido nosotros? —se asombró Conina.

—Sería bonito pensar que sí, ¿verdad?

—Sí, pero... ¿no...?

—No creo. ¿Quién sabe? Busquemos un caballo —suspiró Nijel.

El Apogeo —dijo Guerra—. O algo muy parecido. Estoy seguro.

Habían salido tambaleándose de la taberna, y estaban sentados en un banco bajo el sol de la tarde. Hasta habían convencido a Guerra para que se quitara parte de su armadura.

—No sé —replicó Hambre—. No creo.

Peste cerró los ojos encostrados y se acomodó contra las piedras cálidas.

—*Creo que era algo relativo al fin del mundo* —dijo.

Guerra se incorporó y se rascó la barbilla, pensativo. Lanzó un hipido.

—¿Cómo, de todo el mundo?

—*Me parece que sí*.

Guerra meditó un momento.

—En ese caso, me parece que hemos llegado tarde...

La gente regresaba a Ankh-Morpork, que ya no era una ciudad de mármol desierto, sino que había recuperado su personalidad anterior, y se extendía tan colorida e irregular como un charco de vómito ante la puerta del cabaret de la historia.

Y la Universidad había sido reconstruida, o se había reconstruido, o quizá nunca se había desconstruido. Cada hoja de hiedra, cada viga podrida, volvían a estar en su lugar. El rechicero se había ofrecido a dejarlo todo como nuevo, con la madera sana y las piedras inmaculadas, pero el bibliotecario se mostró firme al respecto. Lo quería todo como viejo.

Los magos regresaron al amanecer, solos o de dos en dos, y se dirigieron a sus antiguas habitaciones tratando de no mirarse unos a otros, intentando recordar un pasado reciente que empezaba a ser tan irreal como un sueño.

Conina y Nijel llegaron a la hora del desayuno, y su buen corazón los impulsó a buscar un establo de alquiler para el caballo de Guerra.* Fue Conina la que insistió en que fueran a buscar a Rincewind a la Universidad, y por tanto la primera que vio los libros.

Salían volando de la Torre del Arte, giraban en espiral en torno a los edificios de la Universidad y entraban por el techo de la reconstruida Biblioteca. Algunos de los grimorios más imprudentes perseguían a los cuervos, o planeaban como aguiluchos.

El bibliotecario estaba apoyado contra el marco de la puerta, contemplando a sus pupilos con mirada benévola. Arqueó las cejas en dirección a Conina, lo más parecido a un saludo convencional.

–¿Está Rincewind? –preguntó la chica.

* Que, sabiamente, decidió no volver a volar. Nadie lo reclamó, y se pasó el resto de sus días tirando del carro de una dama anciana. Nadie sabe qué hizo Guerra al respecto. Es casi seguro que encontró otro caballo.

–Oook.

–¿Perdona?

El simio no respondió, sino que los cogió a ambos de las manos, caminó entre ellos como un saco entre dos pértigas, y los llevó junto a la torre.

Había unas pocas velas encendidas, y vieron a Coin sentado en un taburete. El mayordomo los presentó con un gesto propio de un mayordomo a la antigua, y se retiró.

Coin los saludó.

–Sabe cuándo alguien no lo entiende –dijo–. ¿No es increíble?

–¿Quién eres? –preguntó Conina.

–Coin.

–¿Estudias aquí?

–He aprendido muchas cosas, desde luego.

Nijel paseaba junto a las paredes, y de vez en cuando las palpaba. Tenía que haber una buena razón para que no se derrumbaran, pero desde luego no entraba dentro de los límites de la ingeniería civil.

–¿Buscáis a Rincewind?

Conina frunció el ceño.

–¿Cómo lo sabes?

–Me dijo que alguien vendría a buscarlo.

Conina se relajó.

–Perdona, hemos pasado un mal día. Creo que fue cosa de magia. Rincewind está bien, ¿no? O sea, ¿qué ha pasado? ¿Luchó contra el rechicero?

–Oh, sí. Y ganó. Fue muy... interesante. Yo lo vi todo. Pero tuvo que marcharse –respondió Coin, como si recitara una lección.

–¿Cómo, eso es todo? –intervino Nijel.

–Sí.

–No me lo creo –replicó Conina.

Empezaba a flexionar las piernas, sus nudillos estaban cada vez más blancos.

–Es verdad –dijo Coin–, todo lo que digo es verdad. Tiene que ser verdad.

–Quiero... –empezó Conina.

Coin se levantó y extendió una mano.

–Alto.

La chica se detuvo. Nijel se quedó inmóvil mientras empezaba a fruncir el ceño.

–Tenéis que marcharos –dijo Coin con voz agradable, tranquila–. Y no haréis más preguntas. Estaréis completamente satisfechos. Tenéis todas las respuestas que necesitáis. Viviréis felices y comeréis perdices. Olvidaréis que habéis oído estas palabras. Marchaos ya.

Se volvieron lentamente y con movimientos rígidos, como marionetas, chocaron contra la puerta. El bibliotecario se la abrió, les hizo una reverencia y la cerró tras ellos.

Luego miró a Coin, que había vuelto a sentarse en su taburete.

–Vale, vale –se disculpó el chico–, pero no era más que un poquito de magia. Tenía que hacerlo. Tú mismo dijiste que la gente debía olvidar.

–¿Oook?

–¡No puedo evitarlo! ¡Es demasiado fácil cambiar las cosas! –Se llevó las manos a la cabeza–. ¡Sólo tengo que *pensar* en algo! No puedo evitarlo, todo lo que toco se estropea, ¡es como intentar dormir sobre un montón de huevos! ¡Este mundo es demasiado delicado! *¡Por favor, dime qué debo hacer!*

El bibliotecario dio varias vueltas sobre su trasero, señal inequívoca de que estaba meditando.

No ha quedado constancia de lo que dijo con exactitud, pero Coin sonrió, asintió y estrechó la mano del bibliotecario. Abrió los dedos, trazó un círculo en torno a sí mismo y entró en otro mundo. Había un lago, y montañas lejanas, y unos cuantos faisanes lo miraron cautelosos desde debajo de los árboles. Tarde o temprano, todos los rechiceros aprenden esta magia.

Los rechiceros nunca forman parte del mundo. Se limitan a usarlo una temporada.

Volvió la vista hacia atrás e hizo un gesto de despedida en dirección al bibliotecario. Éste le dirigió una mueca de aliento.

Y luego la burbuja se cerró sobre sí misma. El rechicero desapareció en su propio mundo.

Había poca clientela en el Tambor Remendado. El troll encadenado al poste junto a la puerta estaba sentado, y se sacaba a alguien de entre los dientes con gesto meditabundo.

Creosoto canturreaba suavemente para sus adentros. Había descubierto la cerveza, y ni siquiera tenía que pagarla, porque sus novedosos cumplidos (rara vez utilizados por los habitantes de Ankh) surtían un efecto asombroso sobre la hija del tabernero. Era una muchacha corpulenta, bonachona, que tenía el color y por desgracia también la silueta de un pan antes de hornearlo. Estaba muy intrigada: nadie le había dicho hasta entonces que sus pechos fueran como melones enjoyados.

–Desde luego –insistió el serifa, cayéndose tranquilamente de su asiento–, no cabe duda.

La metáfora se podía aplicar tanto a los grandes, amarillos, o a los pequeños verdes con piel rugosa, pensó honradamente para sus adentros.

–¿Y qué dijiste de mi pelo? –le animó la chica, ayudándolo a incorporarse al tiempo que volvía a llenarle la jarra.

–Oh. –El serifa frunció el ceño–. Como un rebaño de cabras que pasta en las laderas del Monte Nosequé, y es que se llama así, de verdad. En cuanto a tus orejas

–añadió rápidamente–, no hay concha rosada en las arenas lamidas por el mar...

–¿En qué se parece a un rebaño de cabras? –preguntó la chica.

El serifa titubeó. Siempre había considerado que era una de sus mejores frases. Ahora se topaba con la legendaria literalidad de las mentes morporkianas. Y, por extraño que parezca, estaba impresionado.

–Quiero decir, ¿en tamaño, en forma, en olor...? –insistió ella.

–Creo –tartamudeó el serifa– que la frase que tenía en mente no es exactamente «un cabro de rebañas»...

–¿Eh?

La chica apartó la cerveza rápidamente.

–Y creo también que me gustaría beber más –dijo él con voz turbia–. Y luego... luego... –Miró de reojo a la chica y decidió arriesgarse–. ¿Eres buena narradora?

–¿Qué?

El serifa se lamió los labios, repentinamente secos.

–Quiero decir que si sabes muchos cuentos –consiguió decir.

–Oh, sí. Montones.

–¿Montones? –susurró Creosoto.

La mayor parte de sus concubinas sólo sabían uno o dos, y ya se los tenía muy oídos.

–Cientos. ¿Por qué, quieres que te cuente alguno?

–¿Cómo, ahora?

–Si te apetece... No tengo mucho trabajo ahora mismo.

Es posible que esté muerto, pensó Creosoto. Es posible que esto sea el Paraíso. La cogió por las manos.

–¿Sabes una cosa? Hace siglos que no me cuentan un buen cuento. Pero no quiero que hagas nada que no desees.

Ella le palmeó el brazo. Qué anciano tan encantador, pensó. Comparado con algunos de los que entran aquí...

–Éste es uno que me contaba mi abuela. Y me sé dos versiones.

Creosòto bebió un sorbo de cerveza y contempló la nebulosa pared. Cientos, pensó. Y de algunos sabe dos versiones.

La chica carraspeó y, con una voz cantarina que derritió el pulso de Creosoto, empezó a hablar.

–Hubo una vez un hombre que tuvo ocho hijos...

El patricio estaba sentado junto a la ventana, escribiendo. Sus recuerdos sobre la última semana eran un tanto borrosos, y eso no le gustaba nada.

Un criado había encendido una lámpara para disipar la penumbra del ocaso, y las polillas más madrugadoras orbitaban en torno a ella. El patricio las observó con cautela. Sin saber por qué, le daba cierta aprensión cualquier cilindro de cristal, pero todavía más le preocupaba lo que sentía al mirar a los insectos.

Lo que sentía era una imperiosa necesidad de atraparlos con la lengua.

Galletas, que yacía a los pies de su amo, ladró en sueños.

Las luces se encendían por toda la ciudad, pero las últimas hebras de ocaso iluminaron a las gárgolas mientras se ayudaban unas a otras a subir al tejado.

El bibliotecario las contempló a través de la puerta abierta al tiempo que se rascaba filosóficamente. Luego, entró y dio por concluido el día de trabajo.

En la biblioteca hacía calor. Siempre hacía calor, porque los escapes de magia caldeaban agradablemente el ambiente.

El bibliotecario miró con gesto aprobador a sus pupilos, hizo una última ronda entre las destartaladas estanterías, y luego se arropó con la manta bajo el escritorio, se comió un último plátano y se quedó dormido.

Poco a poco, el silencio se adueñó de la habitación. El silencio se deslizó por entre los restos del sombrero, desgarrado y quemado, que ocupaba ahora un lugar de honor en un nicho de la pared. No importa lo lejos que se vaya un mago, siempre volverá a por su sombrero.

El silencio llenó la Universidad Invisible de la misma manera que el aire llena un agujero. La noche se extendió por el Disco como mermelada de ciruelas, o quizá como confitura de moras.

Pero llegaría la mañana. Siempre llegaba otra mañana.

EN ESTA MISMA
COLECCIÓN

Jet

Biblioteca de

TERRY PRATCHETT

¡GUARDIAS! ¿GUARDIAS?

Un ejército de enanos ha de viajar a Ankn Morpork para enfrentarse a un enorme dragón que aterroriza a los habitantes del lugar. Pero se trata de un ejército muy peculiar pues, además de enanos, sus combatientes son unos cobardes recalcitrantes. Así las cosas, el panorama no parece muy alentador, aunque nunca se sabe...